石氏伤科第二代传人石晓山

石氏伤科第三代传人石幼山(左)、石筱山(右)兄弟

石氏伤科第三
代传人石幼山

石筱山（左）、石仰山（右）
父子

石氏伤科第四代传人石印玉

石氏伤科第四代传人石鉴玉

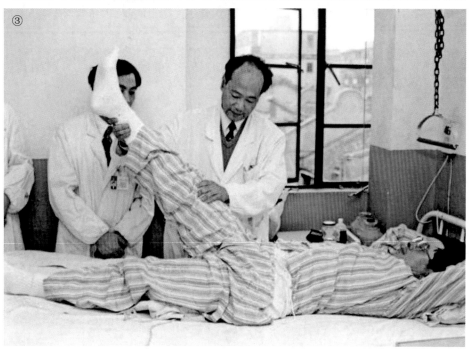

①②③ 石鉴玉临床诊疗患者

上海市海派中医流派传承人才项目拜师大会——闻国伟、苏伟拜师石鉴玉

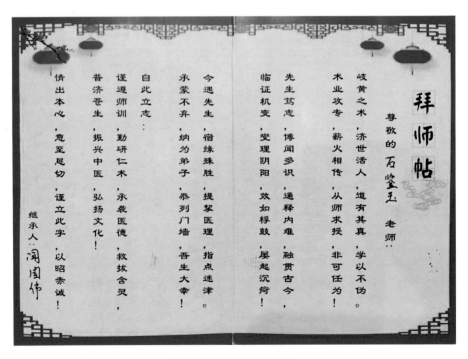

闻国伟拜师石鉴玉拜师帖

石氏伤科石鉴玉临证经验精要

主编　闻国伟　苏　伟

主审　石鉴玉

上海科学技术出版社

图书在版编目（CIP）数据

石氏伤科石鉴玉临证经验精要 / 闻国伟，苏伟主编
. -- 上海 ： 上海科学技术出版社，2023.1
ISBN 978-7-5478-6075-5

Ⅰ. ①石… Ⅱ. ①闻… ②苏… Ⅲ. ①中医伤科学－
中医临床－经验－中国－现代 Ⅳ. ①R274

中国国家版本馆CIP数据核字(2023)第007899号

石氏伤科石鉴玉临证经验精要

主编　闻国伟　苏　伟

上海世纪出版（集团）有限公司
上海科学技术出版社　出版、发行
（上海市闵行区号景路 159 弄 A 座 9F－10F）
邮政编码 201101　　www.sstp.cn
常熟市华顺印刷有限公司印刷
开本 787×1092　1/16　印张 10.5　彩插 2
字数 200 千字
2023 年 1 月第 1 版　2023 年 1 月第 1 次印刷
ISBN 978 - 7 - 5478 - 6075 - 5/R·2705
定价：60.00 元

本书如有缺页、错装或坏损等严重质量问题，请向印刷厂联系调换

内 容 提 要

石氏伤科是我国著名的中医骨伤科流派,肇始于江苏无锡前洲镇石家宕的石兰亭先生,19世纪70年代迁沪悬壶济世,至今已有150余年历史。本书为石氏伤科第四代传人石鉴玉临证经验总结。全书主要介绍了石鉴玉伤科学术思想,用药特色及经验方,对创伤性疾病、颈椎病、腰腿痛、骨关节病、股骨头坏死、骨质疏松症等疾病的诊治经验,精选数十则伤科临证医案及数篇医话,突出石氏运用"外伤内治、气血并重"法治疗伤科疾病的经验特色。本书紧扣临床,注重实用,摘录了不少石氏伤科内服外用经验方、药对、手法、验案,临床参考价值较高。

本书可供中医骨伤科医生和中医爱好者阅读参考。

编　委　会

作 者 介 绍

石鉴玉，1943 年出生，祖籍江苏无锡。副主任医师，石氏伤科第四代传人。1966 年于上海市中医带徒班毕业后，先后在上海市红光医院、上海市黄浦区中医医院主持伤科工作，曾任黄浦区卫生局副局长、区红十字会会长，并担任区政协委员、区人大代表。"杏林工程——希望之星"、黄浦区"百人计划"的带教导师，2017 年入选上海市海派中医流派传承人才项目导师。临床医疗中主张"辨病与辨证相结合"，提出"理伤重痰瘀"的学术观点，以及临床治疗当"解除症状，治其病因，加强抗病能力"的用药观点。

闻国伟，副主任医师。2004 年上海中医药大学毕业后，进入上海市黄浦区中心医院（现上海交通大学附属第九人民医院黄浦分院）工作。先跟随石氏伤科第五代传人吴军豪学习，后入选上海市海派中医流派传承人才项目的培养对象，并拜师石氏伤科第四代传人石鉴玉。担任上海市中西医结合学会筋伤学组委员、上海市中医药学会骨伤科分会青年委员、上海市康复医学会中医骨伤专业委员会青年委员、石筱山伤科学术研究中心研究员等职。从事中医骨伤科临床工作 10余年，主持市级科研课题 1 项，参研项目 10 余项，发表论文 17 篇，参编著作 2 部。

苏　伟，主治医师。2003 年上海中医药大学毕业后，进入上海市普陀区中医医院工作。2017 年入选上海市海派中医流派传承人才项目的培养对象，拜师石氏伤科第四代传人石鉴玉。担任上海市康复医学会中医骨伤专业委员会青年委员。从事中医骨伤科临床工作多年，对各种骨折、伤筋、颈椎病、腰椎间盘突出症、膝关节痛、肩周炎、腱鞘炎等急慢性骨伤疾病都有丰富的诊治经验，主要研究方向为膝关节骨性关节炎。

前　言

石氏伤科是我国著名的中医骨伤科流派,肇始于江苏无锡前洲镇石家宕的石蓝田(字兰亭)先生,19世纪70年代迁沪悬壶济世,至今已有150余年历史。石氏伤科通过前两代人石兰亭、石晓山的潜心努力,在清光绪至民国年间声誉鹊起,至第三代传人石筱山、石幼山时集大成,形成了石氏特色的骨伤学术体系。第四代传人石仰山、石印玉、石鉴玉、石纯农、施杞等继承石氏家学、兼收并蓄、力求创新,融"石训"与新知于一体,把石氏伤科又推向了一个新的发展时期,带领石氏伤科第五代和第六代传人们不断拓展、弘扬石氏伤科的学术内涵,多年来多次获得国家、市、区级奖项。"石氏伤科疗法"于2007年3月被认定为"上海市第一批市级非物质文化遗产"项目,于2008年6月被认定为"国家级非物质文化遗产"项目,并于2010年列入"国家级非物质文化遗产保护项目"。

石鉴玉是石氏伤科第四代传人,1961年起随父石幼山临诊学习,先就学于上海市中医带徒班,后进入上海中医学院(现上海中医药大学)深造学习。先后在上海市红光医院、上海市黄浦区中医医院主持伤科工作,1994年调任上海市黄浦区卫生局副局长、区红十字会会长,并先后担任区政协委员、区人大代表,其间仍抽出时间从事临床及科研工作。曾任"杏林工程——希望之星"、黄浦区"百人计划"的带教导师,2017年入选上海市海派中医流派传承人才项目导师。石鉴玉在临床医疗中主张"辨病与辨证相结合",认为"痰夹瘀血碍气而病"是诸多伤科疾病发生的一个重要环节,提出"理伤重痰瘀"的学术观点,在临床治疗上讲究"整体理伤,专从气血",提出临床治疗当"解除症状,治其病因,加强抗病能力"的用药观点,具有鲜明的石氏伤科理伤特色。

本书的编撰历时4年,主要由石鉴玉的学生根据相关文献资料和跟师石鉴玉学习时的记录进行整理编写而成,着重介绍了石鉴玉伤科学术思想、伤科用药特色,以及现今一些常见骨伤科疾病的诊治经验和相关医案等。本书作为上海市海派中医流派传承人才培养项目成果之一,编写期间得到了上海交通大学医学院附属第九人民医院黄浦分院及分院中医骨伤科全体同仁的鼎力相助,也获得了上海市普陀区中医医院的大力支持,在此致以诚挚谢意。

编　者

2022 年 11 月

目 录

第一章
学 术 思 想

一、石氏伤科学术源流

(一) 武林世家,秘传之宝

石氏伤科为我国骨伤一大流派,为无锡石氏秘传之宝。无锡石氏,为今江苏无锡市前洲镇石家宕一武林世家。清道光年间(1821—1850),石蓝田(字兰亭)在无锡城内开了一家镖局,凭自己家传练就的一身武艺,为客商保镖,行走于太湖与山东之间,过着在刀头上讨生计的日子。十九世纪七八十年代,由于沿海轮船航运发展,运河的商贸运输功能日趋式微,加上热武器使用日益广泛,旧式保镖业也日渐凋落。石蓝田便解散了镖行,举家东迁,定居于已经发展为交通海内外、连接南北洋的水陆大码头上海,在大东门黄浦江边的鸿升码头新新街,置下了四间平房,开设了以伤骨科为主的诊所。

旧时习武,难免跌打损伤,而走镖闯江湖,断骨受伤更是常事,故习武之人,大多懂一点伤骨外科的知识。所以,武林世家多有独门的疗伤秘方与整骨之术,且属秘不示人的家传之宝。石蓝田将家传的整骨手法与中医内治调理融为一体,还研制出极具疗效的治伤妙药——三色敷药,于疗伤整骨尤有心得。于是,他关闭了镖局,携着这秘方与医术,在这座愈来愈发达的大上海,立身养家了。

(二) 续断理伤,声誉鹊起

石氏悬壶设帐之处,乃是上海码头搬运工人与建筑工人云集之所,损腰伤筋本是这些行业中人的职业病,骨折外伤亦为常见,更因生计所迫,不少人落下了陈旧性的老伤,不时发作,颇为困扰。石氏以外治内调之法,辅以针灸,即使陈年老伤,也往往几个疗程便使患者摆脱伤痛之苦,效果显著。于是,口口相传,声名不胫而走。至民国初年,其诊所也早已由石蓝田之子石晓山主持,石氏伤科已在老城厢家喻户晓,连上海镇守使卢永祥之子、有"民国四公子"之称的卢彼嘉,著名银行家陈光甫和实业家虞延芳等社会闻人都交口赞誉。每天求诊之人蜂拥而至,原来的四间平房既作住家又开诊所,已根本不敷。先是石晓山让长子石颂平到外郎家桥街位中堂开诊,旋于20世纪20年代初购置大东门外如意街新新街67号作为居家之用并开设诊所。1933年又在吕宋路(现连云路)五福里开设北诊所,以石筱山、石幼山同诊,设为石筱山、石幼山诊所,先后有胞侄石纯农、堂侄石蕴华、子石仰山、门人杨锦章和蒋立人襄诊。北诊所处于吕宋路、华格臬路(后名宁海西路)口,即后来的连云路31弄3号。此处当时介于法租界之边缘,与公共租界仅一路之隔,正处于南京路(今南京东路)与静安寺路(今南京西路)、福州路与西藏路(今西藏中路)、跑马厅(今人民广场、人民公园)、大世界、八仙桥及霞飞路(今淮海中路)、公馆马路(今金陵东路)等几个大闹市之间,人口密集,交通便捷。数年后,抗日战争全面爆发,南市沦陷,新新街门诊逐渐结束,诊所对面又兴建了一座城隍庙,俗称新城隍庙,更成为各方人士云集的热闹场所,"新城隍庙石氏伤科"之名更加响亮了。1964年石筱山仙逝后,为石幼山偕侄石仰山之诊所,直至"文革"才结束门诊业务。

来石氏处求治者多有腰部急性扭伤和诸如髋关节陈旧性脱位者,前者多由人抬送而来,三四次针刺之后霍然而起,再按揉腰窝数下竟痛感全无了;后者因部位深着,臀部及大腿肌肉丰厚,难以着力,复位难度颇高,大多又辗转求医,延误时日,甚至失治数月者,即使如此也多在石氏治疗几次之后,复位痊愈。盛名之下,于是病家不管何种病症,亦往往前来求治,其中多为非伤骨科的疑难杂症。如一福建人患有一碗口大的皮肤溃疡,久治不愈,以至病体极为虚弱。此症按今天的诊断当为癌性溃疡。经石筱山施以内服外治,不仅疮面渐敛,神色也日见好转,前后30余诊,竟得痊愈。还有一次更显传奇,一日,石筱山至一位号称陔南轩主的患者宅中出诊,此人因在电台主讲故事而颇为知名。突然,同楼一邻人闭气倒地,人事不省,视之牙关紧闭,探之手足冰冷,一时间全楼惊动,手忙脚乱。陔南轩主闻声往看,即嘱众人勿慌,便请筱山诊治。只见筱山用银针刺穴数处,患者即刻苏醒,并张口求水。此事广为传播,遂被人视为神医,彼时石筱山仅30余岁。

彼时石氏兄弟名声愈来愈大,除市区患者外,多来自浦东、南汇等郊区,甚至有苏锡常杭嘉湖一带的,日达三四百人,遂不得不由门人助手帮助开处方,配合复位、理筋、敷药和包扎。后来则由门人襄诊一般患者,唯重症或疑难者才由石氏兄弟亲诊。

新中国成立前后,上海伤科名医甚多,如王子平、魏指薪、佟忠义、施维智、陆氏伤科等,其中佼佼者有"八大家"之称,而石氏则为"八大家"之最著者。

（三）气血兼顾，辨证施治

石氏伤科疗法的医理基础是"十三科一理以贯之"的整体治疗理念，这正是中医辨证施治的精髓。石氏伤科疗法简言之，即气血兼顾，内外结合。

石氏伤科这一医理的奠基者是石晓山（1859—1928）。他自幼习武，一套六十四式棍法，可使得风雨不入；站在梅花桩上使拳，纵跳快施似履平地。其父石蓝田迁沪行医时，他年方弱冠，从随父诊治而至独掌门庭，不仅尽得家传，更因好学善思，故医技更精。他早年在中华医学研究所任评议员及任该所附设医院伤科主任时，即虚心地与殷荇田、金百川等名医交流，汲取各科的理论与治疗方法，衍化融入伤骨科的临床之中。如其为兼有劳损的伤痛病家开具的内调方子，常以补中益气汤增减之，这就是将金元名医李东垣的治劳倦与明代医学家薛己注重益脾肾的见解融会于疗伤之中；冉如其以草乌或麻桂温经汤治损伤兼祛寒湿，以参合逍遥散治损伤兼启郁息怒，也是汲取内科方法疗伤的反映。

"十三科一理以贯之"的指导思想，以人是一个整体并广纳他科之长融而汇之的态度成为丰富和发展石氏伤科疗法的不二法宝，也成为石氏伤科历代传人的优秀传统。石晓山长子石颂平与外科名医李瑞林交厚，石氏后来广泛使用的消散膏，即得自李瑞林所传的秘方；石颂平胞弟石筱山、石幼山两人亦多得李瑞林的指点，名医张杏荪又曾授以轻灵药治内科外感热证，特别是石筱山儿子石仰山为名医黄文东入室弟子，每晚教授中医理论。因而，石氏伤科能不固于家传之狭隘，积极汲取我国传统医学各派各科的学术精华。石筱山跳出一般医家认为"骨折伤筋只是瘀血为患"的见解，指出不可一味局限于活血化瘀的攻伐，而应气血兼顾，并以气为主，他认为逐瘀是必需的，但当适可而止，否则徒伤正气，而元气充沛则可使瘀清彻，利于康复。石幼山更提出理伤从痰取治的观点，他认为伤后气滞血瘀，气血津液之周流受阻，滋生痰湿，痰瘀交凝则病伤顽笃难消；还以软坚散结治痰核的方子用于伤后瘀血坚结不散，亦常收奇兵之效。这种从损伤治疗的指导思想上发展中医伤科理论的见解，完全符合传统中医辨证施治的整体理念。石氏伤科以汤药与传统伤科药末并用，既治损伤又调摄全身，疗效显著。

在长期的临床诊治实践中，石氏伤科逐渐形成三十二字理伤思想——"以气为主，以血为先；筋骨并重，内合肝肾；调治兼邪，独重痰湿；勘审虚实，施以补泻"。这些精湛的学术简介，通过石筱山的医案及其所著的《石氏伤科经验介绍》《祖国伤科内伤的研究》《伤科发展简史》《筋骨损伤述略》、石幼山的医案及其所著的《石氏理伤经验简介》《伤科的辨证论治》等资料广传于世，还进入上海中医药大学教学课堂。这也是石氏伤科疗法得以绵延传播的原因。

在三十二字整体施治思想指导下,具体形成筋骨损伤三期治疗;内伤症治,须辨脏腑气血;陈伤劳损,审因度势,随症施治等方案。其整骨理筋手法,刚柔适度,细致入微,强调"稳而有劲,柔而灵活,细而为用",运用"拔、伸、捺、正、拽、搦、端、提、按、揉、摇、抖"的动作,以达到"机能于外,巧生于内,手随心转,法从手出"的境地。

(四) 仁术济世,造福社会

医术治病,救死扶伤,本为济世。20 世纪 50 年代末,石筱山、石幼山兄弟毅然将全部祖传秘方和生平验方,全部捐献出来,遂使这些中医学精华更好地服务社会。于今常用的伤湿止痛膏、香桂活血膏等,也多经石筱山、石幼山拟订处方后投产。其余研制的特色方药甚多,有数十种,如麒麟散、接骨片、红玉膏、三黄膏、黑虎丹、桂麝散、铁扇散、新伤续断汤、调中保元汤、牛蒡子汤等。

1994 年上海市黄浦区中心医院与上海市红光医院、上海市黄浦区中医医院合并后,上海市黄浦区中心医院成立了石氏伤科研究室,基于石氏伤科经验方开发了院内制剂 10 余种以满足伤科临床诊疗需求,充分体现石氏伤科诊疗特色,获得了广大患者的肯定和好评。通过近 10 年的努力,上海市黄浦区中心医院石氏伤科完成了上海市重点专科、黄浦区医学特色专科第一至第三周期及黄浦区优势学科的建设工作,也使科室的年门诊量由 3 万余人次上升到 6 万余人次。2003 年石氏伤科软组织专科成为黄浦区卫生事业发展奖励基金优势学科。2006 年建立石氏伤科网站,扩大石氏伤科影响力。2007 年上海市黄浦区中心医院石氏伤科入选国家中医药管理局"十一五"重点专科建设,"石氏伤科疗法"于 2007 年 3 月被认定为"上海市第一批非物质文化遗产"项目,于 2008 年 6 月被认定为"国家级非物质文化遗产"项目,并于 2010 年列入"国家级非物质文化遗产保护项目"。2009 年上海市黄浦区中心医院石氏伤科与上海文广新闻传媒集团合作,完成首批医药类国家级非物质文化遗产"石氏伤科"宣传纪录片的拍摄,并在 2010 年世博会期间的人文艺术频道中多次播映,作为非物质文化遗产,宣传石氏伤科,推广中医药文化特色。同年,上海市黄浦区中心医院与上海市中医药大学附属曙光医院、附属龙华医院、附属岳阳中西医结合医院及上海市中医药研究院骨伤科研究所共同举办了"石幼山先生百年诞辰暨石氏伤科学术研讨会",继承和弘扬石氏伤科。2010 年上海市黄浦区中心医院石氏伤科通过国家"十一五"重点专科建设验收,并顺利入选国家中医药管理局"十二五"重点专科建设。2011 年上海市黄浦区中心医院与上海市中医药大学附属曙光医院联合成立海派中医流派传承(石氏伤科)研究基地。通过国家重点专科建设和海派中医流派传承（石氏伤科）研究基地建设，上海市黄浦区中心医院石氏伤科再次获得长足发展，科室年门诊量再次翻番达到近 15 万人次。近年来随着社会的发展、康复医学和康复治疗越来越得到人们的重视，2017 年由上海市黄浦区中心医院石氏伤科牵头与上海市康复医学会合作成立全国第一个中医骨伤康复专业委员会，为中医骨伤康复发展做出重要贡献。2018 年根据上海市黄浦区规划，上海市黄浦区中心医院与上海市第二人民医院、上海市黄浦区妇幼保健院、上海市黄浦区传染病医院整合迁建成立上海交通大学医学院附属第九人民医院黄浦分院。2019 年上海交通大学医学院附属第九人民医院黄浦分院入选上海市慢性筋骨病临床研究中心成员单位，并于 2021 年挂牌成为"石筱山伤科学术联盟"成员。

二、石鉴玉伤科学术思想

石氏伤科第四代传人石鉴玉，1961 年起随父石幼山临诊，学习并实践伤科外用药膏、掺药的制作及使用，为伤科患者包扎固定，参加理伤续断手法诊治操作及有石氏特色的针刺技法培训，同时在上海市中医带徒班学习理论。1966 年石氏于上海市中医带徒班毕业后进入上海市红光医院主持伤科工作，1979 年在上海中医学院（现上海中医药大学）深造学习，1990 年调入新成立的上海市黄浦区中医医院任伤科副主任，1994 年任黄浦区卫生局副局长、区红十字会会长，并先后担任区政协委员、区人大代表，其间仍抽出时间从事医疗临床及科研工作。曾任"杏林工程——希望之星"、黄浦区"百人计划"的带教导师，2017 年入选上海市海派中医流派传承人才项目导师。临床医疗中主张"辨病与辨证相结合"，提出"理伤重痰瘀"的学术观点，具有鲜明的石氏伤科理伤特色。作为上海市领先特色专科——"石氏伤科"学科带头人之一，曾领导多项科研课题，着重研究了山羊血和泽漆在临床的运用，发表学术论著多篇，多次获国家中医药管理局、上海市科委、上海市卫生局科技成果奖项。

（一）秉承石氏伤科三十二字要诀，又多有创见

1. 以气为主，以血为先　《内经》论疾病发生之理，是基于阴阳而归结于气血。《素问·调经论》说："血气不和，百病乃变化而生。"石鉴玉认为，伤科疾病，不论在脏腑、经络（脉），或在皮肉、筋骨，都离不开气血问题。气血之于形体，无处不到。《素问·调经论》又说"人之所有者，血与气耳"，强调了气血的重要性。气属阳而血属阴，气血是阴阳的物质基础，气血不和，即是阴阳不平而有偏胜，所以因损伤而致

的疾病,亦关乎气血阴阳之变。巢氏《诸病源候论》说:"血之在身,随气而行,常无停积。"可知损伤而成瘀血,是由于血行失度、不能随气而行之故。清代沈金鳌《杂病源流犀烛》卷三十指出:"跌仆闪挫,卒然身受,由外及内,气血俱伤病也。"清代胡廷光在《伤科汇纂》中更明确指出:"若专从血论,乃一偏之说也。"故石氏认为,虽然说内伤应注意经络(脉),外伤当着重筋骨,但约言之,总不离乎气血,故伤科的理论基础,主要是建立在气血并重之上,不能专主血或专主气而有所偏。

石氏理伤的基本原则,主张气血兼顾,不偏废。然而形体之抗拒外力,百节之能以屈伸活动,有赖气之充也;血的化液濡筋,成髓养骨,也是依靠气的作用;所以气血兼顾而宜"以气为主"。不过积瘀阻道,妨碍气行,又当祛瘀,则应"以血为先"。石鉴玉指出,就新伤来说,一般的内伤,有时发作较缓,受伤后当时或不觉得痛楚,过后乃发,对此类病情,治法多"以气为主"而予以通气、利气。倘为严重一些的外伤,如骨折、伤筋、脱臼等,其病态立现,其治须"以血为先"而予以祛瘀、化瘀。临床所见症情变化多端,必须随机应变。总之,"以气为主"是常法,"以血为先"是变法。

明代刘宗厚说,损伤是"外受有形之物所伤,乃血肉筋骨受病","所以,损伤一证,专从血论"(《玉机微义·卷四十三·损伤门》)。其实,这一观点并非刘氏首创。早在《内经》中就已指出,不可为期而致的"有所坠堕,恶血留内"等外伤,治从血论,通利泻瘀。《千金方》所辑的治疗伤损诸方也就是刘氏所提到的"须分其有瘀血停积,而(或)亡血过多之证",这两种类型都是从血而论的诊治方。刘氏则是把这一规律进行归纳,提出了纲领,遂对后世影响颇深。由此而始,其后伤科著作言及内治法则几乎都说"损伤一证专从血论",有时会使人误以为此为治伤的唯一法则。检阅刘氏原文,尚有以下言论:"宜先逐瘀血,通经络,和血止痛,然后调养气血,补益胃气,无不效也。"强调逐瘀后还要调养气血,并着重在补益胃气,这就不是"专从血论"了;他又说逐瘀的"大黄之药惟与有瘀血者相宜,其与亡血过多,元气胃气虚弱之人,不可服也",这也不是"专从血论";他甚至提出忠告,"有服下药过后,其脉愈见坚大,医者不察,又以为瘀血未尽而后下之,因而夭折人命,可不慎欤"。所以,石鉴玉认为,对刘氏所说的"损伤一证,专从血论"应予以全面理解。明代薛己作《正体类要》,在"正体主治大法"中,他提出"瘀血在内也,用加味承气汤下之"的同时,更强调须调益气血,如"青肿不消,用补中益气汤以补气","胸肋作痛,饮食少思,肝脾气伤也,用四君、芎、归、柴、栀、丹皮"等,多处指出伤重更须"预为调补脾气""预补脾胃"。薛氏的依据是诊治百余例伤损患者,气血不虚者唯一人耳。薛氏《正体类要》序中明确提出"肢体损于外,气血伤于内"的观点。石氏通过丰富的临床实践,体会到薛氏之说诚为治伤之准绳。

肢体者,即皮、肉、筋、骨所组成。每遇外伤,则皮肉筋骨首当其冲,肉眼易见,切(摸)之能辨。气血者,滋养脏腑、器官、组织,如发生病变或生理功能失常即可出现"气虚""气滞""血虚""血瘀"及"血热"的病理现象。这些病理现象在损伤性疾病中都能出现,尤其"气滞"和"血瘀"更与伤科疾患直接有关。

对于"肢体损于外,气血伤于内"的理解,石鉴玉认为当包括两种意义。一是说,如果受到外伤,皮肉筋骨固然首当其冲,但气血亦同时受到损害。任何外伤,除皮肉筋骨有损伤外,必然会形成血瘀肿胀,从而阻滞筋脉而引起疼痛。"通则不痛,不通则痛"其意是也。特别是脊柱受伤形成压缩性骨折的患者,其出现的症状更能说明此句话的含义。脊柱压缩性骨折是肢体受到外伤所出现的症状,如疼痛剧烈,转侧起坐艰难,胸闷腹胀,便秘纳呆,则是"气血伤于内"的症象。运行于全身,应该疏通流畅,如人体某一部分或某一脏腑发生病变或受到外伤,都可使气的流通发生障碍,出现"气滞"的病理现象。尤其遇到内伤,如胸胁迸挫伤,腹部迸挫伤,更为多见"气滞"症状。"血瘀"是指全身血流不畅,因血溢脉外,局部有"离经"之血停滞,因而局部会出现肿胀、青紫、疼痛。

在伤科疾病患者中气滞、血瘀每多同时并见,不但内伤如此,即使外伤肢体,亦每伤及气血。一般说来,单纯气伤则仅是气滞疼痛,而血伤则成瘀,肿胀疼痛并见。《内经》曰"气伤痛,形伤肿",形伤肿即指瘀血造成肿胀而言,这是因为伤者多少兼有血瘀,而血伤瘀凝,必致气机流通受阻。伤科临床中,每多气血两伤,肿痛并见,但有偏重伤气或伤血,以及先痛后肿或先肿后痛等不同情况。

二是说,在损伤的治疗中强调气血的辨证和治疗。清代《沈氏尊生书》指出:"气运乎血,血本随气以周流,气凝则血亦凝矣。"有些外伤仅局限于小部分肢体,造成血瘀青紫肿痛,似乎与气无关,这对于气血运行正常的患者来说,每能迅速恢复;而对体质素弱,特别是气虚患者,虽属轻微外伤,但肿痛等症状都迟迟不易消失,治疗中每需加入理气之药方能奏效。在伤科临床上单纯用活血化瘀药或者单纯用理气药的情况是少见的,只是时有侧重之不同。从中医学的角度来看,血和气沿着经脉一起流行,互相联系,互相制约,是矛盾的对立统一关系。"气为血之帅""血随气行""气行则血行""气滞则血凝",因此治疗伤科疾患,不论内伤、外伤、内治、外治,都必须注意气血的流通。因为"气血运行于全身,周流不息,外而营养皮肉筋骨,内而灌溉五脏六腑"。所以说,从另一种意义上看,"肢体损于外,气血伤于内"这句话虽然指出肢体损伤,但治疗不外乎气血两方面。以骨折为例,清代陈士铎《辨证录》接骨门说,骨折的内治之法,必须活血祛瘀为先,血不活则瘀不去,瘀不去则骨不接,说明治疗骨折应强调活血化瘀。而活血化瘀又离不开气的运行推动,特别到后期的用药,益气养血以收全功,更能说明问题。因此,石氏伤科石筱山说,理伤宜气血兼顾,气血的关系则是以血为先,以气为主。首次提出了"以气为主"的观点。石鉴玉指出,气血理论是与损伤有关的基础理论的核心,也是指导治疗的关键。正是在这一点上,石鉴玉继承前贤经验,在新的高度提出了带有规律性的观点,发展了伤科理论。

石鉴玉既遵循先辈"十三科一理贯之"的辨证施治之古训,又博采众长,把中医各派各科的长处融汇应用于伤科临床,熟练运用先辈"外伤内治"的手法,进一步强调和运用"以人为整体"的思想。"人是一个整体",不论是脏腑、经络,还是皮肉、筋骨等处受伤,都离不开气血两字。气血之于形体无处不到,气血是阴阳的物质基础,不论是急性跌打损伤还是慢性筋骨劳损而导致的各种疾病,都会使气血阴阳失去平衡。石鉴玉认为,"人体(整体)以气为主,(疗伤)治伤以血为先",治疗骨伤科疾病一定要内外兼顾,整体调治。例如疼痛,是骨伤科临床上最常见的症状,绝大多数的伤科疾患的主要表现就是疼痛,许多患者就诊的目的就是解除疼痛。从伤科古典医籍到现代临床,对于伤科疼痛,一般均认为是气滞血瘀所致,治疗总不离乎理气活血,用药处方也相当局限、单纯。石氏伤科亦提倡理伤宜气血兼顾,但其从临床实际出发,深思精研,在治气治血的关系上提出"以气为主,以血为先"的理论,使临床诊治主次分明,更有针对性、条理性。在疼痛的病机认识上,石氏伤科认为不通则痛是疼痛最根本的原因,而不通即瘀也,气、血、津液停聚均为瘀滞,在此基础上或兼正虚,或有兼邪。根据临床实践,石氏自第四代传人以来把伤科常见的疼痛病机分为以下八种:① 瘀血停滞;② 瘀阻气滞;③ 宿瘀气虚;④ 气血两亏;⑤ 瘀耗阴分;⑥ 瘀阻夹表;⑦ 瘀阻夹痰;⑧ 瘀热化脓。前两种病机是针对病情比较单一的疾病,是对"以气为主,以血为先"的理论具体运用;第三、四、五三种病机是针对病久兼虚或虚人有伤的情况;第六、七两种病机是针对病情较复杂,有兼邪的情况;第八种瘀热化脓则多属于外科的病机,但在伤科亦经常碰到。

在治疗上,石鉴玉常用黄芪益气,加强推动作用,兼顾扶正。黄芪,性温味甘,为补气诸药之最,配合祛风散寒、活血化湿通络之品,从而补气不碍邪,祛邪不伤正,起到相得益彰之效。据现代药理研究证实,黄芪能增强机体免疫力,它不仅有补气、温煦、推动之功能,更有生用性善透表、透邪外出、扶正达邪、通痹止痛之作用。而在常用的活血药基础上,石氏还喜用虫类药,特别是用在治疗宿瘀上。离经之血停留于体内,谓之瘀血。宿瘀,顾名思义即瘀血停留体内日久,大多是由跌仆挫伤等外来暴力所致,临床所见伤筋、骨折、脱臼等损伤经治久而未愈,出现局部肿胀、疼痛、痛有定处而拒按,唇舌青紫等,而且会反复发作。伤瘀有时间长短、病情轻重的不同,体质有寒热虚实之殊,对于久瘀、宿瘀之证,非一味活血化瘀药物能胜其责。根据"久病入络"的原理,血瘀积久往往与气滞、痰湿胶结而为沉痼,石氏用活血化瘀药加上虫类活血破瘀,搜经剔络。例如,全蝎乃治风要药,其能治风者,盖亦以善于走窜之故,风淫可祛,湿痹可利;蜈蚣走窜之力强而迅速,内到脏腑,外到经络,凡气血凝结之处皆能开之;地鳖善治跌打损伤,对瘀血留滞络脉有效;九香虫理气止痛、温中助阳,对中焦寒阻、脾肾阳虚者有奇效;蝼蛄利水通淋、消肿解毒,可用于下焦湿热、下肢肿胀者;等等。这些药物的运用,意在加强攻逐破瘀、消肿定痛的作用,对陈伤、宿瘀有较为满意的疗效。但是虫类化瘀之品有败胃、伤中之嫌,故处方配伍中应顾及之,确实做到攻瘀逐邪而不伤中。

2. 筋骨并重,内合肝肾 伤科疾病中的很大一部分是伤筋动骨。中医所讲的筋,范围比较广。"筋,束骨而利机关,主全身之运动","机关"可以理解为关节。也就是,说与关节活动有关的就是筋,包括现代医学所讲的关节囊、韧带、肌腱等。古代有十二经筋的名称,配合十二经脉,多起于四肢、爪甲之间,终于头面,内行胸腹空廓,但不入于脏腑。《内经》里说"诸筋者皆属于节",所以筋的主要功能是连属关节。人体的俯、仰、屈、伸等一切动作需筋来支持运动。骨是立身之主干。《内经》里说"骨为干",又说"骨者髓之府,不能久立,行则振掉,骨将惫矣",所以骨的主要功用是支持人体保护内脏免受外力损伤。

筋束骨、骨张筋,筋与骨的关系殊为密切。在治疗上,石鉴玉主张筋骨并重,特别是骨折、脱位的治疗。复位的重要性已无须多言,而治骨的同时要治筋,却容易被忽略。石鉴玉坚持传统伤科理念,认为在骨折复位的同时要重视理筋,并结合推拿按摩、顺骨捋筋等手法,以及既治骨又治筋的早期被动和主动功能锻炼,这对疾病的痊愈、功能的恢复是非常重要的。

中医学认为筋骨与肝肾两脏是密切相关的。肝主筋,《内经》讲"肝者……其充在筋""肝主身之筋膜",这就说明了肝与筋的关系。又提到"肝藏血",肝血充盈就能"淫气于筋",使筋有充分的濡养,筋强才能"束骨而利关节"。肾主骨,"肾者……其充在骨","肾生骨髓……在体为骨",又认为"肾藏精",所谓肾藏精,精生髓,髓养骨,也就是讲骨的生长、发育乃至损伤以后的修复,要依靠肾脏精气的滋养。石鉴玉认为,从筋骨损伤的治疗来讲,也要注意肝肾两脏的气血情况。凡外伤疾病,从现象上看来是受外来暴力所造成,而实际上,不健康的身体虽受轻微之外力,亦能引起伤筋伤骨,年老体弱者,肝肾精血较衰,稍受外伤,极易发生骨折,而且骨折后愈合较差,这就是肝肾不足的关系。青年人肝血肾精旺盛,也就不容易导致外伤筋骨的情况,即使伤了也容易恢复。肝血肾精盛,筋骨亦劲强有力,肝血肾精衰退时,骨也随之衰退。因此,石鉴玉认为,筋骨损伤类疾病,不论急性的骨折伤筋,还是慢性的筋骨病,必须结合患者的年龄、脏腑功能的盛衰等实际情况论治,切不可因循守旧不知变通。中医学认为,在天为风,在脏为肝,所以用风行之药可发挥行气之用。在李东垣气血风肝之论影响下,石氏运用风药治疗伤损颇具效验。损伤之机,久病必虚,肾元亏虚更加重肝风内动,出现头晕、头痛等症,因此治疗时要标本兼顾。石氏正是把握这一思路,认为人体气血津液之循环周流,可用天之风气推动,风气流动,外界万物皆动;风药引导,人体津血畅通,对于本虚患者,在平肝风的同时补益肾元,故在治疗伤损之时,常常使用潼蒺藜、白蒺藜药对。潼蒺藜具有补肝、益肾、明目、固精的功效,白蒺藜能平肝疏风、行气明目。两药配伍既能行气平肝,又能补益肝肾,使风得停,肾得益,气血得行,身体康健。

3. 调治兼邪,独重痰湿　石氏伤科对"兼邪"施治,尤多心得。石筱山说:"凡非本病,其发生不论前后,而有一个时期与本病同时存在的,都叫兼邪。"例如,有因劳力辛苦而着寒,文献上称为"劳力伤寒",劳力辛苦,内伤气血是本病,着寒又兼外感寒邪是兼邪。又如腰痛这一病证,役劳伤肾、风寒湿外侵、强力举重的闪腰等都可引起,其中强力举重的闪腰是本病,倘与本病在某一时期同时存在,则役劳伤肾、风寒湿外侵都是兼邪。这类病例,"似伤非伤,似损非损,病者,果疑于似伤而来,医者,岂能混以为伤而治"。总之,须审症辨因,然后施治才能得效。损伤的人是生活在自然界和社会的具体的人,外受风寒暑湿,内有七情六欲,而且体质有虚羸壮实之异。一旦受伤,"肢体损于外,则气血伤于内,营卫有所不贯,脏腑由之不和",除了损伤局部见有肿胀、瘀斑、畸形等诸证候外,尚有身热、口渴、纳呆、便秘等症(石筱山把这些凡因损伤而出现的一切症状都称兼症)。此外,石鉴玉指出,或损伤时有恼怒惊恐,或损伤后兼受风寒,则又有一番相关证候,更多见的是由于损伤后气血失和,易致风寒湿邪外袭,或因气血不和,内生痰湿留络。这些情况,必须仔细辨析而施治疗,否则,独以损伤为治,难得功效。《医宗金鉴·正骨心法要旨》"内治杂证法"中也专论"挟表",辨形气虚实而分立主方。

石氏提出兼邪着重从患者的全身情况入手,辨症求因而治。"损伤变证"也包括兼邪之内。损伤变证是指损伤起因,变生他证。而且这一"证"不只是个别的症状,而是一个病症。如伤后结毒就不只是郁瘀化热,结毒演变成了由损伤引起,却与损伤并存的病症。

石氏认为,损伤气血属气脉闭塞,内窍凝滞之类,易于痰聚为患。《本草纲目》云:"痰涎之为物,随气升降,无处不到……入于经络则麻痹疼痛,入于筋骨则头项胸背腰痛,手足牵引隐痛,即为其症。"清代何梦瑶《医碥》中认为痰"积久聚多,随脾胃之气以迄,则流溢于胃肠之外,躯壳之中,经络为之窒塞,皮肉为之麻木,甚至结成窠囊,牢不可破,其患固不一矣"。

在骨伤科临床上,常见痰与风、寒、湿、瘀诸邪相合为患。痰湿入络,其症或损伤而致,而更多的是积劳或过劳所致。因反复损伤,致气血呆滞,痰湿因之留恋,痰瘀交凝,筋损失用,而成缠绵难已之痛疾。损伤日久,如患处残留疼痛、肿胀、关节拘挛与屈伸不利,或皮肤不仁、肌肉痿弱、筋结成块等症,石氏认为此皆气虚而为邪所凑也。或本虚标实,或虚实夹杂,故不可凡伤者均论之为血瘀,须知日久必有兼邪。严用和《济生方》曰:"皆因体虚,腠理空疏,受风寒湿气而成痹也。"陈伤或劳损之类,多有阳气虚衰不足、卫阳不固,故腠理空疏,易遭致风寒湿三气杂至而流走经络、凝滞血脉,遂成痹证,病情也往往较为复杂。由于人体之经络发源于脏腑,气血之运行亦有赖于脏腑,若痹证迁延不愈,波及脏腑,亦将导致络道不通,气血运行不畅,从而加重病情,调治亦较困难。故曰:及时温补脾肾,调和气血,是为"上工治未病也"。

对于风寒湿三邪,石鉴玉尤重痰湿,认为伤损之后气血不和,痰湿每能凝滞经络。正如《仁斋直指方》指出:"血气和平,关络条畅则痰散而无,气脉闭塞,脘窍凝滞,则痰聚而有。"在痰湿的论治中,石氏结合损伤的特点,特别强调与脾肾的关系。张介宾曾指出:"夫痰即水也,其本在肾,其标在脾。"主张治宜温补肾阳,"补火生土"以化散痰结。宗前贤之说,石氏治理痰湿亦每将化散之法与温补脾肾之阳相结合。以化散痰湿之方牛蒡子汤为主合补中益气汤、《金匮》肾气丸等相参运用,而使痰湿阻滞渐消,气血失和日调。牛蒡子汤由牛蒡子、僵蚕、白蒺藜、独活、秦艽、白芷、半夏、桑枝等组成。牛蒡子豁痰消肿,通十二经络。《本草备要》曰:"散结除风……利腰膝凝滞之气。"白僵蚕化痰散结。《本草思辨录》曰:"治湿胜之风痰。"石氏历来重视痰湿的化散,牛蒡子、僵蚕等即为石氏家传方中医治痰湿之常用要药,若痰湿甚者,尚可加入制南星。大凡损伤病程较长者,临诊每见痹痛缠绵、关节僵凝,天气阴寒则更加剧,并可移行到损伤肢体以外的部位。对此气血不足,脉络久瘀,而风寒之邪留缠不已之证,治非辛温不能活血通经除痹,因而石氏十分推崇《伤科补要》的麻桂温经汤,该方用麻黄、桂枝、红花、白芷、细辛、桃仁、赤芍、甘草等,临床应用时,如加入益气之参芪、温经止痛之川草乌等疗效更著。如胸胁内伤,除了常用理气活血、化痰止咳之品外,往往用白芥子去除由气血凝滞而聚积于皮里膜外的无形之痰。新伤、骨折、伤筋,常用南星、万灵丹祛除痰湿,以达消结散肿之效。痰瘀流注经络所致者(包括周围神经损伤),宜益气活血、化痰通络之法,以补阳还五汤为主,配桂枝、南星、泽漆之类以温经化痰,若痰湿入络者,宜祛风豁痰通络。骨折后期患肢肿胀不消,石氏常取补阳还五汤加苍术、茯苓、泽泻、桂枝等以益气活血,健脾利湿,或酌加草乌、南星、泽漆以温化痰瘀,其效甚捷。正如朱丹溪所言:"治痰祛,实脾土,燥脾湿,是治其本。"腰腿痛(如腰椎间盘突出症),取牛蒡子、白芥子、泽漆等,以化痰利水消肿,缓解神经根水肿。石氏认为,虫类药,如蜈蚣、全蝎等都有化痰散结的功效。

石鉴玉认为,痰之为患,变化多端,还须辨病辨证论治。痰本为人体津液,或由于气血滞凝而致津液输布受碍,聚而成痰;或郁瘀化热则灼津成痰。与内科疾病中脾虚生湿酿痰有所不同,骨伤科多见于损伤气血不和,内生痰湿留络,故而新伤多见痰瘀互结,劳损杂病则多为痰湿入络。对于髋关节滑膜炎、股骨头骨骺炎、退行性膝关节炎等,除治以祛风活血、益气温阳之法外,常用化痰散结或健脾化痰之品治疗,如牛蒡子、炙僵蚕、白芥子、南星、半夏、陈皮等。对于股骨头缺血性坏死的治疗,则常取地龙、泽漆等活血利水化痰之品。石氏除在内治法中取法化痰浊外,在外治中也常用化瘀之法。如常用消散膏、黑虎丹,就是以化痰消散软坚之品治疗头皮血肿,瘀结成块,以及劳损疼痛,多有较满意的效果。

4. 勘审虚实,施以补泄 "百病之生,皆有虚实",损伤之病,亦不例外。一般说来,损伤之初,无论内伤外伤,多数属气滞血瘀的实证。损伤而致气血不足者,唯在新伤出血之血虚,以及气随血脱之候,这在开放性外伤及脏器损伤中每可见到,但在目前伤科临床中并非多见。

禀赋素弱而损伤者,属邪实正虚,虚中挟实之证。石鉴玉指出,治疗当先调补虚怯之体,然后祛瘀,或攻补兼施,视具体情况而定,关键是审定患者是否耐攻。盖损伤之病,虽非外邪所害,七情所伤,然气血离经,瘀滞既成,则气血本源亦必因损而弱,甚至亦有重伤久不愈而导致人体阴阳、气血、脏腑虚弱。故理伤之际,既当攻其瘀滞,又应顾其不足。一般而言,往往祛瘀在先,尔后调补肝肾以壮筋骨,扶助脾胃以资化源而养气血。石氏指出,薛己《正体类要》通篇所强调的唯在调补脾胃与肝肾命门,说明损伤后由气滞血瘀的实证,是逐渐转化为虚实夹杂之证,甚至因气散血失而虚脱,并提示了理伤时应顾护正气。

石氏临诊精于辨证,勘审虚实。常曰:凡初损之后,日渐由实转虚,或虚中夹实,此时纵有实候可言,亦多为宿瘀也;而气多呈虚象,即使损伤之初,气滞之时,亦已有耗气之趋向。故又认为此后之"以气为主",必着眼于一个"虚"字。前贤薛己便是主张理伤以气为主,病责于虚损的代表。其在《正体类要》中指出:"若肿不消,青不退,气血虚也。""青肿不消,用补中益气汤。"石氏宗前贤之说而赋予新意,指出伤损之后,实证阶段较短,虚证阶段则为时甚长,故理伤取攻逐之法是其变,用补益之法方为本。至于补法的应用则是多样的。或先攻后补,或先补后攻,或攻中寓补,或攻前预补。临诊虽可灵活多变,但万变不离其宗,总以温补脾肾为主。《灵枢·决气》曰:"谷入气满,淖泽注于骨,骨属屈伸泄泽,补益脑髓,皮肤润泽。""肠胃受谷,上焦出气,以温分肉,而养骨节,通腠理。"说明脾胃功能正常,可以使皮肉、筋骨、脑髓均能得到温养灌注。又肾主骨,为先天之本,因此,取益脾健运以促资化、滋补肾元以壮骨生髓的治则,可使耗损之气复原。临床常见的劳伤亦属损伤虚证范畴,乃过度劳力,积渐所伤,而使体质虚弱,以致经脉之气不及贯穿,气血养筋生髓之功失其常度,故见腰酸背痛、纳呆、头晕,甚至关节变形等症,因此也习称"脱力劳伤"。针对脱力劳伤的治疗,石鉴玉指出,当注意先天与后天相互资益关系。在伤损后期或慢性损伤时,石氏多用石筱山调中保元汤化裁而治之。方中取党参、黄芪、冬术、熟地、山药、鹿角胶、川断、枸杞子、龟甲、山萸肉、陈皮、茯苓、补骨脂、甘草等,是一张综合补中益气、六味、八味、左归、右归等诸方参合化裁而成的方剂,充分体现了温补脾肾的学术思想。

石鉴玉认为,现今之人随着生活条件改善,多食膏粱厚味,平时少运动,易出现脾失健运,气运不灵易滞,血行不畅易瘀,体内易积痰湿,故补要慎补、泄要慎泄,徐徐图之,不可操之过急。

(二) 提出"痰夹瘀血碍气而病"是诸多伤科疾病发生的重要环节

石鉴玉以石氏伤科"以气为主,以血为先"学术思想为基础,结合长期临床实践,注重"痰"对损伤性疾病的影响,提出"痰夹瘀血碍气而病"是诸多伤科疾病发生的一个重要环节的学术观点,并在理伤中以此为指导思想,运用逐痰化瘀之法,随证施治,使沉疴得起,收效颇甚。这里就其学术观点的形成和辨证施治经验略述如下。

1. 痰瘀相关说 各种急、慢性损伤皆不外乎气血津液的损伤,而气血津液正常功能的紊乱是产生痰瘀的重要因素。一旦气机受阻,则必然影响血的运行,凝滞成瘀,血瘀也可使气运失畅,促使痰的生成,说明了痰、气、瘀三者在伤科损伤疾病的发病机制上是相互关联的。石氏认为:"……损伤气血自属气脉闭塞,脘窍凝滞之类,易于痰聚为患。"故痰的凝聚能够影响气机的正常运行,气机阻滞,运行不畅,则血运失畅,血瘀形成;反之,损伤致血瘀也能使气机运行失常,气结则痰生内聚。所以,"痰夹瘀血碍气而病"是很多伤科疾病发生的一个重要环节。

2. 理伤重痰瘀

(1) 头部内伤:头部损伤常使脑气震动,瘀阻于上,清气不升,浊气不降,神明被扰；且因瘀阻不散，使津液周流亦受障碍，聚而成痰，痰瘀交凝致使症情重笃而难已，唯用祛瘀生新、升清降浊合化痰开窍为法。药物常用石菖蒲、南星、远志、竹沥、龙骨。昏愦期，出现瘀热夹痰，谵妄乱语，烦躁不安者，拟逐瘀醒脑，清热祛痰，取至宝丹清热开窍；清醒期，出现头痛头晕，恶心呕吐，怔忡难寐，或有失语难言，痴呆迟钝等，治拟活血化瘀，升清降浊，常用石氏验方柴胡细辛汤化裁治疗，方中用柴胡、薄荷以提升清气，丹参、地鳖虫、川芎以活血化瘀降浊，陈皮、半夏化痰降逆止呕；恢复期，出现痰浊阻滞者，治以化痰健运为主，常用半夏白术天麻汤或温胆汤化裁，礞石滚痰丸可参用。头部内伤的重症缠绵者，多因痰浊作祟，故在方中常佐以石菖蒲开窍豁痰，并兼理气活血；陈胆星化痰定惊，"能消惊痰"（《本草汇言》）；远志以"豁痰利窍，使心气开通"（《药品化义》）；竹茹、青龙齿其性善利痰，收敛中仍有开通之力，诸药相伍，使痰瘀无以凝聚，血气得以流通，顽症得以消除。

（2）胸胁内伤：胸胁损伤常导致气机升降失常，瘀阻络脉，瘀阻气滞每易积聚痰浊。故在治疗上必须理气、活血、化痰三者兼顾，除了选用理气活血之药外，必须适当佐以化痰之品，共奏其效。方用石氏验方胸胁内伤方化裁论治。方中用柴胡、香附宽胸疏肝，宣通气机；用当归、郁金、降香活血行气止痛，桃仁、红花逐络中之瘀，白芥子豁利皮里膜外由气血凝滞而聚积的无形之痰。

（3）新伤、骨折、伤筋：骨折、伤筋都是气血皆损、瘀阻经络的损伤性疾病。陈士铎曾曰："瘀不去则血不活，血不活则骨不接。"石氏理伤的基本原则"以气为主、以血为先"，在治疗上多以活血化瘀为主，在临证施药上常配以制南星、陈皮等化痰散结、行气之品，使瘀积得以及时消散，同时防止痰瘀凝结。因为痰瘀互结，凝而不化，则气血难行，新血不生则骨不能接续。对陈伤肿痛缠绵难除者，则佐以威灵仙化痰行气以助消散，《药品化义》中谓威灵仙"走而不守，主治风、湿、痰壅滞经络之中，以此疏通经络，则血滞痰阻无不立豁"。

（4）血肿机化：石鉴玉认为此病病机与"痰瘀交凝碍气而病"有关。在治疗上用性温之山羊血活血消瘀，引血归原、和伤散血，接骨紫金丹（《伤科汇纂》）、黎洞丸（《医宗金鉴》）中皆有用之。花蕊石性平，活血化瘀，能化血为水，去恶血，治跌打损伤日久，血瘀肿胀，在花蕊石散（《太平惠民和剂局方》）中用之。山羊血、花蕊石等药配伍，能活血化瘀、消肿散结；同时佐以泽漆、白芥子、制南星等化痰之品。白芥子有豁利皮里膜外由气血凝滞而聚积的无形之痰的作用；泽漆有利水消肿、化痰消瘀之功效。这类药物的配伍运用，能增强本病的疗效。

（5）腰椎间盘突出症：本病是由于椎间盘组织、增厚的黄韧带及增生的关节突机械性压迫神经根，使神经根水肿缺血，纤维渗出增加，使神经根与周围组织粘连，而在临床上出现腰腿痛、麻木牵掣等症状。石鉴玉认为,风寒湿三邪外侵阻络,必然使气机受阻,气机阻滞,则血的运行失畅,凝而成痰,血瘀也可使气机运行失畅,促成痰的凝聚。因此,石氏提出"痰夹瘀血碍气而病"是本病发生的一个重要环节。在治疗上,石鉴玉常采用石氏验方逐痰通络汤治疗本病,以豁痰透剔合活血通利之品疏通经络,则血滞痰阻无不立豁。其临证善用全蝎、蜈蚣搜经剔络。石氏认为,盖伤瘀有时间长短、病情轻重的不同,体质有寒热虚实之殊。诚然,对于久瘀、宿瘀之证,非一味活血化瘀药物能胜其责。根据"久病入络"的原理,血瘀积久往往与气滞、痰湿胶结而为沉痼,石氏用活血化瘀药加上虫类活血破瘀,搜经剔络,犹如风扫残云,光照阴霾。全蝎乃治风要药,其能治风者,盖亦以善于走窜之故,风淫可祛,湿痹可利;蜈蚣走窜之力强而迅速,内到脏腑,外到经络,凡气血凝结之处皆能开之。两药与活血化瘀药合并运用,意在加强攻逐破瘀、消肿定痛的作用。但是,虫类化瘀之品有败胃、伤中之嫌,处方配伍中应顾及之。因此,石氏根据《内经》"大毒治病,十去其六;常毒治病,十去其七;小毒治病,十去其八;无毒治病,十去其九。谷肉果菜,食养尽之,无使过之,伤其正也"之原则,确实做到攻瘀逐邪而不伤中,起到一箭双雕之用。

(6)髋关节暂时性滑膜炎、股骨头骨骺炎、退行性膝关节炎等杂病:这类疾病大多是由风、寒、湿邪入侵关节筋络,使气血失畅而痰浊凝聚,痰与风、寒、湿邪互阻所致。朱丹溪曾提出:"宜疏湿,散风寒,逐痰积,气血自然湍流。"故在治疗上,石鉴玉常运用石氏验方牛蒡子汤佐以活血化瘀、祛风逐痰通络之品随症出入。由于痰瘀之为患,变化多端,在临床上须仔细辨证施治。

(三)对石氏伤科的创新发展

1. 喜用药对,又有发展 药对数量众多,类别复杂,应用广泛,各家均有独特的经验。石鉴玉指出,从其组成分析,以相须、相使配伍者居多。药对配伍后,性能主治发生变化,受到历代医学家的重视。其原因有二:首先,药对的功效一般比单味药增强;其次,一味药的功效比较简单,配成药对则可扩大应用范围,以适应临床病证的复杂多变。有些药物具有毒性、烈性,或具有副作用,容易引起不良反应,与某些药组成药对,可以制约其毒性、烈性,减轻或避免不良反应。石氏伤科擅用药对治疗伤科疾患,自石氏第四代传人以来更有发展,灵活运用,疗效颇佳。常用的有:牛蒡、僵蚕,化痰湿;柴胡、香附,治疗内伤;草乌、磁石,通脉息痛;地龙、地鳖虫,破瘀逐痰;芍药、甘草,解关节粘连等。石鉴玉还喜用泽漆、白芥子,以祛筋膜脉络之痰,配金雀根用于治疗腰椎间盘突出症下肢症状;用川乌、木瓜,治疗寒凝腰痛之证;用蛇舌草、夏枯草,消关节痹痛等。

药对是相对固定的配伍单位,具有一定的独立性,但在病情变化复杂时,可按病情需要灵活变化。可以两个或两个以上的药对联合应用。如痰湿入络之颈椎病,石鉴玉临证喜用牛蒡子、僵蚕合用,以祛痰消肿、宣滞破结;南星、防风合用,以祛风解痉;草乌、磁石合用,以通脉息痛。石氏认为,颈椎病主要是由于人体气血不和、运行不畅,导致气血壅滞、津液凝积,进而聚积成痰而致病。若入于经络则麻痹疼痛,入于筋骨则头项、胸背、腰骶掣痛,手足牵掣隐痛,聚于局部则肿而成块。痰湿为患,随气升降无处不至,而遍于全身。因此,石氏依据中医学辨证施治特点,牢牢抓住痰湿致病之因,针对性地采用化痰利湿、通络散结之法,对该类疾病进行辨证治疗。① 牛蒡子、僵蚕两药为治痰散结之要药。牛蒡子性凉、味辛、苦,祛痰消肿、通行十二经络。《本草从新》曰其"泻热散结除风……利腰膝凝滞之气",《药品化义》曰其"能升能降,主治上部风痰",《本事方》曰其"治风热成历节,攻手指作赤肿麻木,甚则攻肩背两膝……"僵蚕性平、味辛咸,祛风解痉、化痰散结。《本草求真》曰其为祛风散寒、燥湿化痰、温利血脉之品。《本草思辨录》曰其"治湿胜之风痰……劫痰湿散肝风"。由此,牛蒡子、僵蚕两者配伍应用可通行十二经脉、开破痰结、导其结滞、宣达气血、滑利椎脉。② 南星性温而燥,归肺、肝、脾经,走经络有较强的燥湿化痰之功,偏于祛风痰而能解痉止厥,善治风痰证。防风归膀胱、肝、脾经,辛温发散,气味俱升,以辛散祛风解表为主。功能祛风散寒,胜湿止痛,为较常用之祛风湿、止痹痛药。防风既能辛散外风,又能息内风以止痉。两药相合,行无形之气,化有形之郁,使痰瘀化散,气血流通,从而肿退痛定,病患得解。③ 草乌、磁石药为通脉息痛之主药。头痛、颈肩臂疼痛是颈椎病的主要症状,石氏善用草乌、磁石药对治疗于伤科临床疼痛之患。草乌性热、味辛,宣通血脉、搜风胜湿、散寒止痛。《药性论》曰其"通经络,利关节,寻蹊达径而直抵病所",《医学衷中参西录》曰其"热力减于附子,而宣通之力较优",《纲目拾遗》曰其能"追风活血"。磁石性平,味辛咸,活血化瘀,消肿镇痛,补肾益精。《本经》曰其"主周痹风湿,肢节中痛",《千金要方》曰其"通关节消肿痛",《别录》曰其"养肾脏,强肾气,通关节……"由此,草乌、磁石配伍应用可通利血脉,消肿息痛,并且磁石之咸凉可制约草乌之峻烈,草乌之辛烈又可起启磁石之阴寒,两药相辅相成,相得益彰。

此外,对于某些药对,石鉴玉认为通过调节药对本身之用量比例,即可改变药对的功效主治。例如桂枝、白芍配对,调和营卫,当卫表之证明显时可加大桂枝的相对用量;当营血之证较重时,则相对加重白芍用量,以适应病情不断变化。

2. 善用泽漆,化痰散结 石鉴玉认为,各种急、慢性损伤皆可致气血津液受损,一旦气机受阻,则必然影响到血的运行,则凝滞成瘀;血瘀也可使气运失畅,导致痰的凝聚。朱丹溪曾曰:"痰因气滞而聚,既聚则碍道路,气不得运。""痰则气滞,妨碍升降。"这正说明了痰、气、瘀三者在伤科损伤疾病的发病机制上的相互关联性。朱丹溪还指出:"痰积趁逐经络流注,搏血内亦然。"张景岳《质疑录》亦言:"痰,非病也。痰非人身素有之物。痰者,身之津液也。气滞、血凝,则津液化而为痰,是痰因病而生者也。"痰的凝聚能够影响气机的正常运行,气机阻滞,运行不畅,则血运失畅,而促成血瘀的形成;反之,血瘀也能使气机运行失常,气结则痰生内聚。

临床上,石鉴玉善用泽漆以化痰散结。泽漆是一味产地广泛的大戟科植物,有化痰、逐水、消肿、散结等功效,历代本草都有收载。在汉代已用于临床,如张仲景在《金匮要略·肺痿肺痈咳嗽上气病脉证治》中就有"咳而脉沉者,泽漆汤主之",以泽漆为主药,治疗顽固性肺部疾病。石鉴玉经深入研究及结合多年的临床实践应用,积累了丰富的经验,认为泽漆对治疗骨伤科疾病兼夹痰结者有很好的疗效。

3. 山羊血小复方消血肿 血肿是由于局部血管破裂出血,血液积聚形成的一种血性肿块,主要由于外力引起,造成局部创伤所致。《内经》中曾记载不可为期而致的外伤,有"有所坠堕,恶血内留"的病机特征,临床表现为损伤部位局部组织出血性肿块或皮下瘀斑。《丹溪心法》有云:"其皮间有红缕赤痕者,此血肿也。"血管断裂、出血,形成血肿,血肿于伤后6～8小时开始凝结成含有网状纤维素的血凝块;24小时内新生的毛细血管、成纤维细胞和吞噬细胞侵入血块,纤维组织将血凝块分隔为许多小块,同时坏死组织被吞噬细胞清除;此后,吞噬细胞和毛细血管逐渐减少,被机化的血肿和肉芽组织再演变成纤维结缔组织。骨折断端附近的血肿机化、吸收、演变不完全,可延迟骨折愈合,所谓"瘀血不去,新骨不生";肌肉韧带软组织中的血肿机化、吸收、演变不完全,可导致肌肉舒缩功能障碍和韧带弹性变差,或形成局部肿块;损伤关节附近的血肿机化、吸收、演变不完全,会造成周围软组织变性,致使关节活动功能障碍。

石鉴玉通过长期的临床实践,发现山羊血、花蕊石、牛角腮等药物的配伍运用,对损伤血肿症状的改善,有着显著的疗效,在20世纪90年代提出山羊血小复方治疗损伤血肿的治疗方法。明代刘宗厚《玉机微义》认为损伤是"外受有形之物所伤,乃血肉筋骨受病","所以,损伤一证,专从血论"。山羊血小复方由山羊血、花蕊石、牛角腮组成。其中,山羊血为牛科动物青羊的血,味咸性热,入心、肝经,功效活血消瘀,引血归原,和伤散血。《本草汇言》曰其"能活血、散血,如跌扑内损,血胀垂绝,或内伤藏腑筋骨膜络,外损血脉破裂,皮肉色变,气将绝者,用一二厘,温酒调化,灌入喉中";《药性考》曰其"疗跌仆损伤,咯、吐、呕、衄、便溺诸血,能止血消瘀";《伤科汇纂》中曰"取鸡血半杯,投入干山羊血一粒,过宿变成水,或以久凝臭鸡血一块,投入山羊血中,过宿反变成鲜血";在接骨紫金丹(《伤科汇纂》)、黎洞丸(《医宗金鉴》)中皆有用之。花蕊石别名花乳石、白云石,为变质岩类岩石含蛇纹石大理岩的石块,味酸、涩,性平,入肝经,功效活血化瘀去恶血,治跌仆损伤日久,除血瘀肿胀。《嘉祐本草》曰其"主金疮止血,又疗产妇血晕,恶血";《本草纲目》曰其"治一切失血伤损,内漏,目翳";《玉楸药解》曰其"功专止血",治吐衄崩漏胎产,刀杖一切诸血;《医林纂要》曰其"泻肝行瘀血,敛肺生皮肉"。牛角腮又名牛角胎、牛角笋,为牛科动物黄牛或水牛角中的骨质角髓,味苦,性温,入心经,功效下闭血、瘀血疼痛。《本经》曰其"下闭血,瘀血疼痛,女人带下血";《本草拾遗》曰将其"烧为黑灰,末服,主赤白痢";《日华子本草》曰将其"烧焦,治肠风泻血,水泻";《本草蒙筌》曰其"除吐衄";《本草纲目》曰其"治水肿";《医林纂要》曰其"长筋力"。三药配伍能活血化瘀、消肿散结。对血肿日久不去,久病不愈的患者,在用药上,石鉴玉常佐以泽漆、白芥子、制南星等一些化痰之品。

4. 治伤用药,顾护胃气　伤科辨证用药宜时时顾护胃气。脾胃为后天之本,石氏认为百病皆生于气血,伤科尤其如此。《丹溪心法·调脾胃》曰"人之一身,脾胃为主",脾胃为气血生化之源,只有脾胃健运,气血充足,五脏得养,病情才能好转。而且,所有的内服药必须通过脾胃吸收并输布之后才能发挥其疗效,所以保持脾胃健运是治疗的基础、前提。时时顾护胃气是伤科内治法的一大原则:胃气已伤则调之,未伤则护之。

石氏伤科顾护胃气,注重辨证,根据证候和患者体质,在治疗主症的同时加入顾护胃气的药物,石氏伤科自第四代传人以来将常用顾护胃气的方法分为八种:行气和胃、益气和胃、疏肝和胃、消食和胃、化湿和胃、养阴和胃、温中和胃、祛痰和胃,故又称"顾胃八大常法"。除了注意加入护胃之药外,石氏伤科讲究临症用药,阴阳互济。将常用药物分为"走"和"守"两类:凡药性走窜,能推动气血津液运行或祛除邪气(包括外感六淫、食积、痰饮和瘀血等)的药物皆为"走"这一类,此类药物多易伤胃,如行气活血药和大部分驱邪药;凡药性黏滞,能抑制气血津液运行,防止其耗散的药物皆为"守"这一类,此类药物多易碍胃,包括补益药和收涩药等。"走"与"守"即药性之阴阳也,注意组方时将这一走一守两类药物配合使用,使阴阳互济,互制其偏性,以防伤胃或碍胃。如石氏调中保元汤中有党参、熟地、山萸肉、黄芪、龟甲、淫羊藿等补益脾肾,是为"守";同时用陈皮、茯苓以行气行津,而且在临床使用时常加牛膝、狗脊、白芥子、地龙等以活血化痰通络,是为"走"。伤科用药以行气活血药和补益药为多,且多为辛燥或滋腻,易伤胃或碍胃。注意尽量选用不易伤胃或碍胃的药物,以代替易伤胃或碍胃的药物,如常用血竭代替乳香、没药以防伤胃,太子参、党参代替人参,黄精代替熟地以减其滋腻。如处方中有较多的辛燥药物,则加入一些养胃生津药物,如玉竹、麦冬、天花粉,如处方中有较多的滋腻药物,则加入一些行气醒脾药物,如青皮、陈皮、佛手、香橼、藿香、佩兰。甘草调和诸药,制诸药之偏,又味道甘甜,可矫味和中,方中每每用之。尤其在方中有附子、乌头等有毒药物时,甘草是必用之品。如药液浑浊,可以加丝瓜络以吸附杂质,使药液澄清,易于服用。另外,汤药宜食后温服,食宜清淡、规律、远离生腥油腻,都是顾护胃气的必要措施,应向患者交代清楚。在有条件的情况下,还可以积极地运用食疗方法以养胃气。

石鉴玉遵循石氏伤科在临床上时刻注意顾护胃气之旨,并结合自身临证经验,积累了独到的用药心得。他从患者日常调护着手,注重医患合作,全方位地进行调治,以保持脾胃运化正常,为机体功能的修复和药物发挥治疗作用提供了良好的条件,从而能取得很好的临床疗效。

5. 对经验方药的发展　上海市黄浦区中心医院"石氏伤科"研究室成立后,石鉴玉和石仰山一起把祖上沿用百余年的"三色三黄"敷药,结合医院临床,经过几十次的调整研究和运用,与上海中药三厂共同开发,运用从日本引进的"巴布氏剂"生产流水线加工工艺,研制成新一代的骨伤外敷新药——石氏伤膏(现名复方紫荆消伤巴布膏)。石氏伤膏优点十分明显,不仅透气性能好,保存期长,不污染衣物,使用携带方便。1993 年 11 月石氏伤膏作为新型外敷用药,通过了上海市科学技术成果鉴定,并且经上海市新药评审委员会认可,作为新药开发,报国家卫生部。之后石氏伤科研究室以石氏伤膏的开发为突破口,建立三个课题小组,不断加强对石氏伤科其他经验方和药物的研究和开发,形成除石氏伤膏以外多个系列药品,如石氏热敷袋、石氏熏洗剂、骨密灵、骨密胶囊、石氏椎脉回春合剂、石氏逐痰通络合剂、石氏温经强腰合剂、石氏理气固腰合剂、石氏益肾健腰合剂、石氏胸胁内伤合剂、石氏接骨片、石氏伤筋搽剂等;曾荣获上海市科技进步奖三等奖两项,黄浦区科技进步奖一等奖三项。这些成果与有特色的药物,通过临床多年运用,都有着良好的疗效,深受国内外患者的欢迎。

第二章
用药特色与经验方

一、用药特色

石鉴玉在临床上讲究"整体理伤,专从气血",提出临床治疗当"解除症状,治其病因,加强抗病能力"的用药观点。石氏临证常用的内服、外用药简介如下。

(一) 内服药物治疗特色

根据损伤的不同部位、性质和伤后兼邪的各异,石氏将伤疾分为外伤(伤及皮肉筋骨)、内伤(损伤及脏腑经络气血)、伤科杂症(风寒湿诸邪的留滞等)而予以分类用药。

1. 外伤用药 外伤一般指四肢筋骨损伤,可分为初、中、后三期而分治之,仅举骨折为例,其他诸证均可仿此加减参阅之。① 外伤初期,常用新伤续断汤,以活血化瘀、续断生新为主。常用药物为当归、地鳖虫、炙乳没、煅自然铜、丹参、骨碎补、泽兰叶、延胡索、苏木、川断、桑枝、桃仁等。若肿胀剧烈者,可选加紫荆皮、刘寄奴、王不留行子、荆芥、防风、南星、万灵丹等。若疼痛剧烈者,可选加血竭、三七、制草乌、磁石等。一般上肢加姜黄、桑枝,下肢加牛膝、威灵仙。② 外伤中期,常用和营续骨汤,以和营生新、接骨续筋为主。常用药物为当归、赤白芍、川芎、生地、杜仲、川断、骨碎补、五加皮、红花、陈皮、桑枝、独活等。若肢麻酸楚者,可选加黄芪、桂枝、木瓜、鸡血藤等。若湿困纳呆者,可选加苍术、川朴、蔻仁、谷麦芽、生山楂等。③ 损伤后期,常用坚骨壮筋汤,以益气血、补肝肾为主。常用药物为党参、黄芪、白术、白芍、当归、熟地、川断、狗脊、鹿角、鸡血藤、红花、陈皮、茯苓等。若关节疼痛、活动不利者,可选加千年健、络石藤、伸筋草等。若关节酸麻者,可选加蚕沙、木瓜、五加皮、乌梢蛇等。

2. 内伤用药 内伤一般指头脑、胸腹等躯干部的损伤,即以脏腑经络气血受病为主,按损伤的部位、时间长短而分治之。① 头部内伤:脑是人的生命活动的高级中枢,调节全身各系统、各器官的生理功能。头部受到外来因素如堕、击、撞、压之震动形成内伤,称脑震伤或脑震荡。头部内伤早期多实证,以气阻血瘀、肝经郁滞为主,后期多虚证,以气血不足、肝肾亏损为主。石氏一般以三期辨证用药治疗头部内伤:早期常用柴胡细辛汤,以升清降浊、化瘀宣络为主,主治头部内伤早期出现的头痛、眩晕、呕吐、夜寐不安等。常用药物为柴胡、细辛、薄荷、当归、地鳖虫、丹参、川芎、泽兰、姜半夏。中期常用天麻钩藤汤参以川芎茶调散加减,以平肝息风、和血宁神为主,主治伤后经常头晕眩胀、夜寐不安、颈项牵掣、肌肉有抽搐等。常用药物为天麻、白蒺藜、钩藤、赤芍、白芍、丹参、远志、酸枣仁、茯苓、当归等。后期常用安脑宁神方,以补气养血、养心宁神为主,主治脑震伤后期气血虚弱、健忘头昏、夜寐不宁等。常用药物为钩藤、潞党参、黄芪、白术、白芍、熟地、珍珠母、炙远志、酸枣仁、全当归、枸杞子等。② 胸胁内伤:指由于外力作用而致体内胸膜、脏器和经脉等损伤,引发胸胁疼痛作胀等,可分为伤气与伤血两个证型。伤气:如举重用力过度而致伤,暴力跌仆、撞击使气聚结于内,出现胸部闷胀作痛或胁间隐痛,咳嗽呼吸转侧牵掣疼痛,治疗理气为主,活血为辅,配合顺气肃肺。常用药物为香附、郁金、延胡索、青皮、陈皮、旋覆花、苏梗、降香、竹三七等。伤血:损伤多为直接外力所致,如撞伤、跌仆、暴力之伤。患者有明显压痛且痛有定处,局部肿胀,甚则咳血、吐血、发热。治疗以活血为主,祛瘀生新。常用药物为当归、郁金、地鳖虫、柴胡、香附、姜半夏、血竭、降香、桃仁、参三七等。若胸腹内伤、气滞窜动作痛者,以理气通络为主,活血化瘀辅之。常以小柴胡汤及金铃子散加减,亦可用验方理气止痛汤出入。若胸腹内伤、瘀滞疼痛者,则以活血化瘀为主,理气和络辅之,可用复元活血汤或膈下逐瘀汤等加减出入。③ 少腹部或会阴内伤而见小便涩滞者,可用柴胡桔梗汤;陈伤延久不愈,瘀化未尽者,可予三棱和伤汤。④ 内伤诸证较严重者,可现气闭昏迷之证,宜先服苏合香丸或至宝丹以开闭宣窍,如化热烦躁不宁者亦可服琥珀抱龙丸、安宫牛黄丸或紫雪丹等。

3. 伤科杂症用药　伤科杂症一般指损伤而兼有风寒痰湿等痹着之邪留滞及筋骨劳损、骨节变形等似伤非伤之夹杂症。损伤未彻而兼有风寒甚者,常用麻桂温经汤以祛邪宣络、活血止痛。兼风邪痰湿入络之症而见关节肿胀,筋结成块,肢节活动牵掣或为麻痹疼痛者,常以牛蒡子汤。腰腿痛兼邪或夹瘀血留滞太阳经者,常用独活寄生汤合地龙散加减。劳伤筋骨、损及元气而见腰背酸痛、四肢疲乏、动作呆滞无力、头晕纳呆甚至关节变形诸症,常以调中保元汤加减。兼肢麻痰湿流注者选加南星、白芥子、指迷茯苓丸等。肿胀重滞选加茯苓皮、泽泻、防己、木瓜、薏苡仁。痿软无力可选加肉苁蓉、锁阳、淫羊藿、鹿角、黄芪等。

(二) 外用药物治疗特色

石氏伤科常用外用药的种类和剂型很多,大都化裁于古今医家的经验效方,各具特色。一般常用的有敷药、膏药、掺药、熨药、搽擦药、熏洗药等,临证时当因证而异地施之于损伤性疾病的不同阶段,灵活配伍用药,具有活血消肿、清热消瘀、止血生肌、温经止痛、舒筋活络等不同功效。现简要列举如下。

(1) 铁扇散(乳香、没药、石灰、龙骨、象皮等):用于创伤,具止血生肌、拔毒敛疮之功。

(2) 金枪膏(金银花、紫花地丁、川连、乳没药、血竭、象皮等):用治疮伤及破皮断骨,具清热解毒、止血生肌之功。

(3) 红玉膏(东丹、熟石膏):具护肤生肌之功。

(4) 三黄膏(大黄、黄芩、黄柏、东丹等):具清热以消瘀退肿止痛之功。

(5) 三色敷药(紫荆皮、黄金子、番木鳖、当归、赤芍、丹参、白芷等):以活血化瘀、消肿止痛见功。

(6) 损伤风湿膏药(生川草乌、生南星、当归、红花、地鳖虫、麻黄、细辛、透骨草等):具温通活血散滞之功,善治损伤风湿诸证。

(7) 痰核消散膏(泽漆、大戟、僵蚕、生南星、生半夏等):具软坚散结之功,用治伤后瘀疼,关节僵硬及患处结块坚硬、肿胀积液等症。

(8) 黑虎丹(穿山甲、全蝎、蜈蚣、蜘蛛、乳没、腰黄、麝香等):能祛瘀消肿散坚,用治挫伤结块坚硬及无名肿毒。

(9) 桂麝丹(肉桂、丁香、麝香):能温经散寒、透窍止痛,用治损伤、风湿痹痛。

(10) 接骨丹(血竭、骨碎补、煅自然铜、乳没药、麝香等):具接骨续筋止痛之功。

(11) 伤筋药水(生川草乌、生南星、苏木、红花、威灵仙、山奈、樟脑等):用治损伤风湿筋骨麻木疼痛、筋络挛缩诸证。

(12) 熏洗方(生川草乌、甘松、山奈、羌独活、当归、紫草、海桐皮等):用治骨折及软组织损伤后期,筋骨疼痛、关节不利等症。

二、经验方

(一) 内治经验方

▶ 新伤续断汤

组方:当归、地鳖虫、炙乳没、煅自然铜、丹参、骨碎补、泽兰叶、延胡索、苏木、川断、桑枝、桃仁。

功效：活血化瘀，续断生新。

主治：一切新伤瘀阻或筋骨折断等。

方解：该方称"新伤续断"，顾名思义，凡是一切新伤或筋骨折断，俱可用之。跌打损伤多因皮肉筋骨受损引起气血凝滞、经络阻塞、筋伤骨损。本方紧紧抓住跌仆新伤之病机，以气血立论，根据石氏气血兼顾、以气为主、以血为先的治疗原则，也就是以活血祛除瘀阻为先，所谓"瘀血不祛则新血不生，筋脉难利，折骨难合"。故石氏一方面以当归、地鳖虫、桃仁、泽兰、苏木、丹参、没药等活血化瘀、消肿止痛，一方面用乳香、延胡索等血中之气药，活血祛瘀、理气止痛而助动血行，更用骨碎补、川断、煅自然铜、桑枝等散瘀血、利关节、续伤断，从而使新血生长，筋脉通畅，折骨续合。

▶ 接骨方

组方：参三七、煅自然铜、地鳖虫、广地龙、朱砂、乳香、没药、骨碎补、苏木、川断、冰片、杜红花、儿茶、全当归、降香、血竭。

功效：活血化瘀，续骨息痛。

主治：跌仆闪挫所致的骨折、伤筋等症。

方解：石氏根据"肢体伤于外，则气血伤于内"之理论，认为瘀血停滞，经络不通是跌仆伤损产生肿胀疼痛的主要原因。所谓"血不活则瘀不能去，瘀不去则骨不能接"。因此，石氏接骨片组方重点是突出活血散瘀、消肿止痛。方中川断、地鳖虫、苏木、红花、没药、当归、血竭等药活血散瘀、消肿止痛；配以冰片、降香、乳香等辛香走窜之品，通透经络而行其血脉；瘀久必有伏热，故用地龙、朱砂、儿茶等清热通络，以清除瘀热，通其血道；更用煅自然铜、骨碎补、川断等继伤断、接骨伤。从而使瘀去、新生、骨合、筋续，充分体现了"跌打损伤之证，专从血论"的指导思想。

▶ 柴胡细辛汤

组方：柴胡、细辛、薄荷、归尾、地鳖虫、丹参、川芎、泽兰、半夏。

功效：祛瘀生新，调和升降。

主治：头部内伤（脑震荡）昏迷苏醒后或无明显昏迷所致的头晕、头痛、嗜卧、泛泛欲恶等。

方解：头部为清阳之处是经络都会之枢要，外部经穴分布极多，内部充满脑髓，且宫窍下系上络，诸般紧要，以统全身。一旦头部遭受打击，或自高坠下，或跌仆时头部着地，或受外力撞击而致，或骨折直接压迫，轻者震激脑海，重者伤及颅脑,导致颅内血脉损伤或瘀血内蓄,引起脑震荡,出现头晕、头痛、嗜卧、泛恶、昏迷、肢厥等险急症状。头晕目眩,呕吐泛恶,是脑震荡的主要症状,清代王士雄《四科简效方·跌打伤、伤脑》中已有记载,脑伤"其人头晕呕吐"。中医认为眩晕是"过在足少阳厥阴"(《素问·五脏生成》),呕恶是肝犯胃,因足厥阴之脉"上出额,与督脉会于巅"(《灵枢·经脉》),所以脑震荡主要是病在足厥阴肝经,兼及督脉。《灵枢·卫气》云:"气在头者,止之于脑。"脑为"灵明"之府,若脑部受震,必伤及"灵明"而瘀阻清窍,以至清阳浊阴升降失调。

此方紧扣病机,以柴胡理气调和为主药。石氏认为,柴胡能升、能降,因而得着一个"和"字,只要善于使用,不论病在上、中、下哪一部位都很适宜,可谓是治疗伤科内伤的一味有效良药。同时,柴胡又为引经之药,可使药力随经气循行而通达上下。本方在主用柴胡的基础上,辅以细辛,起到辛开苦降,升阳降浊之功,治头痛脑动之疾;半夏为使,能降浊止呕;薄荷辛散以助之,更用归尾、地鳖虫、丹参、川芎、泽兰等化瘀治血之品。全方重在化瘀升清,体现了以气为主,以血为先的指导思想。

▶ 天麻钩藤汤

组方:天麻、钩藤、白蒺藜、当归、赤白芍、川芎、丹参、酸枣仁、茯神。

功效:平肝宁神,和营养血。

主治:头部内伤后头晕胀痛减未除,又兼目眩昏花、心悸不安、夜寐不宁等症。

方解:头部内伤是常见的损伤,发病率仅次于四肢损伤。颅内严重损伤多有后遗症,死亡率亦较高。唐代王焘《外台秘要》说:"破脑出血而不能言语,戴眼直视,咽中沸声,口急唾出……亦皆死候,不可疗。若脑出而无诸候者,可疗。"钱秀昌的《伤科补要》中记有"巅顶骨伤"曰:"如外皮未破,而骨已碎,内膜已穿,血向内流,声哑不语,而青唇黑者不治或顶骨塌陷,惊动脑髓,七窍出血,身挺僵厥,昏闷全无知觉者不治。或骨碎髓出不治,或皮开肉绽,血流不止者可治。"说明中医学对头部损伤早有认识,对其证候、程度、预后都有正确的描述与认识。

头脑损伤患者脱离危险,神志开始清醒,转入稳定阶段后,这时主要的症状,就是头晕不止,可随着气候变化加剧。头部似有重物压顶,有圈箍之感,夜寐每多乱梦,记忆力减退。如此症状存在,如不设法对症治疗,往往可拖延很长岁月,甚至累及终身。本方以天麻治头部内伤、头晕头痛为主药,《本草汇言》言天麻"主头痛,头晕虚旋";张元素曰其能"治风虚眩晕头痛";《本草新编》云"天麻,能止昏眩,治筋骨拘挛,通血脉,开窍"。并辅以钩藤、白蒺藜等清利头目;配以当归、赤白芍、川芎、丹参等养血和营、活血通脉;取四物之理,更用酸枣仁、茯神等养心安神,以治头部内伤所致的心悸不安、夜寐不宁之患。全方配伍以达平肝宁神、和营养血之功。

▶ 胸胁内伤方

组方：柴胡、香附、延胡索、枳壳、青陈皮、降香、木香、郁金、当归、丹参、桃仁、蒲黄、三七、杏仁。

功效：活血化瘀，理气止痛。

主治：胸胁内伤初期作痛，转侧活动牵掣，深呼吸、咳呛加剧等症。

方解：胸胁内伤是指外力伤及胸壁的软组织、骨骼、胸膜和胸内器官（如心、肺等）而引起的气血、经络和脏腑等的损伤。胸为清旷之在，心肺所居，胁为肝之分解，肺主一身之气，肝主条达疏泄。若胸胁内伤则会导致气机不畅，疏泄失常，伤及肺系心络则可见胸闷胁痛、呼吸咳呛加剧等症。

治疗方面，薛己在《正体类要·正体主治大法》中详细地进行了描述，其曰："跳跌捶胸闪挫，举重劳役恚怒，而胸腹痛闷，喜手摸者，肝火伤脾也，用四君、柴胡、山栀；畏手摸者，肝经血滞也，用四物、柴胡、山栀、桃仁、红花；若胸胁作痛，发热，肝经血伤也，用加味逍遥散；若胸胁作痛，饮食少思，肝脾气伤也，用四君、芎、归、栀、柴、丹皮。若胸腹胀满，饮食少思，肝脾气滞也，用六君加柴胡、芎、归；若胸腹不利，食少无寐，脾气郁结也，用加味归脾汤；若痰气不利，脾肺气滞也，用二陈、白术、芎、归、栀子、青皮；若咬牙发搐，肝旺脾满也，用小柴胡、川芎、山栀、天麻、钩藤。"从中可以看出，薛己治疗胸胁内伤，皆以调理肝经为主，正如钱秀昌在《伤科补要·跌打损伤内治证》中所说："是跌打损伤之证，恶血留内，则不分何经，皆以肝为主。盖肝主血也，败血必归于肝。其痛多在胁肋小腹者，皆肝经之道路也，宜疏肝调血行经为主。"

石氏遵前贤之述，认为"胸胁内伤临床上每多以气血伤损为主"，提出气血兼顾、以气为主、以血为先的论治原则。组方以柴胡、香附宽胸疏肝，宣通气道，行其郁结，入厥少两经，为其君药；辅以当归、郁金、降香、木香、丹参、延胡索等和血活血、行气息痛之药，使血各归其经；佐以桃仁、蒲黄等逐络中之瘀，使血各从其散；同时运用青陈皮、枳壳等健脾和胃、消痞散结；然瘀血易化热，血瘀之处，必有伏热，故用竹三七、杏仁清之、通之。由此使气血升降畅行，胸胁内伤疼痛自平。

柴胡、香附为药对是石氏临证时常运用于治内伤疾患之要药。石氏认为，头胸腹之内伤不论其新伤宿损，或虚实之证，总与肝经相系，故施治时往往使用肝经之药，多以柴胡与香附相需为用。柴胡味苦，性微寒而质轻，为厥少二经的引经药，按足少阳经的循行是由上至下，足厥阴经则由下至上，故可随经气上下，能升能降，具升清阳、降浊阴之功。《医学启源》："柴胡，少阳、厥阴引经药也。"石晓山曾言："柴胡能升能降，因而得着一个'和'字，只要善于用，不论病在上、中、下哪一部，都很适宜，其是治伤科内伤的一味有效良药。"香附味微苦甘，性辛，入肝、三焦之经。《纲目》曰其入"手足厥阴、手少阳，兼行十二经，八脉气分"。又曰，"香附之气平而不寒，香而能窜，其味多辛能散，微苦能降；微甘能和。生则上行胸膈，外达皮肤，熟则下走肝肾，外彻腰足"。而伤科疾患内伤初成皆由猝然身受，其部位都在头、胸、腹、会阴等处，属于瘀阻或气滞，其症状除疼痛胀滞者外，更是诸变百出，但总由阴气不舒（气滞），阳气不达（气郁）所为。故应用此药对疏泄肝胆、三焦气血之郁滞最为适宜。柴胡、香附药对运用，在脏主血，在经主气，故以之治脏是血中之气药，以之治经是气分之药。只要配伍得宜，自能开郁散滞而通达上下，用治伤科内伤瘀阻气滞诸证，确有良效。

石氏善用柴胡、香附药对，但并不独用之，每多佐他药合用。如对头部内伤（脑海受震）初期，证见昏厥、恶心、呕吐、眩晕等患者，往往加用细辛、半夏、薄荷等治之，取柴胡细辛汤之意。若少腹部或会阴部内伤，浊瘀内阻，气化失司，窍隧不通而见癃闭、口渴、烦躁等患者，常常加用桔梗、升麻、通草、琥珀等药治之，用柴胡桔梗汤之理。若胸胁、腹部内伤，气机失畅，腑气受阻，证见胸闷腹胀、便秘等患者，每每加用桃仁、天花粉、芍药、当归、枳实、大黄等药治之，仿柴胡疏肝汤、复元活血汤之法。

▶ 牛蒡子汤

组方：牛蒡子、僵蚕、白蒺藜、独活、秦艽、白芷、半夏、桑枝。

功效：祛风，豁痰，通络。

主治：风寒痰湿入络，周身或四肢颈项部等骨节酸痛，活动牵强。

方解：石氏认为伤科疾病无论病位在经络、皮肉、筋骨，其发病机制及辨证施治的理论基础总离不开气血。同时，石氏非常重视兼邪的治疗。石氏独重从痰湿角度论治伤科疾病，特别是迁延日久的疾患，行散通结豁痰之法是石氏治疗的基本治则之一，并形成了典型代表方剂牛蒡子汤，在治疗此类疾病中可谓独树一帜。

方中牛蒡子性凉，味辛苦，祛痰除风，消肿化毒，通行十二经络。僵蚕性平，味辛咸，祛风解痉，化痰散结，为厥阴肝经之药。两味合用，宣滞破结，善搜筋络顽疾浊邪，是为主药。助以秦艽之辛寒，独活之辛温，舒筋和血，通达周身，透阳明之温热，理少阴之伏风。更伍用白芷之辛温，芳香通窍，活血破瘀，化湿排脓而生新；半夏之辛温，燥湿化痰，消痞散结而和胃。配以白蒺藜之辛温，疏肝风，引气血且散瘀结。桑枝功能养筋透络，祛风湿而利关节。全方以辛取胜，宣达气血，开破痰结，疏肝宣肺,导其壅滞;寒温兼用,温而不燥,寒而不凝,祛风逐湿之力尤捷,从而使痰湿去,筋骨健。

牛蒡子、僵蚕是石氏擅长运用于伤科临床的一对要药,尤其是在伤科杂病中的运用更为广泛,如颈椎病、腰椎间盘突出症、肩关节周围炎、肱骨外上髁炎、桡骨茎突狭窄性腱鞘炎、髋关节滑膜炎、膝关节创伤性滑膜炎、拇囊炎等。石氏认为该类疾病大多属中医"痰湿入络"范畴,其主要是由于人体气血不和、运行不畅,导致气血壅滞、津液凝积,进而聚积成痰。若入于经络则麻痹疼痛,入于筋骨则头项、胸背、腰骶掣痛,手足牵掣隐痛,聚于局部则肿而成块。正如沈金鳌在《杂病源流犀烛·湿》中曰:"以故人之初生,以到临死皆有痰,皆生于脾……而其为物,则流通不测,故其为害,上到巅顶,下到涌泉,随气升降,周身内外皆到,五脏六腑俱有。"充分说明痰湿为患,随气升降无处不至,而遍于全身。因此,石氏依据中医学辨证施治特点,牢牢抓住痰湿致病之因,针对性地采用化痰利湿、通络散结之法,对该类疾病进行辨证治疗。

▶ **椎脉回春汤**

组方:牛蒡子、僵蚕、葛根、桂枝、天麻、炙甲片、黄芪、半夏、当归、杭白芍、羌活、独活、潼蒺藜、白蒺藜、狗脊、甘草、川芎。

功效:益气化痰,活血祛瘀。

主治:颈椎病、肩关节周围炎、关节间粘连症等。

方解:根据六经理论,太阳膀胱经与少阴肾经互为表里,若少阴精血亏虚,肾气化生之源匮乏,则无力起启督脉气血,以致不能濡润太阳之表,难以推动周身脉气,从而阳气不利,经血不畅,日久气血易凝瘀于脉络之中。同时,少阴肾气乏力,以使太阳膀胱气化不利,气不化津,水精不布,水液不能滋养经脉,而结为痰湿,留滞于太阳气道。在这种论治思想基础上,分析历代各家处方经验,结合石氏伤科用药心得,以石氏牛蒡子汤为基础方,结合桂枝加葛根汤等方,化裁成为椎脉回春汤,专治椎动脉型颈椎病。方中牛蒡子祛痰散结,通舒十二经络;僵蚕化痰通脉,行气化结;葛根升阳解肌,以解项背强几几之苦;天麻消风化痰,清利头目;桂、芍调和营卫以通利太阳经脉;芍、甘酸甘化阴,养肝血以充肾阴,而缓急止痛;桂、甘辛甘化阳,助膀胱气化,行太阳之表,通经脉气血;辅以羌独活畅通督脉膀胱之经气;佐以半夏化痰燥湿,更用潼白蒺藜补肝散结,炙甲片软坚消结,重用狗脊重补肾本,填精固髓,以滋肾气之源;肺朝百脉,用黄芪配当归、川芎以助动一身之气血,而又益宗肺之气,以化生肾水、行气活血祛痰。全方开破痰结,调和营卫,畅通太阳,宣达气血,从而契合病机,消除病灶,共奏良效。

▶ **痰瘀通络汤**

组方:牛蒡子、僵蚕、丹参、羌活、白芷、白芥子、泽漆、葛根、制川乌、制草乌、炙乳香、炙没药。

功效:逐痰祛瘀,通络止痛。

主治:颈椎病、胸背痛、腰背痛等。

方解:石氏伤科在兼邪特色理论的基础上,经过长期临床经验总结,发现从痰、瘀方面论治神经根型颈椎病疗效确切。石氏认为,各种急、慢性损伤皆不外乎气血津液的损伤,而气血津液正常功能的紊乱是产生痰瘀的重要因素。一旦气机受阻,则必然影响到血的运行,凝滞成瘀,血瘀也可使气运失畅,促使痰的生成,说明了痰、气、瘀三者在伤科损伤疾病的发病机制上是相互关联的。方中牛蒡子祛痰除风,消肿化毒,通行十二经络,《药品化义》曰其“能升能降,主治上部风痰”;僵蚕祛风解痉,化痰散结,为厥阴肝经之药,《本草求真》曰其为“祛风散寒,燥湿化痰,温利血脉之品”;两味合用,宣滞破结,善搜筋络顽疾浊邪,是石氏伤科治疗痰湿的常用药对;丹参养血活血,祛瘀止痛;乳香、没药调气活血、消肿止痛,《本草汇言》曰乳香“活血去风,舒筋止痛之药也……通气化滞为专功也”;《医学衷中参西录》曰“乳香、没药,二药并用,为宣通脏腑、流通经络之要药,故凡心胃胁腹肢体关节诸疼痛皆能治之……其通气活血之力,又善治风寒湿痹,周身麻木,四肢不遂及一切疮疡肿疼,或其疮硬不疼”;制川乌、制草乌,通畅背部足太阳经与督脉之阳气,祛风散寒而止痛;葛根升阳解肌,以解项背强几几之苦;羌活、白芷,祛风湿,消肿止痛;泽漆利水消肿,化痰散结;白芥子利气豁痰,通络止痛。诸药合用,共奏逐痰祛瘀、通络止痛之功。

▶ **调中保元汤**

组方:党参、黄芪、白术、熟地、怀山药、山萸肉、川断、补骨脂、枸杞子、炙龟甲、鹿角胶、陈皮、茯苓、甘草。

功效:健脾胃,益气血,补肝肾,壮筋骨。

主治:陈伤劳损,肩项腰背筋骨酸楚,乏力体疲。

方解:石筱山云:“陈伤劳损,非一病也。虽证有相似,而因出两端。陈伤之证,乃宿昔伤损,因治不如法,或耽搁失治,迁延积岁,逢阴雨劳累,气交之变,反复不已。证见:四肢疏慵,色萎不荣,伤处疼酸,此乃病根不拔,故虽愈必发也。”又曰:“劳损见证:四肢少力,无气以动,筋骨关节酸疼,畏寒。兼邪者,类同痹证……

是故劳损者,伤于气而应于肺,至于肾而及于肝,合于筋骨,此劳损之源委也。至于其治,劳伤者,始从补中调脾,所以益肺也。劳损则仿经意劳者温之之义,以温养肝肾,复归元气取法。"石氏对此病证,牢牢抓住其先天与后天之本的作用,自制调中保元汤,每多获良效。

诚如李中梓在《医宗必读·肾为先天本脾为后天本论》中所言:"经曰,治病必求于本。本之为言根也源也。世未有无源之流,无根之木。澄其源而流自清,灌其根而枝乃茂,自然之经也。故善为医者,必责根本。而本有先天后天之辨。先天之本在肾,肾应北方之水,水为天一之源。后天之本在脾,脾为中宫之土,土为万物之母……"因此,石氏组方中以党参、黄芪、白术、茯苓、甘草等药,调补脾胃,益气培源;配以陈皮开启中州,健脾和胃,调肝解郁,以助动气血之源,推动气血运行,而生新血,不断地补充先天之精。更用大熟地、怀山药、山萸肉、补骨脂、炙龟甲、鹿角胶、枸杞子等药品补益肾本,填精益髓,以固元阴真阳,而滋养温煦五脏六腑、四肢百骸、筋脉经络、肌肉皮毛。全方脾肾同论、精气血共调,以求解除陈伤劳损、肩项腰背筋骨酸楚、体疲乏力之苦。

▶ **温经强腰汤**

组方:麻黄、桂枝、红花、细辛、白芷、狗脊、地龙、青皮、制川乌、制草乌、橘皮、泽漆、威灵仙。

功效:温经强腰,散寒止痛。

主治:风寒闭塞型腰腿痛。包括急性损伤腰痛、腰椎后关节滑膜嵌顿、腰椎间盘突出症等。

方解:腰部是足太阳膀胱经和督脉推行的通道。石氏根据风寒闭塞型腰痛之特点,研制温经强腰汤,专治风寒闭塞型腰痛,颇有实效。石氏认为该类腰痛,主要是由于太阳经脉被风寒所袭,而致腰部疼痛板滞,遇寒则甚,活动受牵制。故石氏用药取太阳伤寒主方麻黄汤之意,用麻黄辛温,发散风寒,开启腠理,桂枝通阳解肌,助麻黄之力;又取麻黄附子细辛汤之理,用制川草乌易附子,以温少阴之经,引太阳督脉之阳气;用肾经表药之细辛,辅佐其间,从里及外,以祛逐风寒之邪;风为百病之长,寒主收敛,风寒凝滞,则经脉闭阻,血气不行,故用通行十二经脉之威灵仙、辛散之白芷、通络之地龙等引散之,用红花、泽漆等活血通利之;并辅以青陈皮行气血,狗脊固其肾,从而达到温通散寒、通络止痛之功。

▶ **理气固腰汤**

组方:香附、川楝子、青皮、陈皮、延胡索、当归、桃仁、丹参、桑寄生、狗脊、制川乌、白芥子。

功效：理气活血，固腰息痛。

主治：气滞血瘀型腰痛。

方解：石氏认为该类腰痛，主要是由于跌打挫闪，损伤腰部或腰之附近经络，使恶血留于经脉所致，从而可使肾之真气受损。石氏言："一切损伤的病理变化无不与气血相关。"因此对此类腰痛，石氏主张从气血立论治之，提出宜气血兼顾，以气为主，以血为先的治疗原则。因足厥阴肝经入于肾，所以石氏从气血的从属关系着手，取调肝之气血的金铃子散之意。方中用川楝子、香附、青陈皮理气，气行则血行；当归、延胡索、桃仁、丹参等活血化瘀；配以制草乌通畅太阳督脉阳气，以助行气活血；狗脊、桑寄生以固真气之损；白芥子的运用，为其用药之妙，因气滞血瘀，肾气不利，可能会引起津气凝聚不畅，与气血相互结滞，白芥子不但能够通导行气，更能开结宣滞，从而增强了治疗效力，以期气行血活。全方充分体现了石氏理伤内治气血兼顾，以气为主是常法，以血为先是变法的基本原则。

▶ 益肾健腰汤

组方：生地、熟地、杜仲、菟丝子、淫羊藿、补骨脂、山萸肉、独活、桑寄生、当归、肉苁蓉、青皮、陈皮。

功效：益肾健腰，活血和络。

主治：肾督亏虚型腰腿痛。包括腰椎间盘突出、椎管狭窄、椎弓根崩裂、腰肌劳损等病症。

方解：石氏认为肾虚型腰痛者，其病程较长，肾之本必虚，是由于腰部伤损后治疗不及时、不彻底，导致症情缠绵，腰痛反复发作。腰为肾之府，是精气所藏之地。假如久病使肾之精气亏虚，失其所藏之本，便会产生腰痛之疾。在治疗上石氏用益肾健腰汤，以益肾健腰和络息痛。方中菟丝子、补骨脂、淫羊藿温肾补其精气，生熟地、山萸肉滋补肾之阴血，温凉结合其意在温通，阴中求阳；杜仲、肉苁蓉、桑寄生健筋壮骨，固腰以益养肾之气血；当归养肝之血以生肾中之阴；青陈皮行气和血健脾胃，独活通行少阴督脉，以助气化为引药。全方用药把阴中求阳，与阳中求阴辨证统一起来，其意在治病必求于本。

▶ 骨密灵

组方：黄芪、党参、丹参、鹿角、紫河车、巴戟肉、附子、肉苁蓉、菟丝子、骨碎补、萆薢、杜仲。

功效：益肾补精，强壮筋骨。

主治：肾虚骨痿、腰背酸痛、筋骨疲软、不能起动等骨质疏松之症。

方解：石氏骨密灵正是着重从益气补肾壮阳这一指导思想进行论治。方中以黄芪、党参健脾益气，以促进生化之源；配以附子、巴戟肉等补肾壮阳；更用鹿角粉、河车粉填补精血；草薢、杜仲、肉苁蓉、菟丝子、骨碎补等固本补骨，以治肾虚骨痿不能起动之症，取金刚丸之意；并用丹参之品，取其功同四物之用。此方侧重治疗阳虚型的骨质疏松症，体现了石氏壮阳勿忘求阴的论治原则，始终把握住益肺胃之气、充盈宗气、生化气血这一要点，从而使肝肾得以滋养，后天得以补给，骨骼代谢得以改善，以达骨吸收和骨形成平衡之目的。

▶ 逐痰通络汤

组方：牛蒡子、僵蚕、白芥子、炙地龙、泽漆、制南星、丹参、全当归、川牛膝、生甘草。

功效：逐痰利水，通络消肿。

主治：腰椎间盘突出症，急性期出现肢体麻木疼痛、筋络牵挛等症。

方解：石氏伤科根据中医学整体观念之理论，以祖传之药方牛蒡子汤为基础，结合辨病与辨证之特点，研制成逐痰通络汤，专治急性期痰瘀阻络型腰椎间盘突出症，其疗效颇佳。方中牛蒡子具有豁痰消肿，通十二经络之效，白僵蚕具有化痰散结之功，两者配伍为君药；配以白芥子化痰理气，以去除皮里膜外之气血凝滞聚积之痰；加泽漆、金雀根，以化痰消瘀，利水祛风；更用制南星以加强本方化痰解痉之功；同时以丹参、当归、川牛膝、地龙活血化瘀，通络强腰。全方重在逐痰利水，通络消肿，以期使神经根水肿消失，椎间盘突出症痊愈。

▶ 益气养经汤

组方：生黄芪、当归、赤芍、地龙、川芎、桃仁、红花、怀牛膝、肉桂。

功效：益气养经，活血通络。

主治：腰椎间盘突出症缓解期，出现疼痛、乏力等症。

方解：腰椎间盘突出症的主要症状为腰部疼痛及下肢放射性疼痛。下肢放射性疼痛出现的时间各有不同。有的在腰损伤后同时出现；也有当时只感腰痛，一两日后才感到下肢有放射性疼痛；也可数周数月后，才出现坐骨神经痛。下肢痛常伴有大腿、小腿及足部感觉异常。腰痛、下肢窜痛可同时存在，也可单独发生。腰痛多在下腰部、腰骶部或局限于一侧，并因疼痛和肌肉痉挛而影响腰部伸屈活动。下腰痛来源于腰部受伤的组织，下肢窜痛是因神经根受压所致，严重者影响生活和工作，但大多经过充分卧床休息后能够缓解，以后又可因劳累、扭腰、着凉等因素而复发。如此反复发作,时轻时重,可延续多年而不愈。对于该类腰椎间盘突出症,尤其在缓解期,石氏往往运用益气养经汤治之。该方是以补阳还五汤化裁而来。方中以黄芪为君药,取其大补脾胃之元气,使气旺以促血行,祛瘀而不伤正,并助诸药之力;配以当归活血养血,具有祛瘀而不伤好血之妙,是为臣药;赤芍、川芎、桃仁、红花助当归活血祛瘀,地龙通经活络,均为佐药;牛膝在本方中起引经药之功,肉桂配之以温通督脉。全方重在益气养经,活血通络,以解腰椎间盘突出之苦。

(二) 外治经验方

▶ 三色敷药

组方:黄金子、紫荆皮、全当归、五加皮、木瓜、丹参、羌活、赤芍、白芷、姜黄、独活、甘草、秦艽、天花粉、怀牛膝、川芎、连翘、威灵仙、木防己、防风、马钱子。

用法:上药为末,制膏备用。摊于韧性纸张、纱布垫或敷料垫上,0.4～0.5 cm厚,上盖桑皮纸。敷于患部,外用胶布或绷带固定,隔3～5日更换一次。

功效:活血祛瘀,消肿止痛,续筋骨,利关节。

主治:伤筋骨折,青紫肿胀,疼痛难忍,亦治陈伤及寒湿痹等疾患。

方解:三色敷药是石氏祖传秘方,历经百余年的临床应用,体现了石氏伤科理伤外治的精髓,是石氏伤科理伤外治敷药中运用最广泛、疗效较突出的经验方,对各种闭合性骨折、脱臼复位后和软组织损伤等所致的伤痛均有一定的疗效。方中的主药是紫荆皮、黄金子。紫荆皮苦平,善于活血消肿,又能解毒。《本草述》说紫荆皮"活血、解毒,功能并奏",《本草纲目》中紫荆皮的别称叫"能消",今用治损伤,活血消肿又解瘀毒,颇为得当。黄金子味辛苦性温,能温经散瘀,行气除痰,祛风止痛。《本草纲目拾遗》说:"杖疮起疔甲,(黄金子)焙干为末,搽之即开,不用刀刮。"杖疮,古代杖刑后皮破,其下积瘀为患。"起疔甲"似属肌肤溃而表皮结血痂、脓痂的痂盖,其可使深层郁瘀肉腐,所以要用刀刮除开。黄金子为末外用,可不用刀刮而去疔甲,促进杖疮得愈少痕,就是因为它有行气活血、化瘀散结的功效。石氏以紫荆皮、黄金子两味合用为君,消散瘀结而得肿退痛止之功。余则为活血化瘀或祛风通络的药物,互为辅佐以增药效,可用于损伤后的各个时期。19世纪40年代后期增入番木鳖一味,更添止痛之力。

三色敷药作为治疗损伤的敷药,另一个特点是药性偏温,不同于多数敷药偏于凉性,血本喜温而恶寒,温能运化散瘀,所以既可用于损伤后各个时期,也可治陈伤及寒湿痹痛。损伤初起积瘀易于化热,则方中有紫荆皮、天花粉、连翘能凉血解毒,紫荆皮既能治肿痛,当可预防瘀血化热成毒。从总体上来说全方偏温,须增凉血清热的功效,可在桑皮纸上局部加用一薄层三黄膏,这是石氏惯用的方法。

▶ 红玉膏

组方:东丹、熟石膏(一方为锌氧粉)。

用法:摊薄层于纱布垫上贴患处。或在盖于三色敷药的桑皮纸上全部或局部摊薄层后敷贴患处。

功效:护肤生肌,解毒利湿。

主治:金刃所伤、皮肤破碎及皮肤湿疹等。

方解:本方是石氏于20世纪40年代初所定的外用方。东丹作为外用药能解毒生肌。熟石膏外用可生肌敛疮,凡痈疽疮疡,久不收口或汤火烫伤皆常应用,用于表皮破碎出血则有止血的作用。张锡纯说:"《本经》谓石膏治金疮,是外用以止其血也,愚尝用煅石膏细末,敷金疮出血者甚效。"用熟石膏合铅丹两味相合的古方亦有多处。《本草纲目》称石膏为寒水石,并考证"唐、宋诸方寒水石是石膏"。引《种德堂方》治"刀疮伤湿溃烂不生肌,寒水石煅一两,黄丹二两为末洗缚",《太平惠民和剂局方》治"疮口不敛,生肌肉,止疼痛,去恶水,寒水石烧研二两、黄丹半两为末掺之,名红玉散"。此外,《是斋百一选方》有桃红散治金疮并一切恶疮,用上等虢丹(即东丹,《续本事方》所载异名),软石膏(石膏异名,《本草衍义补遗》)不以多少(火煅通红),上细研和令如桃花色,掺伤处。凡此诸方,药同而用量稍异,石氏的红玉膏与之相比较用量亦异,并调散为膏,功用自当相似。一方不用熟石膏,用锌氧粉即氧化锌,有收敛除湿,护创长肤的作用,中西两味,并合为用,作用大体相同。本方可用于皮肤浅表破碎或皮肤有湿掺者。若因损伤所致则加红玉膏于三色敷药之上,既治皮肤溃破湿疹,又理伤损积瘀。

三色敷药等药膏外用后,个别患者皮肤过敏,瘙痒起瘰,甚至成疱出水,按中医理论为病湿气,若在三色敷药上加一层薄薄的红玉膏则可用于已见起瘰瘙痒,但应是尚未起疱出水者。

▶ 三黄膏

组方:大黄、黄芩、黄柏、东丹、熟石膏。

用法:摊薄层于纱布垫上,贴患处。或在盖于三色敷药的桑皮纸上局部或全部摊薄层后敷贴患处,亦可摊于单层纱布上(类似凡士林纱布),依据需要剪一小块贴患处,其外再用三色敷药。

功效:清热解毒,祛瘀破积,消肿痛,除湿热。

主治:损伤以后肌痕瘀肿青紫,焮热作痛。亦可用于其他原因所致红肿热痛之症。

方解：三黄即大黄、黄芩、黄柏三味，即石氏三黄散，研细为末，用蜜或菊花水调敷患处，专用于退红肿，消热毒，治痈疽初起，嫩红发热作痛。损伤以后瘀阻化热，局部红肿、青紫、发热亦可应用。大黄泻热毒、破积滞，又能行瘀血，历来除了内服外，亦用于外治。黄芩泻实火，除湿热，亦可外用。《梅师集验方》黄芩杵末水调，敷治火丹。黄柏清热燥湿，泻火解毒，近代有用黄柏磨粉调如泥状涂贴以治打仆挫筋的。因此，三黄合用清热解毒，祛瘀破积，相得益彰，用于损伤初起有行瘀血、消瘀热、解瘀毒之功，若与活血化瘀之剂如三色敷药合用，则有很好的消肿止痛作用。东丹、熟石膏即石氏的红玉膏，有护肤生肌、解毒利湿的功效，三黄与之合而成药则作用更为全面，并因其能护肤利湿，可减少对皮肤的刺激而广泛应用。

▶黑虎丹

组方：炉甘石、五倍子、炙山甲、乳香、没药、轻粉、儿茶、梅片、腰黄、全蝎、麝香、蜘蛛、蜈蚣。

用法：掺药，掺于膏药（如阳和痰核膏）或敷药（如三色敷药）上随症使用。

功效：祛瘀软坚散结，化痰消肿，解毒。

主治：积瘀坚结成块，痰瘀交凝的疼痛，骨节黏着活动受限及无名肿毒坚硬疼痛。

方解：黑虎丹原系外科用药，石氏用方抄本上亦载"治一切无名肿毒，痈疽发背，用膏药贴上即可消散"。炉甘石最常用于眼疾及皮肤湿疮，有清热利湿的功效。其炮制法为"用三黄汤制煅九次，再用童便煅七次，水飞"，在原来的基础上更加强了清热活血的作用。五倍子、全蝎、蜈蚣、蜘蛛皆虫类，善搜剔，能清热化痰解毒。五倍子外用能"消肿毒"（《本草纲目》），《普济方》以此一味为末外用，称独珍膏，治软硬疖、诸热毒疱疮。全蝎"开风痰"（《本草正》），通络解毒，《澹寮方》用全蝎合山栀、麻油煎熬后入黄蜡为膏外敷诸疮毒肿，近年用蝎尾外贴治急性扁桃体炎，一般12小时即能收效。蜈蚣攻毒散结，善治癥瘕瘤积。蜘蛛消肿解毒，历来常用以外治恶疮（《仁斋直指方》），疗毒（《泉州本草》），瘰疬（《太平圣惠方》）等。腰黄、儿茶亦善祛痰解毒。乳香、没药、山甲则散瘀止痛。乳香、没药辛香走窜，为疮疡痈疽及跌仆损伤的要药，外科、伤科以其为主药用治疮疡或损伤作痛者，如《外科发挥》乳香定痛散专治疮疡疼痛不可忍。穿山甲则如张锡纯所说："其走窜之性无微不至，故能宣通脏腑，贯彻经络，透达关窍。凡血凝血聚皆能开之。"麝香、冰片更是通诸窍，走十二经络，引药入达病所，并能活血散结止痛，亦为外伤科要药。诸药相合，既能行瘀止痛，又能化痰散结、清热解毒。其中或为虫类走窜通剔之品，或为芳香走窜善通关窍,故软坚消肿、止痛解毒的功效十分明显。石氏化裁后用以治损伤后积瘀未化而成的积块,或痰瘀交凝所致的疼痛,亦是由走窜而行瘀、化痰取效,常有其他药物难以达到的治疗效果。最常用的方法是配合阳和痰核膏外贴,也可掺于三色敷药上,在温运化瘀的基础上增加散结止痛的作用。

▶ 桂麝丹

组方:麝香、肉桂、公丁香。

用法:掺药,常掺于伤膏药上,亦可掺于敷药上。

功效:温经散寒,活血止痛。

主治:一切损伤日久筋骨酸痛或风寒痹痛。

方解:本方三味均为辛温之品。麝香开窍通络,散瘀,《本草经疏》称为"通关利窍之上药……兼入膏药敷药,皆取其通窍开经络,透肌骨之功耳"。《本草述》说:"其要在能通诸窍一语。盖凡病于为壅、为结、为闭者,当责其本以疗之。然不开其壅,散其结,通其闭,则何处着手?"损伤日久或风寒痹痛皆闭滞为患,自当以开通为先,故用为主药。肉桂除积冷,通血脉。又合丁香走窍散结佐之。三味配合,则辛温之力相得益彰,并直达病所,通血脉,散积寒,得病去而痛止之效。

本方去麝香,易以公丁香、肉桂等量,则为市售的丁桂散,据《上海市中药成药制剂规范》介绍用治肠胃受寒、腹痛便泻,内服及外用贴脐均可。伤科也有丁桂散,系外用药,各家处方不一。石氏另有丁桂散方,为公丁香、母丁母、安桂、荜茇四味,亦有温经活血之功,效力则逊于有麝香能透达关窍的桂麝丹。

▶ 接骨丹

组方:生川乌、生草乌、生南星、乳香、没药、血竭、骨碎补、煅自然铜、腰黄、麝香、冰片。

用法:掺药,常掺于三色敷药上,亦可掺于膏药上。

功效:活血散瘀,接骨续筋,消肿止痛。

主治:一切损伤瘀肿疼痛,尤适于骨折。

方解:药物治疗骨折的要点是活血瘀。陈士铎说:"血不活则瘀不能去,瘀不去则骨不接也。"尽管主要是指内治,其实外治又何尝不是如此。石氏接骨丹中乳香、没药、血竭、骨碎补、煅自然铜及雄黄以活血散瘀为主,又能续筋接骨,消肿止痛。张锡纯说,乳香、没药"两药合用为宣通脏腑,流通经络之要药",外用能消肿止痛。《御药院方》用两味合米粉治筋骨损伤。血竭散瘀、止痛,外用也有良好的作用。骨碎补出自《本草纲目拾遗》,说:"本名猴姜,以其主伤折、补骨碎,故命此名。"

近年也常有外用以接骨续筋，或治打仆伤损的介绍。煅自然铜是续骨要药，近代研究已证实煅自然铜内服有促进骨折愈合的作用。腰黄可通气血，解瘀毒。《本草经疏》称其性味辛苦温，主"筋骨断绝者，气血不续也，辛能散结滞，温能通行气血"。生川乌与生草乌局部应用有麻醉止痛的作用。近有用川乌制剂作麻醉剂用于头面五官手术的报告。南星能消肿散结，《本草纲目拾遗》说："主金疮伤折瘀血，碎敷伤处。"麝香、冰片辛香走窜、通窍机、活血脉，且利于其他药物药性透入。李杲认为冰片有"入骨治骨痛"的功效，因此方中冰片用量重于麝香，突出本方用于接骨的作用。综观本方，在活血散瘀的基础上着重于接骨续筋，所以主治一切损伤瘀肿疼痛，而尤适于骨折。杨清叟说："凡风寒湿痹，骨内冷痛，及损伤入骨，年久发痛，或一切阴疽肿毒，并宜草乌头、南星等分，少加肉桂为末，姜汁热酒调涂。"所以本方合桂麝丹可看作是杨氏之说的药物扩充，可用于陈旧骨折、宿年陈伤。

▶ 伤筋药水

组方：生草乌、生川乌、羌活、独活、生半夏、生栀子、生大黄、生木瓜、路路通、生蒲黄、樟脑、苏木、赤芍、红花、生南星、白酒、米醋。

用法：先用手掌揉搓酸痛部位，待其肌肤温热柔和，再用药棉蘸药水涂擦患处，或先将药水稍加温后用药棉蘸之擦患处，至肤热为度。

功效：行气活血，祛风散寒。

主治：伤后或感受风寒所致的筋骨、关节酸痛，肢节拘急、麻木等症。

方解：伤筋药水是石氏伤科经典酊剂，对风湿关节疼痛、网球肘、腱鞘炎等疾病有良好的疗效。伤科应用外用药水，不但有直接治疗外表损伤疾患的目的，而且还有内病外治的作用，是整体与局部相结合治疗的一种方法。外用药能通过皮表透达肌肉、腱鞘，深入关节，从而使体内气血调和、筋脉疏通、关节滑润。方中以生川乌为君药。草乌性味辛热，《普济方》曰其能"治风寒湿痹，挛痛不能步握"，《长沙药解》曰其能"温燥下行，其性疏利迅速，开通关腠，驱逐寒湿之力甚捷"。张寿颐曰："用乌头者，取其发泄之余气，善入经络，力能疏通痼阴沍寒，确是妙药。"方中并辅以山奈、姜黄、樟脑、白芷等辛温芳香走窜之品，以温筋脉行气血，透达关节。佐以羌独活、生南星、威灵仙等祛风胜湿，解痉止痛之药，以除筋骨酸痛之疾；更用红花、乳香、没药、苏木、大黄等活血化瘀、消结止痛之品，以解肢节拘急麻木之患。全方紧扣病机，具有温筋脉、祛风寒、行气血、透关节之功，从而达到通则不痛之治疗目的。

▶ 石氏洗方

组方：生川乌、生草乌、生南星、生半夏、红花、桂枝、细辛、山奈、松节、紫草、桑枝、海桐皮、威灵仙、接骨木。

用法：加水 3 000 mL,煮沸后,用文火煎 10 分钟左右,倒入盆内。患肢置于盆上,用浴巾围盖患肢及盆,使患肢受到药液熏蒸。待药液不烫时揭去浴巾,将患肢浸入药液中泡浴。每日 1 剂,每日熏洗 2 次,每次半小时左右。翌日熏洗仍用原汤煎洗,如此复煎,药液少了再添加些水,每剂中药可连续熏洗 2 日,再更换新药。熏洗完毕后可用毛巾擦干患肢。

功效：活血舒筋,温经通络。

主治：陈伤劳损,筋骨酸楚疼痛,或骨折后期关节粘连、活动不利等症。

方解：软组织或骨骼损伤后,局部就会出现瘀血肿胀疼痛和关节功能障碍的病理变化,即使在骨折愈合后亦常常会出现关节活动受限、肌肉粘连、挛缩等关节与肢体功能障碍的并发症。若因治不如法,或耽搁失治,迁延积岁,即会导致"陈伤劳损"之症。石筱山在其医案陈伤劳损治略中曰："陈伤之症,乃宿昔伤损……证见：四肢疏惰,色萎不荣,伤处疼酸,此乃病根不拔,故虽愈必发也。"巢元方《诸病源候论》曰："劳损见证,四肢少力,无气以动,筋骨关节酸疼,畏寒,兼邪者,类同痹证。"故方中的生川乌、生草乌、生南星、生半夏、细辛、桂枝、山奈等辛温之品,取其辛能走窜散结,温能通行气血之功,从而缓解筋脉拘挛,起到改善局部组织营养之效;同时运用红花、海桐皮、威灵仙、老紫草等活血散瘀、祛风除湿之药,以疗陈伤劳损风湿之患,解筋骨关节酸疼之苦;更用桑枝、接骨术等养筋骨,透脉络,以疏通关节,逼邪外出,以求达功能恢复之功。全方重点突出通字,以通为治,以治为通,而共奏温经通络、活血舒筋之效。

▶ 劳损风湿膏

组方：生川乌、生草乌、生南星、生半夏、生大黄、全当归、黄金子、紫荆皮、小生地、苏木屑、单桃仁、嫩桑枝、川桂枝、炙僵蚕、小青皮、炙地鳖、炙地龙、西羌活、川独活、川抚芎、香白芷、川续断、黑山栀、骨碎补、透骨草、北细辛、生麻黄、广木香、炙甲片、杜红花、粉丹皮、赤石脂、落得打、白芥子、宣木瓜、乳香、没药、苍术、方八、甘松、山奈。

用法：上药为末,制膏药肉备用。膏药肉烊化摊于土布上,约 0.2 cm 厚,多成圆形,也可作长圆形,再加上掺药研和贴于患处。应用较多时先将膏药摊好,便于收贮。临用时烘烊再加掺药。

功效：活血化瘀,消肿散结,祛风散寒,通络止痛,舒筋健骨,通利关节。

主治：损伤以后筋络强硬牵掣或骨节酸痛,及风寒湿邪侵袭所致的痹痛。损伤初起,肿胀不甚显著者亦可酌情应用。

方解:伤膏药大多是组成复杂的大复方。石氏的伤膏药"大致着重于温运,既能理伤,又兼治风湿",因此石筱山定其名称损伤风湿膏。方中除了活血化瘀及祛风散寒药物外,掺入软坚、化痰、散结的白芥子、半夏、南星、甲片、僵蚕等以助活血温运之功,从而能更好地消除损伤以后或风寒留着所致的肌筋粘连甚至局部成块成索等症。此外,又集乳香、没药、山柰、甘松、生川乌、生草乌、方八等或活血止痛,或理气止痛,或散寒止痛等止痛药的大成。因此,既能针对病机,又能较好地改善症状。

▶ 风湿热敷药

组方:肉桂、公丁香、降香、白芷、荜菝、马钱子、樟脑、冰片等。

用法:剪开外袋,取出药包,用布条或纱布扎于患处,也可遵医嘱扎于相应穴位。如要及早使药包产生热量,可搓松或抖动药袋。

功效:温通筋脉,祛风通络止痛。

主治:风寒湿痹及各种损伤后期所致的酸痛、肿胀、活动不利等。

方解:痹证是以感受风寒湿之邪引起的以肢体关节疼痛、酸楚、麻木、重着及活动障碍为主要症状的病证。人体组织损伤后,若治疗不当,或耽搁治疗,或迁延失治,亦会出现肢体关节疼痛、肿胀、活动不利及肌肉粘连、挛缩等症。这些病证,临床上具有渐进性或反复发作的特点,其主要病机是气血痹阻不通,筋脉关节失于濡养所致。方中用肉桂为君药,其性味辛、热、甘;辛以散之,热以行之,甘以和之,故能入血行血润燥,散沉寒,通血脉。《本草汇言》曰:"肉桂,治沉寒痛冷之药也。"《日华子本草》曰其能"治风寒骨节挛缩。续筋骨,生肌肉"。同时配以公丁香、白芷等辛温之药,以走窜散结,温通经脉;佐以降香活血行气,马钱子消肿止痛,以助通利之用;更用樟脑、冰片透达经脉,并以活性炭、金属粉、硅石、氯化钠等为添加剂。全方共奏温通筋脉、祛风散寒、行气止痛之功,以达到治疗损伤后期及风寒湿痹等病证之目的。

▶ 阳和痰核膏

组方:生麻黄、生半夏、生南星、白芥子、白僵蚕、大戟、甘遂、新鲜五代头草、藤黄、火硝。

用法:上药用菜油熬膏备用。膏药肉烊化后摊于韧性纸张或土布上候用。临用时先将膏药烘热,使之稍烊,加上少许掺药,一般多加黑虎丹,贴患处。

功效:消癥瘕,破积聚,化痰核,除肿痛。

主治：瘀血或痰浊凝聚形成的肿胀结块，肢体损伤后远端的肿胀，流痰流注及一切痰核等证。

方解：唐容川说："血既积之，亦能化为痰水。"损伤积瘀，瘀凝气滞则易成痰聚湿。伤后瘀凝肿胀难消是痰瘀交凝。损伤起因，病程慢性的肿胀肿块，关节活动不利属气血失和，痰湿互阻。外治除了用活血逐瘀外，化痰而利水湿是另一个有效的方法。阳和痰核膏原治流痰流注一切痰核等症，石氏变通为用，治伤后痰瘀交凝或痰湿互阻，颇能应手。

方中各药多为峻利的逐水消痰药，今用以外治则无内服伤正之虑。各药历来多用以外消积滞结块。主要药物新鲜五代头草即鲜泽漆，善于行水消痰，近年用治瘰疬、慢性支气管炎等多有良好效果。《植物名实图考》中说："煎熬为膏敷无名肿毒。"南星化痰消肿散结，《圣济总录》用以外治"头面及皮肤生瘤，大者如拳，小者如栗，或软或硬，不疼不痒"，近年亦外敷治腮腺炎。僵蚕化痰散结，《积德堂经验方》合黄连为末掺之治重舌、木舌，近年用陈醋调其末涂治急性乳腺炎。半夏外用可治奶发、痈疽发背，《补缺肘后方》用以外治鸡眼。藤黄消肿解毒，常用于外用药中治无名肿毒。火硝破坚散肿，《近效方》外治似欲发背，或已生疮肿。凡此种种，可见组成本方的大多数药物即使单用也有很好的化痰散结的功效，合而为方，再入峻利的逐水之品甘遂、大戟（此两味合白芥子即《三因方》控涎丹，今移内服而外用），辛温助运。另外，能"破癥坚积聚"（《本经》）的麻黄，则有化痰结而祛瘀凝并助运利湿，得消肿胀散结块的效果。临床应用多配用少许黑虎丹掺于膏药上，则更助其祛瘀消肿软坚的功效。

▶ 碧玉膏

组方：青黛、大黄、黄柏、熟石膏。

用法：各为细末，和匀，凡士林调和成软膏。摊于纱布垫上，贴患处。

功效：清泻湿热，解毒消肿。

主治：湿热内蕴，肌肤红肿，以及伴湿疹瘙作痒者。

方解：青黛凉血、清热、解毒，又善治湿疹，解诸药毒。《本草衍义》载某妇少腹部湿疮浸淫，医之无效，乃用马齿苋合青黛外涂，并内服八正散始告愈。今用以为君，故本方善于清泻湿热。与三黄膏相比较，是以青黛易黄芩、东丹，也说明本方以清湿热见胜。因此，更适用于损伤初起，瘀血化热，湿热蕴遏，伤处焮红肿痛而肌肤起疹起疱，疼痛难忍者。另外，对用其他膏药或药膏后引起皮肤过敏作痒，用本方亦颇合宜。青黛又能凉血解毒，石氏用本方外敷痄腮，亦甚有效。碧玉膏大多单独应用。

▶铁扇散

组方：花龙骨、古石灰、上血竭、白芸香、炉甘石、赤石脂、象皮片、乳香、没药、煅白螺蛳壳。

用法：各为细末，和匀。撒布在创口或创面上，多与金枪膏或红玉膏合用。

功效：止血敛疮，活血定痛。

主治：金疮出血或创面不收。

方解：金刃创伤的治疗以止血定痛为先，又宜活血以生新，合有助于创面敛合之品，佐凉血解毒之品，则更为全面。铁扇散的组成即具有这些特点。象皮止血敛疮，治外伤出血及一切创伤或溃疡久不收口，现代有人加象皮入外用药中有明显的促进创面愈合的作用，在治疗手指外伤中有较满意的效果。古石灰止血，又能定痛敛疮，赤石脂止血又能生肌。炉甘石、龙骨、煅白螺蛳壳则均善敛疮。《玉楸药解》说炉甘石"最能收湿合疮"，龙骨则性最黏涩，煅白螺蛳壳尚能止痛散结。乳香、没药、血竭及白芸香活血定痛。血竭还能止血生肌。白芸香又有凉血解毒的功效，《世医得效方》治金疮断筋即以白芸香末敷之。因此，本方是一张配伍合理而完备的治疗金疮出血及创面不收的外用方。

▶金枪膏

组方：金银花、川黄柏、生锦纹、生甘草、紫地丁、当归身、老紫草、方八、黄蜡、白蜡、血竭、乳香、没药、川连、儿茶、龙骨、象皮。

用法：上药用麻油熬膏备用。药膏摊在纱布垫上，直接敷于创口或创面上，或先撒布铁扇散。

功效：凉血解毒，活血止痛，止血生肌。

主治：金疮皮破肉裂，或破皮断骨。

方解：本方的组成不外凉血解毒、活血止痛或止血生肌三类药物。这三方面的作用对其所治病证不可或缺。金疮出血必须止血生肌以促使愈合，而金疮或破皮断骨除外见出血外，又多内有瘀血。瘀血当化，唯活血止痛。瘀易化热，又有创口，毒邪有外袭之机，凉血解毒也属必须。方中止血生肌有象皮、龙骨、儿茶、白蜡、黄蜡等味，用量亦偏重。而且如象皮、龙骨、儿茶等味皆研粉拌入药膏中，不影响药性，血竭、乳没等辛香的活血止痛药亦研粉和入，以存其性。先行煎熬的八味则以凉血解毒为主，亦具活血止痛的功效。

石氏以往应用本品治疗破皮断骨，出血较多时加用铁扇散，以增止血生肌功效，金枪膏的应用局限在创口处（或创面），其余部位仍用三色敷药敷贴。

▶ **复方紫荆消伤巴布膏**

组方：紫荆皮、黄金子、羌独活、防风、香茄皮、生大黄、当归、川芎、马钱子、天花粉、甘草等。

功效：活血祛瘀，消肿止痛，祛风胜湿，舒筋通络。

用法：先将患处洗净，揩干。揭去膏药上的薄膜，将药膏贴于患处。贴敷处如需擦洗，可将膏药揭下，膏药表面贴上薄膜，擦洗后可再继续使用。若用于关节活动幅度大的部位，可用医用橡皮膏或绷带固定。

方解：本方可以治疗跌打损伤、风湿痹痛等多种病证。跌打损伤多因皮肉筋骨受损引起气血凝滞、经络阻塞、筋伤骨损。吴云峰在《证治心得》云："跌扑闪挫，卒然身受，此属无心，必气为之震，震则激，激则壅，壅则凝聚一处，血本随气以周流，气凝则血亦凝矣，不通则痛，诸变百出。"临床常见有早期闭合性骨折，软组织损伤等，除局部见有肿胀疼痛、青紫活动受限，关节屈伸不利等，辨证多属气滞血瘀，经络阻塞，外治当以活血祛瘀，消肿止痛。风湿类病证含义甚广，可以包括风湿寒气侵犯肌肉骨骼系统，以疼痛为主要表现的病患。此病证起病缓慢，局部酸痛重著，屈伸不利，或肌肉麻木不仁。巢元方在《诸病源候论》云："痹者，风寒湿之气杂至，合而为痹。"陈无择在《三因极一病证方论》云："大抵痹之为病，寒多则痛，风多则行，湿多则著，在骨则重不举，在脉则凝不流，在筋则屈而不伸，在肉则不仁，在皮则寒。"风寒湿之气杂至而痹阻经脉，外治当以祛风湿，通经脉，佐以活血祛瘀。方中紫荆皮，《本草纲目》云"活血行气，消肿解毒"；黄金子，《本草述钩元》云"治腰脚风湿痛不止"，《陆川本草》云"祛风行血，止痛消肿，治风湿骨痛"，此两味共为君药；羌独活、防风、香茄皮等均有祛风胜湿之功，当归、川芎、姜黄等则有行气活血之效，共为臣药。马钱子、天花粉、连翘等能散血热，消肿痛，以之为佐药，并以生甘草缓和诸药药性为使药。全方共奏活血祛瘀、行气散滞、消肿止痛、祛风胜湿、舒筋通络之功效。

复方紫荆消伤巴布膏是三色敷药的现代剂型，运用水溶性高分子材料技术对三色敷药研制而成的巴布剂型。由于巴布剂型是由单位载药量大、药力渗透性好、与人体肌肤相似的水分子含量等特点，可以促进药用成分透过皮肤吸收，很好地发挥三色敷药的功能作用。复方紫荆消伤巴布膏的现代研究已有20多年历史，经历一期临床、二期临床、扩大临床三阶段研究，进一步证实了其临床功效。

复方紫荆消伤巴布膏（原名石氏伤膏）为上海雷允上制药制剂［批准文号：国药准字(1999)Z-22］，1999年获得卫生部三类新药批文，列入上海市基本医疗保险目录。

第三章
诊 治 经 验

一、创伤性疾病

创伤性疾病,石氏认为主要分为伤骨和伤筋,提出"以气为主,以血为先"的理论基础,说明了气血在伤科中的重要性。

石氏伤科论治骨折,注重"内外兼治,筋骨并重",尤其擅长外伤内治。内治方面可分为初、中、后三期而分治之。外治包括手法、夹板固定、外敷膏药、中药熏洗、功能锻炼等方法。骨折的治疗,石氏注重手法复位,其手法特点为"稳而有劲、柔而灵活",并主张筋骨并重,即在骨折复位的同时要注重理筋。

伤筋是伤科临床极为常见的损伤。清代沈金鳌曰:"筋也者,所以束节络骨,绊肉绷皮,为一身之关纽,利全身之运动者也。其主则属于肝,故曰:肝者,筋之合。按人身之筋,到处皆有,纵横无算。"一旦扭、捩、撕、挫、蹉、蹩,则伤筋之候成焉。初受之际,当按揉筋络,理其所紊,内调气血之循行,以安其络,则可完复。若耽延时日,则筋膜干而成萎缩者,此血液槁也。石筱山指出,"初受之际,当按揉筋络,理其所紊",施以必要的手法,此外,又"加以节制活动为要",做必要的固定,药物内服外治"则当以化瘀通络"。对伤筋的治疗,手法与固定两项,目前临床上仍未予充分的重视和认真的运用,仅以一纸药膏为治者并不鲜见。石筱山所述,体现了中医药治疗伤筋的特长,疗效显著。石氏又针对伤筋后各种变证提出治疗原则及多种辅助治疗方法,强调"是故筋之有关人身岂浅鲜哉,而伤筋之为病,其可忽乎,其治之严,可不谨耶"。对伤筋一证,石鉴玉推崇石筱山之见解,认为所谓"伤筋动骨,一百廿日",也是把伤筋与伤骨等同看待,所以切不可认为伤筋而未及骨仅是损伤轻症。倘若因此而疏忽治疗及调摄,致使其症日久不愈,或遗患于后。

此外,石鉴玉认为,若由外受跌仆、挫闪等形成内伤之候,或气,或血,或经络、脏腑,为受病之属,其治,当源于气血也。石氏临证多参考石筱山归结的治疗梗概,随证变化。如头部受震,脑海震荡,出现眩晕呕吐者,初期治则为闭者开之,可投苏合香丸,逆则降之,如呕吐加左金丸或玉枢丹,随症选用;汤剂则以柴胡细辛、天麻钩藤汤等,疏肝理气,祛瘀生新,调和升降为主;日久稽留,因病致虚,久眩不瘥,当属肝而及肾,治则以补中益气或杞菊地黄配合八珍汤等,随症加减。

石氏根据损伤后气血和筋骨的情况,把损伤后分为早、中、后三个时期,诊治上各有侧重,结合石氏伤科的外治用药,在创伤性疾病的诊治上颇具特色,疗效显著。

(一) 内治法

石氏把损伤后分为早、中、后三个时期,这是根据损伤后气血和筋骨的情况来划分的。

1. 早期 筋损骨折,气滞血瘀。

治疗:一方面要接骨续筋、用手法固定等措施,另一方面采用活血化瘀、消肿止痛的内外用药。患部青紫肿胀基本消退,需要 10～14 日。

内服药有三点注意事项:一是四肢的损伤,主要是血瘀,因此以活血化瘀为主,稍佐理气药物。躯干损伤则往往气血兼顾。二是瘀血容易化热,活血化瘀药当偏于凉血活血。热象明显的还要加重清热药。但凉药不能太过,时间也不能太长。三是结合全身辨证,辨别虚与实而分别施以补或泻。

四肢损伤早期参考方:荆芥 9 g,生地 12 g,当归 9 g,地鳖虫 9 g,赤芍 9 g,忍冬藤 12 g,泽兰叶 9 g,王不留行子 9 g,炙乳没各 3 g,青陈皮各 6 g,桃仁 9 g。局部青紫严重加黄荆子 9 g、紫荆皮 9 g;如有骨折,加煅自然铜 12 g、骨碎补 9 g。

2. 中期 筋骨已开始接续,瘀血散而未尽,气血仍未调和。

治疗:一方面继续固定,另一方面"曲转",也就是关节适当活动,使气血通畅。用药以活血舒筋和络为主。

参考方:当归 9 g,丹参 9 g,防风 6 g,独活 6 g,川断 12 g,狗脊 12 g,川芎 9 g,泽兰 9 g,红花 3 g,伸筋草 12 g。

3. 后期 肿胀消退,筋骨接续,但尚未坚固,酸软少力,关节活动也觉牵强。

治疗:加强活动,使气血通畅,筋骨的力量恢复。内服益气活血、健筋壮骨药。

参考方:炙黄芪 12 g,炒党参 9 g,焦白术 6 g,当归 6 g,独活 6 g,川断 12 g,狗脊 12 g,红花 9 g,伸筋草 12 g。局部畏冷,加桂枝 3 g、白芍 6 g,温经通络,健壮筋骨,必要时可加鹿筋 6 g(先煎)、虎骨粉 1.5 g(吞),或用豹骨、猴骨粉代替。

中后期可加用一些祛风通络药,如独活、防风等。这是因为气血失和后局部卫阳不固,易为风寒所袭。后期解除固定后,可常用中药熏洗以助功能恢复,如桂枝、羌独活、花椒、甘松、山柰、伸筋草等。接骨木亦常用,剂量可不拘多少。

临床上用药,为了便于掌握,可用桃红四物汤为基础,早期加凉血清热药;后期加益气血、补肝肾药;止痛用乳香、没药;骨折加续骨药,如煅自然铜、骨碎补等;上肢损伤加姜黄、桑枝;下肢损伤加牛膝;胸背部损伤加重理气药。在内伤的治疗上,腹部内伤、瘀滞疼痛者,可用复元活血汤加减;少腹部及会阴部损伤,可用柴胡桔梗汤加减;头部内伤者,可用柴胡细辛汤、天麻钩藤饮等加减。

另外,石氏伤科在治疗骨伤疾患中,相当重视引经药的应用,无论外伤还是内伤,常常配合引经药,分经引导之。在内伤疾病的治疗中,石氏往往以伤患的部位为主,结合脏腑经络辨证,选用适当的引经药物来增强疗效,如头部内伤使用柴胡、细辛药对,胸胁内伤使用柴胡、香附药对等,这些药对组合疗效显著,堪称石氏引经药对之奇葩。

(二) 外治法

在创伤性疾病的外治法运用上,石氏匠心独运,拟定了多种外用制剂,在临床上获得了显著的疗效。如三色敷药、红玉膏、三黄膏、黑虎丹、桂麝丹、接骨丹、伤筋药水、石氏洗方、复方紫荆消伤膏等。下面对其中几种临床使用广泛的外用药就其理法方药、疗效略作阐述。

1. 三色敷药　三色敷药是石氏祖传秘方,历经百余年的临床应用,体现了石氏伤科理伤外治的精髓,是石氏伤科理伤外治敷药中运用最广泛、疗效较突出的经验方,对各种闭合性骨折、脱臼复位后和软组织损伤等所致的伤痛均有一定的疗效。

功效:活血祛瘀,消肿止痛,续筋骨,利关节。

主治:伤筋骨折,青紫肿胀,疼痛难忍,亦治陈伤及寒湿痹等疾患。

2. 伤筋药水　伤筋药水是石氏伤科经典酊剂,对风湿性关节疼痛、网球肘、腱鞘炎等疾病有良好的疗效。

功效:行气活血,祛风散寒。

主治:伤后或感受风寒所致的筋骨关节酸痛,肢节拘急、麻木等症。

3. 石氏洗方

功效:活血舒筋,温经通络。

主治:陈伤劳损,筋骨酸楚疼痛,或骨折后期关节粘连、活动不利等症。

4. 复方紫荆消伤巴布膏

功效:活血祛瘀,消肿止痛,祛风胜湿,舒筋通络。

主治:伤筋骨折,青紫肿胀,陈伤劳损,筋骨酸楚、疼痛等疾患。有些情况下可作为三色敷药的替代用药。

(三) 手法治疗

1. **石氏手法要点**　石氏说："手法是医者用双手诊断和治疗损伤的一种方法。"手法首先是用于诊断，比摸患处以了解伤情。摸法在历代文献中都曾提及，石氏则在应用摸法的过程中还注意比，与健侧比、与正常情况比。因为只有这样，才能更清楚地通过手法获得诊断。以往，没有条件用 X 射线检查以辅助诊断，比摸是极为重要的。只有亲手比摸，才能具体了解伤情，有时还可使某些在早期 X 射线检查中难以明确的骨折得到临床诊断。关于摸法，石氏根据多年临证经验总结到，如骨损，其痛的重点不在肌肉而在骨骼，可用手摸靠骨面上有肿胀疼痛的痛处，不是周围都痛，仅局限在受伤的部位；骨折，类似骨损的情况，但手下觉得有不显著的动摇；骨断，有"辘辘"及"淅淅"的声音。

诊断后即要以"稳而有劲、柔而灵活"的手法施以治疗。石氏常以拔、伸、捺、正、拽、搦、端、提、按、揉、摇、抖(亦作"转")十二法为用。拔、伸、捺、正主要用于正骨，唐代《仙授理伤续断秘方》治疗骨折就是用这四种手法。拽、搦、端、提则主要用于上骱。拽是向前拉，搦是握住，《世医得效方》说"拽直"，"搦教归窠"。端为端托，提乃上提。拽、搦、端、提这四种手法应用时往往两手并用，左右分工。如右手或端或提，相机而行，左手为辅，或拽或搦；或助手拽搦，医者端提，互相配合。按、揉、摇、抖多用于理筋。《伤科大成》用治伤筋说："轻轻揉捏"，"摇动伸舒"。抖是用手抖动，也有舒筋的作用。

石氏就这些手法还指出两点经验：一是这十二法在应用上并没有严格的界限，无论正骨还是理筋上骱，随着临床需要，可以互相换用。因此，不宜机械地划分这是正骨手法，还是理筋手法。二是理筋手法不独用于伤筋，接骨前后亦须注意理筋，使之活动顺和，骨折接续后期，亦应以理筋为辅助手法。

石氏还认为"用手绑扎固定的方法，似亦可附列于手法之内"，其重要性不亚于正骨复位。尤其是骨折整复后，石氏必亲手绑扎，多在损伤部位外敷药物及棉花垫衬妥后，用绑带先绑三圈，并在后续的包扎中注意使该部稍紧而固定确实，两端则较松，能使气血流通。要求绑扎固定后的外观是匀贴的，复诊时当不松动、不变样。这样既能使患处不致再移位，又无包扎不当带来的肢体肿胀、筋脉拘挛之弊。

2. **常见骨折手法整复与固定**　清代胡廷光说，上骱要"法使骤然人不觉，患如知也骨已拢"。石氏正骨以拔、伸、捺、正为总则。拔伸不是一味依靠猛力，而是刚柔相济，在要点施巧力以恰到好处，如《仙授理伤续断秘方》所说，"拔伸当相近本骨损处，不可别去一节骨上"，使发力达到最大的效能，并且在拔伸时结合推按、旋转。

然后，依骨折移位加以捺正。这样，在配合默契的助手协助下，各类骨折多能在瞬息间达到比较满意的功能复位。继之，顺络理筋，绑扎固定。

（1）锁骨骨折手法整复与固定。整复方法：患者坐位，挺胸抬头，双手叉腰，术者将膝部顶住患者背部正中，双手握其两肩外侧，向背部徐徐牵引，使之挺胸伸肩，此时骨折移位即可改善，如仍有侧方移位，可用捺正手法矫正。但此类骨折不必强求解剖复位，稍有移位对上肢功能也妨碍不大。

固定方法："∞"字绷带固定，在两腋下各置棉垫，用绷带从患侧肩后经腋下，绕过肩前上方，横过背部，经对侧腋下，绕过对侧肩前上方，绕回背部至患侧腋下，包绕8～12层，包扎后，用三角巾悬吊患肢于胸前。

（2）肱骨外科颈骨折手法整复与固定。整复方法：患者坐位或卧位，一助手用布带绕过腋窝向上提拉，屈肘90°，前臂中立位，另一助手握其肘部，沿肱骨纵轴方向牵拉，助手同事牵拉内收其上臂使其复位。对于外展型骨折，术者双手握骨折部，两拇指按于骨折近端外侧，其他各指抱骨折远端的内侧向外捺正，助手同时在牵拉下内收其上臂使其复位。对于内收型骨折，术者两拇指压住骨折部向内推，其他四指使远端外展，助手在牵拉下将上臂外展使其复位。如成角畸形过大，还可继续将上臂上举过头顶；此时术者立于患者前外侧，用两拇指推挤远端，其他四指挤按成角突出处，如有骨擦感，断端相互抵触，则表示成角畸形矫正。

固定方法：在助手维持牵引下，将棉垫3～4块放于骨折部周围，短夹板放于内侧，若是内收型骨折，大头垫应放在肱骨内上髁的上部；若是外展型骨折，大头垫应顶住腋窝部，并在成角突起处放一平垫，3块长夹板分别放在上臂前、后、外侧，用3条横带将夹板捆紧，然后用长布带绕过对侧腋下用棉垫垫好打结。对移位明显的内收型骨折，除夹板固定外，可配合皮肤牵引3周，肩关节置于外展前屈位，其角度视移位程度而定。

（3）肱骨干骨折手法整复与固定。整复方法：患者坐位或卧位，一助手用布带绕过腋窝向上，另一助手握持前臂在中立位向下、沿上臂纵轴对抗牵引，一般牵引力不宜过大，否则易引起断端分离移位。待重叠移位完全矫正后，根据不同部位的移位情况进行整复。对于上1/3骨折，在维持牵引下，术者两拇指抵住骨折远端外侧，其余四指环抱近端内侧，将近端托起向外，使断端微向外成角，继而拇指由外推远端向内，使其复位。对于中1/3骨折，在维持牵引下，术者以两手拇指抵住骨折近端外侧推向内，其余四指环抱远端内侧拉向外，纠正移位后，术者捏住骨折部，助手徐徐放松牵引，使断端相互接触，微微摇摆骨折远端或从前后内外以两手掌相对挤压骨折处，可感到断端摩擦音逐渐减小，直至消失，骨折处平直，表示已基本复位。对于下 1/3 骨折,多为螺旋形或斜形骨折,仅需轻微力量牵引,矫正成角畸形,将两斜面挤紧捺正。

固定方法:夹板固定可选用前后内外四块夹板,其长度视骨折部位而定;上 1/3 骨折要超肩关节,下 1/3 骨折要超肘关节,中 1/3 骨折则不超过上、下关节,并应注意夹板下端不能压迫肘窝。若移位已经完全纠正,可在骨折部前后方各放一长方形大固定垫,将上、下骨折端紧密包围。若仍有轻度侧方移位时,利用固定垫两点加压;若仍有轻度成角,可利用固定垫三点加压,使其逐渐复位。若碎骨片不能满意复位时,也可用固定垫将其逐渐压回,但应注意固定垫厚度要适中,防止皮肤压疮。在桡神经沟部位不要放固定垫,以防桡神经受压麻痹。固定时间为成人 6~8 周,儿童 3~5 周。中 1/3 骨折是延迟愈合和不愈合的好发部位,固定时间应适当延长,经摄片复查见足够骨痂生长才能解除固定。固定后肘关节屈曲 90°,以木托板将前臂置于中立位,患肢悬吊在胸前。应定期摄片检查以及时发现在固定期间骨折端是否分离移位,一旦发现断端分离,应加用弹性绷带上下缠绕肩、肘部,使断端受到纵向挤压而逐渐接近。

(4)肱骨髁上骨折手法整复与固定。整复方法:常用的有两种。一种是患者仰卧,两助手分别握住其上臂和前臂,作顺势拔伸牵引,术者两手分别握住远端和近端,相对挤压,纠正重叠移位。若远端旋前(或旋后),应首先纠正旋转移位,使前臂旋后(或旋前)。纠正上述移位后,若整复伸直型骨折,则以两拇指从肘后推远端向前,两手其余四指重叠环抱骨折近端向后拉,同时用捺正手法矫正侧方移位,并令助手在牵引下徐徐屈曲肘关节,常可感到骨折复位时的骨擦感;整复屈曲型骨折时,手法与上述相反,应在牵引后将远端向背侧压下,并徐徐伸直肘关节。另一种是患者仰卧,助手握患者上臂,术者两手握腕部,先顺势拔伸,再在伸肘位充分牵引,以纠正重叠及旋转移位。整复伸直型尺偏型骨折时,术者以一拇指按在内上髁处,把远端推向桡侧,其余四指将近端拉回尺侧,同时用手掌下压,另一手握患肢腕部,在持续牵引下徐徐屈肘。这样,桡偏或尺偏和向后移位同时可以矫正。在整复肱骨髁上骨折时,应特别注意矫正尺偏畸形,以防止发生肘内翻。

固定方法:复位后固定肘关节于屈曲 90°~110° 位置 3 周。夹板长度应答三角肌中部水平,内外夹板下达或超过肘关节,前侧板下至肘横纹,后侧板远端呈向前弧形弯曲,并嵌有铝钉,使最下一条布带斜跨肘关节缚扎而不致滑脱;采用杉树皮夹板固定时,最下一条布带不能斜跨肘关节,而在肘下仅扎内外夹板。为防止骨折远端后移,可在鹰嘴后方加一梯形垫;为防止内翻,可在骨折近端外侧及远端内侧分别加塔形垫。夹缚后用颈腕带悬吊。屈曲型骨折应固定肘关节于屈曲 40°~60°

位置 2 周,以后逐渐屈曲至 90°位置 1~2 周。固定期间应注意观察,若出现固定肢体血循环障碍,应立即松解,置肘关节于屈曲 45°位置进行观察。

(5) 肱骨外髁骨折手法整复与固定。整复方法:单纯向外移位者,屈肘、前臂旋后,将骨块向内推挤,使骨块进入关节腔而复位。有前移翻转移位者,先将骨块向后推按,使之变为后翻转型,然后再行整复,以右肱骨外髁翻转骨折为例,复位时,可先用拇指指腹轻柔按摩骨折部,仔细摸认骨折块的滑车端和骨折面,辨清移位的方向及翻转、旋转程度;然后术者左手握患肢腕部,置肘关节于屈曲 45°前臂旋后位,加大肘内翻使关节腔外侧间隙增宽,腕背伸以使伸肌群松弛;并以右手食指或中指扣住骨折块的滑车端,拇指扣住肱骨外上髁端,先将骨折块稍平行向后推移,再将滑车端推向内下方,把肱骨外上髁端推向外上方以矫正旋转移位,然后用右手拇指将骨折块向内挤压,并将肘关节伸屈、内收、外展以矫正残余移位。

固定方法:有位移骨折闭合复位后,肘伸直,前臂旋后位,外髁处放固定垫,尺侧肘关节上、下各放一固定垫,四块夹板从上臂中上段到前臂中下段,四条布带缚扎,使肘关节伸直而稍外翻位固定 2 周,以后改屈肘 90°位固定 1 周;不便更改的话,也可固定于肘关节屈曲 60°位 3 周,骨折临床愈合后接触固定。这里特别注意固定垫厚度要适宜,一旦引起皮肤压迫坏死,复查骨位又不满意时,就失去切开复位的条件了。

(6) 肱骨内上髁骨折手法整复与固定。整复方法:裂缝骨折或仅有轻度移位骨膜未完全断离者,用夹板固定屈肘 90°约 2 周即可。对于骨折块有分离、旋转移位,但仍位于肘关节间隙水平面以上者,可于屈肘前臂中立位,术者以拇、食指固定骨折块,拇指自下方向上方推挤,使其复位。对于关节囊广泛撕裂、骨块移位嵌入等复杂严重的类型,考虑手术切开复位为佳。整复后应常规检查尺神经是否有损伤。

固定方法:对位满意后,在骨块的前下方放一固定垫,再用夹板固定于屈肘 90°位 2~3 周。

(7) 尺骨鹰嘴骨折手法整复与固定。整复方法:局部有血肿的需先把血肿抽吸干净,术者站在患肢近端外侧,两手环握患肢,以两拇指推压其近端向远端靠拢,两食指与两中指使肘关节徐徐伸直,即可复位。若手法整复不成功,可切开复位。

固定方法:无移位骨折可固定肘关节于屈曲 20°~60°位 3 周;有移位骨折手法整复后,在尺骨鹰嘴上端用抱骨垫固定,并前、后侧超肘夹板固定肘关节于屈曲 0°~20°位 3 周,以后再逐渐改为固定在 90°位 1~2 周。

(8) 桡骨头骨折手法整复与固定。整复方法:整复前先用手指在桡骨头外侧进行摸法,准确地摸出移位的桡骨头。复位时一助手固定上臂,术者一手牵引前臂在肘关节伸直内收位来回旋转,另一手的拇指把桡骨头向上、向内侧推挤,使其复位。若手法整复不成功,可切开复位。成年人的粉碎、塌陷、嵌插骨折,关节面倾斜度在30°以上者,可考虑做桡骨头切除术,但14岁以下儿童不宜做桡骨头切除术。

固定方法:复位后用手臂吊带或支具固定肘关节于90°位置2～3周。

(9)尺骨上1/3骨折合并桡骨头脱位手法整复与固定。整复方法:原则上先整复桡骨头脱位,后整复尺骨骨折。患者平卧,前臂置中立位,两助手顺势拔伸,矫正重叠移位,对伸直型骨折,术者两拇指放在桡骨头外侧和前侧,向尺侧、背侧推挤,同时肘关节徐徐屈曲90°,使桡骨头复位,然后术者捏住骨折断端进行分骨,在骨折处向掌侧加大成角,再逐渐向背侧按压,使尺骨复位;对屈曲型骨折,两拇指放在桡骨头的外侧、背侧,向内侧、掌侧推按,同时肘关节徐徐伸直至0°位,使桡骨头复位,有时可听到或感觉到桡骨头复位的滑动声,然后先向背侧加大成角,再逐渐向掌侧挤按,使尺骨复位;对内收型骨折,助手在拔伸牵引的同时,外展患侧的肘关节,术者拇指放在桡骨头外侧,向内侧推按桡骨头,使其复位,尺骨向桡侧成角也随之矫正。手法整复不成功者应早期切开复位内固定。

固定方法:先以尺骨骨折平面为中心,在前臂的掌侧与背侧各置一分骨垫,在骨折的掌侧(伸直型)或背侧(屈曲型)置一平垫;在桡骨头的前外侧(伸直型)或后外侧(屈曲型)或外侧(内收型)置葫芦垫;在尺骨内侧的上下端分别置一平垫,然后在前臂掌、背侧与桡、尺侧分别放一夹板,用四道布带缚扎。伸直型固定于屈肘位4～5周;屈曲型或内收型先固定于伸肘位2～3周,后改固定于屈肘位2周。

(10)尺、桡骨双骨折手法整复与固定。整复方法:患肢肩外展90°,肘屈曲90°,中下1/3骨折取前臂中立位,上1/3骨折取前臂旋后位,两助手作拔伸牵引,矫正重叠、旋转、成角移位。尺桡骨干双骨折均为不稳定者,骨折在上1/3则先整复尺骨,骨折在下1/3则先整复桡骨,骨折在中段则根据两骨干骨折的相对稳定性来决定。重叠移位未能完全纠正的可用折顶手法加以复位;斜形或锯齿形骨折有背向侧方移位者可用回旋手法进行复位;尺桡骨骨折端相互靠拢的可用挤捏分骨手法,术者用两拇指和食指、中指、环指分置骨折部掌侧和背侧,用力将尺、桡间隙分到最大限度,使骨间膜恢复其紧张度。手法整复不成功者可切开复位内固定。

固定方法:若复位前尺桡骨相互靠拢的,可用分骨垫置于两骨之间;若骨折原有成角畸形的,可用三点加压法。各垫放置后依次放上掌、背、桡、尺侧夹板,掌侧板有肘横纹至腕横纹,背侧板由鹰嘴至腕关节或掌指关节,桡侧板由桡骨头至桡骨茎突,尺侧板由肱骨内上髁至第5掌骨基底部,掌、背侧夹板要比桡、尺侧夹板宽,夹板间距约1 cm。缚扎后,用手臂吊带悬吊于屈肘90°位置,前臂中立位,固定至临床愈合,成人6～8周,儿童3～4周。

(11) 桡、尺骨干单骨折手法整复与固定。整复方法:患者坐位或卧位,肩关节外展,肘关节屈曲,两助手行拔伸牵引。骨折在中或下1/3时,前臂置中立位牵引3～5分钟,待断端重叠拉开后,若两骨向中间靠拢移位,可用分骨手法纠正;若掌背侧移位可用提按手法纠正;桡骨上1/3骨折时,应逐渐由中立位改成旋后位牵引,桡骨干单骨折则将远端推向桡侧、背侧,术者用拇指挤按近端向尺侧、掌侧。手法复位失败可考虑手术切开整复内固定。

固定方法:先放置掌、背侧分骨垫各一个,再放置其他固定垫,桡骨上1/3骨折须在近端的桡侧再放置一个小固定垫,以防止向桡侧移位。然后放置掌、背侧夹板并用手捏住,再放置桡、尺侧夹板。桡骨下1/3骨折时,桡侧板下端超腕关节,将腕部固定于尺偏位,借紧张的腕桡侧副韧带限制远端向尺侧移位,尺骨下1/3骨折则尺侧板须超腕关节,使腕部固定于桡偏位。最后用4条绷带固定。一般屈肘90°,前臂中立位,用手臂吊带悬挂于胸前。

(12) 桡骨远端骨折手法整复与固定。整复方法:患者坐位或卧位,肘关节屈曲90°,前臂中立位。整复骨折线未进入关节、骨折段完整的伸直型骨折时,一助手把住上臂,术者两拇指并列置于远端背侧,其他四指置于腕部掌侧,扣紧大小鱼际肌,先顺势拔伸2～3分钟,待重叠移位纠正后,将远端旋前并利用牵引力,骤然猛抖,同时迅速尺偏掌屈,使之复位;若仍未完全整复,则由两助手维持牵引,术者用两拇指迫使骨折远端尺偏掌屈,即可达到解剖对位;整复骨折线进入关节或骨块粉碎的伸直型骨折时,则在助手和术者拔伸牵引纠正重叠移位后,术者双手拇指在背侧按压骨折远端,双手其余手指置于近端的掌侧,端提近端向背侧,以矫正掌背侧移位,同时使腕掌屈、尺偏,以纠正侧方移位。整复屈曲型骨折时,由两助手拔伸牵引,术者可用双手拇指由掌侧将远端骨折片推挤向背侧,同时用食、中、环三指将近端由背侧向掌侧挤压,然后术者捏住骨折部,牵引手指的助手徐徐将腕关节伸直,使屈肌腱紧张,防止复位的骨片移位。

固定方法:伸直型骨折先在骨折远端背侧和近端掌侧分别放置一平垫,然后上夹板,夹板上端达前臂中上1/3,桡、背侧夹板下端应超过腕关节,限制手腕的桡偏和背伸活动;屈曲型骨折则在远端的掌侧和近端的背侧各放置一平垫,桡、掌侧夹板下端应超过腕关节,限制桡偏和掌屈活动。最后用3条绷带缚扎,将前臂置中立位,用手臂吊带悬挂于胸前,保持固定5～6周。

(13) 第一掌骨基底骨折手法整复与固定。整复方法:先将拇指向远端、桡侧牵引,之后将第一掌骨头向桡侧与背侧推扳,同时以拇指用力向掌侧、尺侧顶压骨折处,以矫正向桡侧、背侧突起成角。怕痛过于紧张者可局部麻醉。

固定方法:用弧形板固定拇指于外展位,须经常检查防止松脱,固定4~5周。

(14) 掌骨颈、干骨折手法整复与固定。整复方法:掌骨颈骨折复位时,先将掌指关节屈曲90°位,使侧副韧带紧张,然后用食指顶压近节指骨头,使指骨基底部位于掌骨头之侧,将断骨片向背侧顶,同时用拇指将掌骨干向掌侧压,使之复位。稳定型掌骨干骨折复位时,先在牵引下矫正向背侧突起成角,后用食指与拇指在骨折的两旁自掌侧与背侧分骨挤压,使之复位。不稳定型掌骨干骨折考虑手术切开复位内固定。

固定方法:在骨折的掌骨两侧放置分骨垫,并用胶布固定,若掌骨骨折段有向掌侧成角的可在掌侧放一小平垫并用胶布固定,最后在掌侧和背侧各放一块薄夹板(2~3 mm厚度),以胶布固定,外加绷带包扎。

(15) 指骨颈、干骨折手法整复与固定。整复方法:指骨颈骨折整复时应加大畸形,用反折手法,将骨折远端呈90°向背侧牵引,然后迅速屈曲手指,屈曲时应将近端的掌侧顶向背侧,使之复位。指骨干骨折整复,先拔伸牵引(麻醉下更易操作),用拇指和食指自尺桡侧挤压矫正侧向移位,然后将远端逐渐掌屈,同时以另一手拇指将近端自掌侧向背侧顶,以矫正向掌侧突起成角。

固定方法:复位后根据成角情况放置小固定垫,用夹板局部固定患指,再令患指握一裹有3~4层纱布或软布的小圆柱状固定物,使手指屈向舟状骨结节,以胶布固定,外加绷带包扎,固定时间为3~4周。

(16) 髌骨骨折手法整复与固定。整复方法:有轻度分离移位的骨折,若膝关节内有积血的可在局麻下先将膝关节内积血抽吸干净,然后患肢置于伸直位,术者用两手拇指、食指、中指捏住断端对准,使之相互接近,再用一手拇指、食指按住上下两断端,另一手触摸髌骨,以确定是否完整。断端分离超过2 cm者考虑手术切开整复内固定。

固定方法:复位后,用抱膝环固定,患肢后侧长夹板(由臀皱纹至足跟部)将膝关节固定在伸直位5~6周。无移位的髌骨骨折用长夹板固定即可。

(17) 胫骨髁骨折手法整复与固定。整复方法:有轻度移位的骨折,然后患肢置于伸直位,术者用两手拇指、食指推挤骨块,使之对准并相互接近;或用持续牵引使骨块相互靠拢;力求恢复胫骨关节面的完整和下肢正常生理轴线。若移位严重,且关节面有压缩者,考虑手术切开整复内固定。

固定方法:无移位骨折或轻度移位整复后,用内、外、后侧三块夹板将膝关节固定在伸直位5~6周。

（18）胫腓骨干骨折手法整复与固定。整复方法：患者平卧，膝关节屈曲20°～30°，一助手用肘关节套住患者腘窝部，另一助手握住足部，沿胫骨长轴作拔伸牵引3～5分钟，矫正重叠及成角畸形。若近端向前侧移位，则术者两手环抱小腿远端并向前端提，一助手将近端向后按压，使之对位。如仍有左右侧移位，可同时推近端向外，推远端向内，一般可复位。螺旋、斜形骨折时，远端易向外侧移位，术者可用拇指置于胫腓骨间隙，将远端向内侧推挤；其余四指置于近端内侧，向外用力提拉，并嘱助手将远端稍稍内旋，可使对位。然后，在维持牵引下，术者两手握住骨折处，嘱助手徐徐摇摆骨折远端，使骨折端紧密相插。最后以拇指和食指沿胫骨前嵴及内侧面来回触摸骨折部，检查对线对位情况。

固定方法：根据骨折断端复位前移位的方向及其倾向性而放置适合的压力垫。上1/3骨折时，膝关节置于屈曲40°～80°位，夹板下达内、外踝上约4 cm处，内外侧板上超过膝关节约10 cm，胫骨前嵴两侧放置两块前侧板，外前侧板正压在分骨垫上。两块前侧板上端平胫骨内、外两髁，后侧板的上端超过腘窝部，在股骨下端作超膝关节固定。中1/3骨折时，外侧板下平外踝，上达胫骨外髁上缘；内侧板下平内踝，上达胫骨内髁上缘；后侧板下端抵于跟骨结节上缘，上达腘窝下约2 cm，以不妨碍膝关节屈曲90°为宜；两前侧板下达踝上，上平胫骨结节。下1/3骨折时，内、外侧板上达胫骨内、外髁平面，下平齐足底；后侧板上达腘窝下约2 cm，下抵跟骨结节上缘；两前侧板与中1/3骨折相同。将夹板按部位放好后，用绷带3～4条横扎。下1/3骨折的内、外侧板在足跟下方作超踝关节结扎固定；上1/3骨折内、外侧板在股骨下端作超膝关节结扎固定，腓骨小头处应以棉垫保护，避免夹板压迫腓总神经而引起损伤。需配合跟骨牵引加以处理，穿钢针时，跟骨外侧要比内侧高1 cm（15°斜角），以便牵引时足跟轻度内翻，恢复小腿生理弧度，骨折对位更稳定。牵引重量一般为3～5 kg，牵引后48小时内摄片检查骨折对位情况。如患肢严重肿胀或皮肤大量水疱，则不宜采用夹板固定，以免造成压疮、感染，暂时单用跟骨牵引，待肿胀、水疱消退后再上夹板。用夹板固定时，要注意松紧适度，既要防止外固定松动而致骨折再移位，又要防止夹缚过紧而妨碍患者血液循环造成压疮。牵引中注意抬高患肢，下肢在中立位，膝关节屈曲20°～30°，每天注意调节绑带松紧度，检查夹板、压力垫有无移位，加垫处或骨突起部位有无受压而产生持续性疼痛。若骨位良好，则5～6周后摄片复查，看到骨痂生长可解除牵引。

（19）踝部骨折手法整复与固定。整复方法：患者平卧位，屈膝，助手抱住其大腿，术者两手握其足跟和足背，顺势拔伸，外翻损伤使踝部内翻，内翻损伤使踝部外翻。有下胫腓关节分离的，可在内踝部加以挤压；后踝骨折合并距骨后脱位的，可用一手握胫骨下端向后推,另一手握其前足向前提拉,并徐徐将踝关节背伸,利用紧张的关节囊将后踝拉下复位。若手法整复失败考虑手术,不稳定的三踝骨折或开放性骨折脱位建议手术治疗。

固定方法:无移位骨折将踝关节固定于中立位3~4周。有移位骨折整复后,先在内、外踝的上方各放一塔形垫,下方各放一梯形垫,防止夹板直接压在两踝骨突处。用5块夹板固定,其中内、外、后侧板上达小腿上1/3,下平足跟;前内侧和前外侧夹板比较窄,上达胫骨结节,下至踝关节上方。夹板必须要塑形,使内翻骨折固定在外翻位,外翻骨折固定在内翻位。最后可用支具或活动板将踝关节固定于90°位置4~6周。

(20)距骨骨折手法整复与固定。整复方法:单纯距骨颈骨折,患者屈膝90°,助手把住小腿,术者一手握其前足,轻度外翻后,向下向后推压,另一手握住胫骨下端后侧向前提,使距骨头与距骨体两骨块对合;合并距骨体后脱位的,应先增加畸形,即将踝关节极度背伸、稍稍向外翻,以解除载距突与距骨体的交锁,并将距骨体向前上方推压,使其复位入踝穴,然后用拇指向前顶住距骨体,稍跖屈踝关节,使两骨块对合;距骨后唇骨折伴有距骨前脱位时,先将踝关节极度跖屈内翻,用拇指压住距骨体的外上方,并用力向内后方推压使其入踝穴。距骨脱位复位后,其后唇骨片一般也随之复位。若手法整复失败,距骨粉碎型骨折考虑手术治疗。

固定方法:距骨颈骨折整复后,应将踝关节固定在跖屈稍外翻位8周,距骨后唇骨折伴有距骨前脱位者,应固定在功能位4~6周。

(21)跟骨骨折手法整复与固定。整复方法:跟骨骨折影响跟距关节或足弓塌陷者,考虑手术治疗,这里说两种不影响跟距关节面的跟骨骨折整复方法。一种是跟骨结节横形骨折,若撕脱骨块移位不大,可直接固定于跖屈位;若骨块较大,且向上移位的,可在适当麻醉下,患者俯卧位、屈膝,助手尽量使其足跖屈,术者以两手拇指在跟腱两侧用力向下推挤骨块,使其复位。另一种是骨折线不通过关节面的跟骨体骨折,可在适当麻醉下,患者屈膝90°,一助手两手握住其小腿,术者两手拇指交叉于足背近踝部、四指交叉于足跟后,手掌紧扣跟骨两侧,矫正骨折的侧方移位和跟骨体增宽,同时尽量向下牵引以恢复正常的结节关节角。若手法整复失败考虑手术治疗。

固定方法:跟骨结节横形骨折,若撕脱骨块移位不大,可直接固定于跖屈位4周;若骨块较大,且向上移位的,整复后固定于屈膝90°、跖屈30°位置4~6周。骨折线不通过关节面的跟骨体骨折,复位后可用长腿石膏靴或支具固定于踝关节90°位置4~6周。

（22）跖骨骨折手法整复与固定。整复方法：有移位的跖骨骨折，先牵引骨折部位对应得足趾，以矫正其重叠及成角畸形，以另一手的拇指从足底部推压断端，使其复位。若仍有残留的侧方移位，仍在牵引下，从跖骨之间用拇食二指用夹挤分骨法迫使其复位。跖骨骨折上下重叠移位或向足底的突起成角畸形必须矫正，否则会影响足的行走功能，侧方移位对功能影响较少。

固定方法：跖骨骨折复位后，用分骨放置在背侧跖骨之间，上方再以压力垫包扎在足托板上6周。第五跖骨基底骨折和无移位骨折直接固定即可。

（23）趾骨骨折手法整复与固定。整复方法：患者坐位，屈膝屈踝，术者用一手握住足背，另一手拇食二指拔伸足趾，矫正重叠移位，再用拇指捺正纠正跖侧成角。

固定方法：采用邻趾固定法，3～4周解除固定。

3. 常见脱位手法整复与固定　脱位手法整复又常被称为"上骱"，上骱似乎是伤科医师最基础的手法。石氏认为脱位手法的整复与固定有三大注意要点：首先，石氏上骱极注意患肢的体位，认为只有特定的体位才能使脱出的骱复位。如髋关节后脱位则取俯卧位，以利医者发力，在助手牵拽下推动向后上移位的股骨头，使向下纳入髋臼。其次，在不同的脱位整复中把握住重点手法。如颞颌关节脱位整复时，以拇指在口内或口外推按牙关尽处为重点，虽然还提到其余手指要端托下颌，其实常难以顾及，而只要拇指用力推按，克服颞部肌紧张，使脱向前的下颌骨关节突向下、向后滑过颞骨关节结节，自然能进入下颌窝而得复位。又小儿桡骨小头半脱位，石氏以一手把握肘部，一手捏住患肢掌拽直患肢，重点则在使患肘充分旋转（先是伸直位旋后，不成功则旋后位屈曲，偶尔旋前位屈曲），有时在旋转的最后几度才能成功。再次，石氏在骱位得复后必按揉摇转以理顺筋络，在复诊时也必施以适当的按揉摇转，以使早日康复。脱位实质上是严重的伤筋，复位只是治疗的开始，尚须使损伤的筋络恢复其原，适度的手法能舒筋疏通气血，并减少关节周围的粘连。只有这样，才能使之尽快痊愈。

（1）颞颌关节脱位手法整复与固定。整复方法：① 对于新鲜的颞颌关节脱位，可用口腔内复位法。患者坐位，尽量放松面部肌肉将口张大，可在颊车穴处涂适量活血止痛外用药物并轻轻揉搓，以缓解咀嚼肌紧张，助手双手固定患者头部，术者用数层纱布裹住拇指以防被患者咬伤，复位时术者双手拇指伸入患者口腔内，按于两侧下臼齿上，其余四指在外面托住下颌，两拇指先向下按，等下颌骨移动时再往里推，其余手指同时协调将下颌骨向上端送，听到滑入关节的响声说明脱位已复入，这时候拇指速向两旁滑开，随即从其口腔内退出。② 对于年老齿落的习惯性脱位者，可用口腔外复位法。术者站在患者前方，双手拇指分别置于两侧下颌体与下颌支前缘交界处，其余四指托住下颌体，然后双手拇指由轻而重向下按压下颌骨，双手其余指同时用力将其向后方推送，听到滑入关节的响声说明脱位已整复。

固定方法：复位后，托住颌部，维持于闭合位，然后将四头带兜住下颌部，其余四头分别在头顶打结，固定时间2～3日。固定期间嘱患者不要用力张口，不要吃硬食。

（2）肩关节脱位手法整复与固定。整复方法：对于新鲜的肩关节脱位，大多用手牵足蹬法，患者仰卧位，用棉垫垫于患侧腋下，术者立于患侧，用两手握住腕部，并用与患侧相同侧的足（如右侧脱位用右足）抵于腋窝内，在肩外旋、稍外展位置沿患肢纵轴方向缓缓用力牵引，继而徐徐内收、内旋，利用足跟为支点的杠杆作用，将肱骨头挤入关节盂内，当有回纳感觉时，复位即告完成。在足蹬时，不可使用暴力，以免引起腋窝血管神经损伤。若用此法而肱骨头尚未复位，可能是肱二头肌长头肌腱阻碍，叫将患肢进行内、外旋转，使肱骨头绕过肱二头肌长头腱，然后再按上述方法复位。若脱位超过24小时者，可在麻醉下进行复位，以减少肌肉紧张对抗。对于平卧有困难的患者可以用拔伸托入法，患者坐位，术者站于患者肩外侧，以两手拇指压其肩峰，其余四指插入腋窝（也可用手腕提托，如左侧脱位，术者右手握拳穿过腋下部，用手腕提托肱骨头）；第一助手站于患者健侧肩后，两手斜形环抱固定患者，第二助手一手握患肢肘部，一手握患肢腕上部，外展外旋患肢，由轻而重地向前外下方作拔伸牵引；与此同时，术者插入腋窝的手将肱骨头向外上方钩托，第二助手逐渐将患肢向内收、内旋位继续拔伸，直至肱骨头有滑入关节的感觉，即完成复位。在缺少助手时也可用膝顶推拉法，患者坐位，术者与患者同一方向立于患侧。以左侧脱位举例，术者左足立地，右足踏于患者坐凳上，将患肢外展约90°，并以拦腰状绕过术者身后，术者以左手握其腕，紧贴于左胯上，右手掌擒住患者左肩峰，右膝屈曲小于90°，膝部顶住患侧腋窝，右膝顶，右手推，左手拉，同时徐徐转身用力，而后右膝抵住肱骨头向上用力一顶，有肱骨头有滑入关节的感觉，即完成复位。

固定方法：复位后必须予妥善固定，使受伤的软组织得以修复，以防日后形成习惯性脱位。一般可用胸壁绷带固定法，将患侧上臂保持在内收内旋位，肘关节屈曲60°～90°，前臂依附胸前，用纱布棉垫放于腋下和肘内侧，防止胸壁与上臂内侧皮肤长期接触发生糜烂。将上臂用绷带包扎固定于胸壁，前臂用手臂吊带悬挂于胸前，固定时间2～3周。

（3）肘关节脱位手法整复与固定。整复方法：肘关节后脱位可用拔伸屈肘法，患者坐位，助手立于患者背后，以双手握其上臂，术者站在患侧前面，以双手握住腕部，置前臂于旋后位，与助手相对拔伸，然后术者以一手握腕部继续保持牵引，另一手的拇指抵住肱骨下端向后推按，其余四指抵住尺骨鹰嘴向前端提，并慢慢将肘关节屈曲，若感觉到入臼声，说明已复位。对于肘关节前脱位，患者坐位，一助手固定患肢上臂，另一助手握住患肢腕部，顺势牵引前臂，术者用两手拇指由肘前顶住脱出的尺桡骨上端向下后推入，其余手指由肘后抵住肱骨下端向上向前端提，有入臼声，即已复位。肘关节前脱位较少见，常伴有尺骨鹰嘴骨折，脱位整复后按尺骨鹰嘴骨折处理。若手法复位不成功，不可强求，以免造成血管神经损伤，可改用手术治疗。

固定方法：复位后，用手臂吊带或支具固定于屈肘 90°位置，悬挂于胸前，固定时间 2～3 周。

（4）小儿桡骨头半脱位手法整复与固定。整复方法：家长抱患儿正坐，术者与患儿相对。这里以右侧为例，术者左手拇指放在桡骨头外侧处，右手握其腕上部，并慢慢地将前臂旋后，一般半脱位在旋后过程中常常即可复位。若不能复位，则右手稍加牵引至肘关节伸直旋后位，左手拇指加压于桡骨头处，然后屈曲肘关节，常可感觉到轻微入臼声，即已复位。另一方法是屈肘 90°向旋后方向来回旋转前臂，也可复位。

固定方法：复位后患儿肘部疼痛立即消失，停止哭闹，屈肘自如，能上举取物。若局部无明显肿胀，无需外用药物，用手臂吊带悬挂于屈肘位 2～3 日，并嘱家长注意避免牵拉患肢再次损伤，以免屡次发生形成习惯性脱位。

（5）月骨脱位手法整复与固定。整复方法：患者坐位，肘关节屈曲 90°，两助手分别握住肘部和手指对抗牵引，在拔伸牵引下前臂旋后（仰掌），腕关节背伸，使桡骨与头状骨之间的关节间隙增宽，术者两手握住患肢腕部，两手拇指用力推压月骨凹面的远端，迫使月骨进入桡骨与头状骨之间间隙，然后逐渐使腕掌屈，当月骨有滑动感，中指可以伸直时，表明已复位。

固定方法：复位后用夹板或石膏将腕关节固定于掌屈 30°～40°位置，一周后改为中立位。固定期间常作掌指关节和指间关节屈伸活动，2 周后解除固定，开始训练腕关节屈伸活动。

（6）掌指关节脱位手法整复与固定。整复方法：患者坐位，术者用一手拇指与食指握住脱位手指，呈过伸位，顺势作拔伸牵引，另一手握住患肢腕关节，以拇指抵于患指基底部并推向远端，使脱位的指骨基底部与掌骨头相对，然后向掌侧屈曲患指，即可复位。

固定方法：复位后用夹板或绷带卷垫于掌指关节掌侧，固定患指于轻度屈曲对掌位 1～2 周。

（7）指间关节脱位手法整复与固定。整复方法：患者坐位，术者用一手固定患肢掌部，另一手握住患指远节顺势拔伸牵引，同时拇指将脱出的指骨基底部推向前方，然后屈曲手指，即可复位。

固定方法：复位后用夹板或绷带卷垫于指间关节掌侧，固定患指于轻度屈曲对掌位1～2周，也可采用邻指胶布固定法。

（8）髋关节脱位手法整复与固定。整复方法：① 屈髋拔伸法。对于髋关节后脱位者，患者仰卧，助手两手按压髂嵴固定骨盆，术者面向患者，骑跨于屈髋屈膝各90°的患肢上，用双前臂、肘窝部扣住患肢腘窝部，逐渐拔伸，使股骨头接近关节囊破裂口，在向上牵拉的同时，略将患肢旋转，使股骨头滑入髋臼，感觉到入臼声后，再将患肢伸直放平。对于髋关节前脱位者，患者仰卧，一助手两手按压髂嵴固定骨盆，另一助手屈曲其膝关节并握住患肢小腿，在髋外展、外旋位逐渐向上拔伸牵引至屈髋90°位置，同时术者双手坏抱患肢大腿根部，将大腿根部向后外方按压，使股骨头纳入髋臼即可复位。② 回旋法。对于髋关节后脱位者，患肢仰卧，助手以两手按压双侧髂嵴固定骨盆，术者立于患侧，一手握住患肢踝部，另一手以肘窝部提托患肢腘窝部，在向上提拉的基础上，将大腿内收、内旋，髋关节极度屈曲，使膝部贴近腹壁，然后将患肢外展、外旋、伸直。全套动作形似一个问号（左）或反问号（右），过程中感觉到入臼声即已复位。对于髋关节前脱位者，其操作步骤与后脱位相反，先将髋关节外展、外旋，然后屈髋屈膝，再内收、内旋，最后伸直下肢。回旋法利用杠杆原理整复脱位，其杠杆作用力较大，施行手法时动作要轻柔，不可使用暴力，以免导致骨折或加重软组织损伤。③ 拔伸足蹬法。对于髋关节后脱位者，患者仰卧，术者两手握住患肢踝部，用一足（患肢同侧，左髋脱位用左足）外缘蹬于坐骨结节与腹股沟内侧，身体后仰，手牵足蹬，协同用力，两手略将患肢旋转，感觉到入臼声即已复位。对于髋关节前脱位者，患者仰卧，患者仰卧，术者两手握住患肢踝部，用一足（患肢同侧，左髋脱位用左足）外缘蹬于坐骨结节及腹股沟内侧，足底抵住股骨头，手牵足蹬，徐徐用力，拉松后，用两手将患肢大腿内收，同时足向外顶支股骨头，感觉到入臼声即已复位。

固定方法：髋关节后脱位者，用皮肤牵引维持髋部于轻度外展中立位3～4周。髋关节前脱位者，用皮肤牵引维持髋部在内收、内旋、伸直位3～4周，避免患肢外展。

（9）髌骨脱位手法整复与固定。手法整复：以外侧脱位为例，患者平卧，术者立于患侧，一手握其足踝上方，一手拇指按于髌骨下方，余指托于腘下。使膝关节在微屈状态下（半直半曲）轻轻作屈伸活动，在伸直动作时，拇指向内前方推按髌骨,使其复位,然后伸直膝关节。内侧脱位则手法相反。

固定方法:用夹板或支具固定膝关节于伸直位 3～4 周。固定后将患肢稍稍抬高,可做足趾踝关节活动训练。解除固定后逐渐进行膝关节屈伸功能锻炼,注意不能过早负重、用力伸膝或下蹲,以防再次脱位。

(10)膝关节脱位手法整复与固定。手法整复:在麻醉下,患者取仰卧位,一助手双手握住患肢大腿,另一助手握住患肢踝部及小腿作对抗牵引,保持膝关节半屈伸位置,术者双手按脱位的相反方向推挤或提托股骨下端与胫骨上端,听到入臼声,看到畸形消失,即已复位。膝关节完全脱位者应作紧急处理,复位过程中禁止暴力牵拉,应注意保护腘窝神经和血管。复位完成后,进行轻度屈、伸、内收、外展活动,以理正诸筋(移位半月板和卷缩的关节囊);有关节积液或积血的,应用注射器抽尽,以防血肿机化粘连。

固定方法:整复后无血循环障碍者,采用夹板或支具固定膝关节于 15°～30°位置 6～8 周;有血循环障碍征象者,采用轻重量(1～2 kg)皮肤牵引,暴露患肢密切观察,直至血循环正常稳定后再用夹板或支具固定。伤后经过 6～8 小时观察,血循环仍未改善者,应及时探查血管并相应处理。固定期间锻炼股四头肌、髋关节、踝关节,6 周后在夹板或支具固定下作扶拐不负重步行训练。解除固定后,联系膝关节屈伸活动,待股四头肌力量恢复及膝关节活动稳定后,才能负重行走。过早负重行走易损伤滑膜,造成创伤性滑膜炎。

(11)跗跖关节脱位手法整复与固定。手法整复:在麻醉下,患者卧位或坐位,一助手握患肢小腿下段,另一助手握足趾向远端拔伸牵引,术者用对掌挤按法将脱位跗骨推回原位,然后理顺筋络即可。

固定方法:此种脱位整复后容易再次脱位,所以治疗中有效的固定是关键。在足背及其两侧相应部位放薄棉垫,取两块瓦片状硬纸壳(可用胶布桶剪裁)内外相扣,用两道绑带扎缚。不稳定且有足弓塌陷者,硬纸壳固定后以绷带包扎数层,再将患足置于带足弓托的支具中,绑扎固定。整复固定后应密切注意观察前足血循环,并相应调整绑带松紧,抬高患足,以利消肿。一般固定 4～6 周。若再脱位者考虑手术治疗。

(12)跖趾关节和趾间关节脱位手法整复与固定。手法整复:患者卧位或坐位,助手握患肢小腿下段并固定,术者一手拇指捏住患肢足趾(捏不住者可用绷带套住足趾增加摩擦力),顺近节趾骨的纵轴方向顺势拔伸牵引,并将患趾过伸,另一手拇指顶住趾骨基底部,向足尖方向推按,术者食、中指扣住跖骨远端向背侧端提,牵引与推提手法配合,逐渐将跖趾关节屈曲,若有入臼感,即已复位。趾间关节脱位同样采用上述方法拔伸牵引和推提手法,然后屈曲足趾,即可复位。

固定方法:跖趾关节脱位整复后,用绷带缠绕患部数层,再用瓦形夹板(可用胶布桶、硬纸板剪裁制作)固定,外加绷带包扎;趾间关节脱位整复后,可用邻趾胶布固定法,固定时间3周。

4. 伤筋和理筋手法　伤筋是临证最为常见的病证之一。石氏把它分为三类:一为不显著的伤筋,指劳倦又兼寒湿外袭而成,外象并无青紫肿胀,但觉酸痛麻木,治疗以药物为主,手法按摩仅辅佐,抑或辅以针灸。二为不甚显著的伤筋,系扭蹩或支撑伤及腕肘膝踝等处,外无显著青紫,但旋转失常,治疗以理正筋位的手法,并辅以药物。三为外形有显著改变的伤筋,由较明显的外伤如支撑等造成,筋络离位而突出,部位多见于膝前或肘后,该部有粗筋隆起屈伸不利,治疗必须先用按捺屈伸的手法将隆起的粗筋纳入筋位,使隆起平复即能恢复屈伸活动,每辅以药物。石氏认为,第三类伤筋施以手法是绝对必要的,手法之前必须注意这与骨折是绝对不同的,要注意鉴别。法之所施,以肘后伤筋为例,一手按压鹰嘴后上两侧隆起粗筋,一手将患者处于半屈半伸而又难以屈伸的上肢急骤伸直,而后充分屈曲,或屈曲后充分伸直,手法也要"骤然人不觉",否则因患者会有强烈的酸楚感而予以抵抗以致难得屈伸。施以手法后症状即基本消失,不做手法则极难在较短时间内痊愈。

拔伸手法:用于治疗掌指(趾)关节、指(趾)间关节附近伤筋病后期掌指(趾)关节、指(趾)间关节拘挛活动不利,屈伸困难僵硬,肿胀酸痛等。术者一手握住患肢腕(踝)关节,一手逐一向远端拔伸掌指(趾)关节、指(趾)间关节,拔伸时手法轻巧柔和,拔伸2次。

摇抖旋转手法:用于治疗腕、踝、肩关节附近伤筋病后期腕、踝、肩关节拘挛活动不利,屈伸困难僵硬,肿胀酸痛等。术者一手固定关节近段,一手握住关节远端肢体,作缓慢而轻柔的摇抖旋转,重复3次。

屈伸手法:用于治疗膝、肘关节附近伤筋病后期膝、肘关节拘挛活动不利,屈伸困难僵硬,肿胀酸痛等。术者一手固定关节近段,一手握住关节远端肢体,做缓慢而轻柔的屈伸,屈伸幅度以患者可以耐受为度,重复3次。

按揉手法:主要用于肌肉组织较为丰厚处的伤筋病后期,局部肌肉酸胀、僵硬等。患者平卧或仰卧,术者站在患侧,以手掌掌根或大、小鱼际按揉患处,手法柔和缓慢。一般持续3~5分钟。

斜扳手法:用于治疗腰部急性扭伤早期。患者侧卧,卧侧下肢伸直,另一下肢屈曲放在对侧小腿上部。术者站在患者背后,一手扶住患者髂骨后边缘,另一手扶住患者肩前方;同时拉肩向后,推髂骨向前,使腰部扭转,有时可听到或感觉到"咔嗒"响声,手法操作 1 次即可。

滚法:主要用于损伤面积较大的伤筋病后期局部肌肉酸胀、僵硬处。患者平卧或仰卧,术者站在患侧,在损伤范围内自上而下,沿肌肉纤维的走向行滚法,酸胀较显著处可反复多次,一般持续 3～5 分钟。

"一指禅"手法:主要用于头面部的伤筋病后期头面部局部软组织僵硬、痉挛处。患者仰卧,术者立其身旁,以双手拇指点揉头面部,手法轻快、柔和重复 3 次。

弹拨手法:主要用于伤筋病后期肌肉痉挛较明显处。患者平卧或仰卧,肌肉放松,术者站在患侧,用一拇指或双拇指重叠,寻找肌肉痉挛有条索状改变处。用轻柔手法在与肌纤维垂直的方向来回波动,使粘连分离,痉挛的肌肉放松,持续3～5 分钟。

在治疗急性损伤髌上囊血肿时,石氏手法操作要点为,用一手握住患肢踝部,另一手按住髌上囊血肿处,趁患者未在意时将半伸位的膝部急骤曲转,继之又立即将其伸直。在这一屈一伸之后,使突起之如卧蚕状血肿迅速消散到周围组织中,有利瘀血吸收,疼痛大为减轻,屈伸活动亦利。避免血肿残存,硬结成块,逐渐机化,影响功能。石氏手法在损伤后期治疗中,以轻柔的拔伸、按揉、摇抖旋转、屈伸、弹拨等手法为主,疏导经络,调畅气血,促进功能恢复。

石氏的手法是在大量实践的基础上不断发展和完善的,如颞颌关节口外复位就是改变后的方法。另外,石氏还认为,"伤科手法的临床应用,各家所施虽有不同,但殊途同归,其理一致"。即大的原则上各家各派是一致的,但细节上各有特长、不同。

(四) 练功导引

导引,属古代气功,有狭义和广义的两种含义。"狭义导引"仅指古代气功中的动功;广义"练功导引"是包括静功、动功在内的整个古代气功。

石氏伤科练功方法的"导引"是广义的导引。通过主动心身修炼,形、气、神谐调,达到防治疾病、益寿行的目的。其练功方法包括动功、静功和静动功。动功有徒手锻炼或辅以器械锻炼。静功可采用坐、卧、站等姿势,配合呼吸、意念,运气锻炼。静动功是无意识控制状态下自然的心身锻炼方法。

练功导引是石氏中医骨伤科的重要疗法之一,历史悠久,行之有效。在石氏练功导引的发展过程中,逐渐明确理论体系,吸收、结合现代康复理论和方法,发展适宜现代化的富有中医传统康复特色的康复导引理论和方法,贯彻骨伤疾病"动静结合"的重要原则,逐渐发展、形成了石氏伤科特色练功导引理论和方法。

石氏治疗骨伤提倡"临床-康复"一体化的防治原则。"临床"是指内服中药、外敷膏药、针灸等临床治疗方法,而"康复"是指手法、理疗、练功导引等康复治疗方法。

在治疗措施的层面上,石氏伤科认为,在治疗骨折、急慢性骨伤疾病时,不仅从内在调整机体状态,同时应通过外治法注重机体功能的恢复。在骨折初期时提倡康复尽早介入,骨折后期强调功能恢复,即在急慢性损伤时强调内外兼顾。

在治疗范畴的层面上,石氏伤科认为,临床治疗不应仅仅局限于诊室和治疗室,更应该在家属和患者的共同努力下,将治疗延伸至家庭康复,而练功导引作为中国传统康复的重要组成部分,有着其独特的优势,石氏伤科强调"临床-康复"一体化,即以患者尽早康复、及时康复为目标,延伸治疗的范畴,通过练功导引为手段,鼓励患者主动参与到疾病的康复过程,加快疾病恢复。

练功导引是石氏治疗骨伤疾病的重要组成部分,在内服中药、外敷膏药、针灸的同时,针对骨折、急慢性骨伤疾病,辅以练功导引。治疗层面上,可以帮助患者强筋健骨、增强肌力、维持关节稳定、推动气血运行、加速骨折愈合、滑利肢体关节、缓解疼痛;预防层面上,可以帮助患者预防疾病复发。

(1) 局部作用: ① 活血化瘀。消肿止痛损伤后气血瘀滞,经络阻塞不通而致肿胀疼痛,导引则能促进经络通畅,推动气血运行,达到活血化瘀、消肿止痛之目的。② 增强脏气。有利于功能恢复通过导引锻炼,可调整脏腑经络功能,增强脏气,从而强筋壮骨,有利于损伤局部功能康复。③ 纠正骨折错位。促进骨折愈合通过肌肉的紧张与放松训练,在骨折断端产生侧向和纵向挤压力。侧向挤压力可纠正骨折,复位固定后的残余错位;纵向挤压力使骨折断端更紧密接触,加速骨折愈合。肌肉的活动,又能促使经络通畅,改善气血循环,祛瘀生新,有利于骨折愈合。④ 濡养关节筋络肌肉。骨伤后往往伴有肌筋受损,后期则气血不充,肌筋失其所养产生酸麻胀痛。关节制动8周,强度和刚度会下降40%,需30周左右恢复。通过导引锻炼后,可舒筋活终,运行气血,肌肉筋络得以濡养,关节滑利,伸展自如,加快功能恢复。⑤ 防止关节粘连和骨质疏松。患肢长期的固定和缺乏活动,往往引起严重的关节粘连和骨质疏松。导引活动实际起到了自我松解粘连的作用。导引又使气血充盈,可防止骨质疏松的发生。

(2) 全身作用:导引不仅对损伤的局部有很好的治疗效果,对全身的机能调节亦起到了良好的作用。四肢末端关节的导引活动,能加强经络中五输穴的功能,尤其是五输穴中的井穴(在指趾端)功能加强,使体内真气与外界元气交换量增加,促进体内真元之气充足。全身性的导引锻炼,则对脏腑经络起到了更好的调节和强壮作用,从而使气血更充盈,经络更通畅,正气充足,筋骨强劲,有利于损伤的康复。

（五）注意事项

（1）注意饮食调理，选择适合的食物，有助于骨伤患者的恢复。如食用苦瓜、番茄、芹菜等清凉食物，有助于缓解伤口局部疼痛感；黄花菜、茄子、黑木耳、香蕉等比较适合外伤后创口渗血的患者。

（2）针对存在的抑郁、焦虑者，要进行心理辅导、卫生教育，心理状态改善有助于预防和控制疼痛。

（3）有创伤性关节炎患者当避免或减少屈膝，如上下楼梯活动，尤其屈膝深蹲会增加膝关节内压力和增加膝关节负担，刺激有病变组织引起剧烈疼痛，更应避免。

二、颈椎病

颈椎病即颈椎椎间盘退行性改变，以及其继发病理改变累及其周围组织结构（神经根、脊髓、椎动脉、交感神经等），出现相应的临床表现。仅有颈椎的退行性改变而无临床表现者则称为颈椎退行性改变。根据患者的症状或证候群特点，结合其是由于椎管内及其邻近部位受累组织，通常将颈椎病分为五型，也有的分为六型。颈椎病是一种常见病和多发病，其发病率为 3.8%～17.6%。

颈椎病属中医"痹证""颈肩痛"等范畴。血气不和，百病乃变化而生。瘀血阻脉，不通则痛，瘀血之不除，新血不可生，血运不畅，荣养失职，引起不荣则痛和肢麻等症状。《诸病源候论·风痹论》说："痹者，风寒湿三气杂至，合而成痹，其状肌肉顽厚，或疼痛……"由于颈部感受风寒湿邪，使局部气血循行受阻，不能荣养颈椎，可导致椎间盘变性，颈椎失稳，刺激血管、神经而引起颈椎病。

石鉴玉认为，颈椎病不论虚实，总有气机不利及脉道痰瘀阻滞之现象，这种病理状态或是六淫之邪侵入，或体姿不正所为，或肾虚督脉气化失常造成等，极可能继发颈椎病，因此石氏重视通畅气血，调达脉道在治疗颈椎病上的作用。石氏认为，颈椎之病，有虚实之异，邪正之进退，病邪之偏重，或瘀滞，或风寒，或痰湿流注，或虚损，或本亏，种种不一。石氏在辨证基础上，喜用牛蒡配僵蚕、草乌配磁石、南星配防风、潼蒺藜配白蒺藜等药对治疗颈椎病。同时，在治疗颈椎病的临床用药配伍中，石氏亦重视根据不同兼症，施以相应的治疗方法。所谓"知犯何逆，随证治之"，以求治病切合病机，达到理想的治疗效果。从病位方面而言，项背强者，多用牛蒡子、葛根、僵蚕、防风；耳鸣、耳聋者，多加磁石、五味子；视物不清者，多投枸杞、菊花；头痛者，前额部加白芷，颞部用川芎，枕部投羌活，巅顶部添藁本；肢麻者，多予桂枝、南星、威灵仙、蜈蚣……从病性方面来讲，气不足者，补以黄芪、党参、白术、茯苓等；血不足者，养以当归、生地、芍药、鸡血藤等；伤阴者，滋以麦冬、石斛、玄参、花粉、百合、沙参等；阳弱者，补以淫羊藿、巴戟肉、鹿角霜、肉苁蓉、菟丝子等；肝肾亏虚者，健以杜仲、狗脊、川断、熟地、山药等；夹食者，用建曲、鸡内金、山楂、保和丸等消之；腑闭者，投以大黄、厚朴、桃仁、枳壳、润肠丸等导之；肝阳上亢者，并珍珠母、煅龙牡、菊花等；血虚神扰者，加以淮小麦、五味子、酸枣仁、夜交藤等；气滞者，添以柴胡、香附、延胡索等；血瘀者，配以全蝎、丹参、红花等；伴痰湿者，化以白芥子、桃仁、苍术、山甲片、泽漆、薏苡仁等；兼风寒者，用麻黄、桂枝、防风等祛之；有恶心者，用半夏、竹茹、左金丸等止之。如此随症加减变化，不一而足，这些具体体现了石氏用药抓主症、顾兼症、有步序、预变化的治病思想。

（一）内治法

1. 风寒痹阻型　肩颈疼痛初期，局部肌肉拘紧，或窜痛至上肢，痛处无固定。舌脉象可见舌淡红，苔白，脉浮紧。

治法：祛风散寒，温经通络。

代表方剂：麻黄桂枝加牛蒡子汤。

常用药物：炙麻黄、桂枝、白芍、炒牛蒡、僵蚕、白蒺藜、羌活、白芷、丹参、葛根、威灵仙、制南星、海风藤、川芎、炙甘草。头痛者，前额部加白芷，颞部用川芎、蔓荆子，枕部投羌活，巅顶部添藁本。

服法：水煎，每日1剂，分2次温服。

2. 痰瘀交阻型　肩颈痛日久，反复发作，绵绵难愈，或痛而剧烈，或麻而不仁，或不痛而麻，或伴手足无力，肢体偏痉。舌脉象可见舌质淡黯，或有瘀斑，苔白腻，脉细滑或涩。

治法：活血化瘀，逐痰通络。

代表方剂：椎脉回春汤或天麻钩藤汤加减。

常用药物：炒牛蒡、僵蚕、葛根、桂枝、天麻、甲片、生黄芪、制半夏、当归、杭白芍、羌活、独活、潼蒺藜、白蒺藜、狗脊、川芎、炙甘草。耳鸣、耳聋者，多加磁石（先煎）、五味子；头晕者，加黑料豆、淮小麦；视物不清者，多投枸杞、菊花；血瘀者，配以莪术、三棱、丹参、甲片、桃仁、红花等；伴痰湿者，化以白芥子、苍术、泽漆、薏苡仁等；肢麻者，多给桂枝、南星、全蝎、蜈蚣等。

服法：水煎，每日1剂，分2次温服。

3. 痰湿阻络型　头晕目眩，头重如裹，四肢麻木不仁，恶心，纳呆。舌脉象可见舌暗红，舌苔厚腻，脉弦滑。

治法：健脾化湿，逐痰通络。

代表方剂：半夏白术天麻汤加减。

常用药物：天麻、桂枝、白蒺藜、制半夏、陈皮、生姜、茯苓、白术、白芍、羌活、炒牛蒡、僵蚕。夹食者，用建曲、鸡内金、山楂、保和丸等消之；腑闭者，投以大黄、厚朴、桃仁、枳壳、润肠丸等导之；有恶心者，用姜半夏、竹茹、左金丸等止之。

服法：水煎，每日1剂，分2次温服。

4. 气血不足型　发病已久，缠绵不愈，其痛稍缓，或麻木不仁，遇劳则复发，面色少华。舌脉象可见舌淡，脉弱。

治法：益气养血，佐以和营通络。

代表方剂：黄芪桂枝五物汤加减。

常用药物：生黄芪、桂枝、当归、生姜、白芷、川芎、丹参、白芍、羌活、鸡血藤。气不足者，补以黄芪、党参、白术、茯苓等；血不足者，养以当归、生地、芍药、鸡血藤等。血虚神扰者，加以淮小麦、五味子、酸枣仁、夜交藤等；伤阴者，滋以麦冬、石斛、玄参、花粉、百合、沙参等；阳弱者，补以淫羊藿、巴戟肉、鹿角霜、肉苁蓉、菟丝子等。

服法：水煎，每日1剂，分2次温服。

5. 肝肾阴虚型　肩颈痹痛麻木，或手足肌肉萎缩，或四肢拘紧，行走不稳，伴口干，体削，面色潮红，心烦失眠，口苦咽干，肌肤甲错，小大便干结，小便短涩。舌脉象可见舌红绛，苔无或少，脉细。

治法：滋肾养肝，佐以和营通络。

代表方剂：调中保元汤。

常用药物：熟地黄、山药、山茱萸、牡丹皮、茯苓、泽泻、当归、桑枝、羌活、络石藤、川芎、丹参。肝肾亏虚，腰膝酸软者，加杜仲、狗脊、川断等；肝阳上亢者，并珍珠母(先煎)、煅龙骨(先煎)、煅牡蛎(先煎)、菊花等。

服法：水煎，每日1剂，分2次温服。

(二) 外治法

1. 三色敷药

功效：活血祛瘀，消肿止痛，疏利关节。

用法：2日1剂，患处外敷。

2. 膏复方紫荆消伤膏

功效：活血祛瘀，消肿止痛，祛风胜湿，舒筋通络。

用法：每日 1 剂,患处外敷。

(三) 手法治疗

(1) 患者取坐位或俯卧位,以中等强度力量的一指禅推法、滚法和按揉法在颈项、肩及上背部阳性反应点常规操作,5 分钟。

(2) 患者取仰卧位,术者立其头端,双手重叠自第 3、4 颈椎下将颈部稍微托起,与水平方向呈 15°～20°角拔伸,着力点位于棘突之间,持续时间不少于 0.5 分钟,反复 5 遍。

(3) 以食、中、环三指指腹着力,沿督脉和两侧膀胱经的颈段由下而上沿直线平推,两手协同,交替进行,每条线各 6 遍。

(4) 以中指指腹着力,用中等强度力量在项韧带及其两旁阳性反应点弹拨,两手交替进行,反复 5 遍。

(5) 以中等强度力量勾揉风池、风府穴、阿是穴,按揉肩井穴,各 1 分钟。

(6) 在拔伸状态下左右旋转颈椎至极限位(约 45°),反复 5 遍,必要时行旋转扳法。

(7) 自颈根部将颈椎微微托起,然后边拔伸,两手边向枕部滑移至发际,反复 5 遍。

注意：必要时在皮肤表面涂以少量介质,以免损伤皮肤。如治疗过程中病情持续加重或皮肤损伤时应停止治疗,采取相应针对性处理措施。

疗程：每次治疗时间约 15 分钟,每周 2 次,8 次为 1 个疗程。

(四) 练功导引

石氏伤科根据中医传统练功疗法,结合石氏伤科功法特色,整理开发了"脊柱平衡操"。

石氏颈项平衡操：① 屈肘平肩开弓,颈项前倾后仰；② 屈肘平肩开弓,颈项左右旋转；③ 屈肘平肩开弓,颈项左右侧屈；④ 屈肘平肩开弓,颈项左右斜倾；⑤ 屈肘平肩开弓,颈项左右斜仰；⑥ 用手掌左右搓颈,用拇指按揉风池。

注意：① 配合呼吸,即第一拍深吸气,第二拍呼气；② 动作要连贯,有节奏感。

各型颈椎病症状基本缓解或呈慢性状态时,可开始练功疗法以促进症状消除及巩固疗效。症状急性发作期宜局部休息,不宜增加运动刺激。有较明显或进行性脊髓受压症状时禁忌运动,特别是颈椎后仰运动应禁忌。椎动脉型颈椎病时颈部旋转运动宜轻柔缓慢,幅度要适当控制。

（五）注意事项

（1）枕头与睡眠：枕头中央应略凹进，高度为 12～16 cm，颈部应枕在枕头上，不能悬空，使头部保持略后仰。习惯侧卧位者，应将使枕头与肩同高。睡觉时，不要躺着看书，也不要长时间将双手放在头上方。

（2）避免做颈部过伸过屈活动：脊髓型颈椎病患者，在洗脸、刷牙、饮水、写字时，要避免颈部过伸过屈活动。

（3）在患病期间，应停止做某些过度活动颈椎的运动。

（4）人是一个整体，应局部与整体相结合。正确姿势、良好习惯、防治外伤、有病早治、加强锻炼、注意保暖、精神愉快、饮食有节，是对颈椎病患者最好的预防与保健。

三、腰腿痛

腰腿痛，相当于西医腰椎间盘突出症，是或因肝肾亏虚、不能濡养筋骨而致筋骨退变，或风寒湿邪趁虚侵袭，或因扭闪挫伤或慢性劳损等，导致经络痹阻，出现腰腿疼痛、麻木、无力等症状的一类疾病。其主要机制为腰椎间盘发生退行性变，或外力作用引起腰椎间盘内、外压力平衡失调，使纤维环破裂，导致髓核组织从破裂之处突出（或脱出）于后方或椎管内，导致相邻的组织如脊神经根、血管、脊髓或马尾神经等遭受刺激或压迫，致使神经水肿、损伤，从而产生一系列临床症状，以腰骶臀髋酸痛为主，有的涉及下肢、大腿后侧腘部，甚至小腿足趾酸痛胀麻。本病男性多于女性。以 L4～L5、L5～S1 椎间盘为好发部位，可达到总发患者数的 98%，其中 L4～L5 间盘突出约占 60%，L5～S1 次之。

腰骶是脊柱的枢纽，骶髂是躯干和下肢的桥梁，这些部位损伤的概率较大，所以腰骶部的陈伤劳损在临床上极为常见。石氏伤科认为腰腿痛的治疗，当以温经散寒、祛风除湿、活血通络功效的内服外敷药为开导，同时调理肝脾为转入摄养脏腑奠下基础，终以调补肝肾脾胃图其复原。

腰部是足太阳膀胱经和督脉推行的通道。《灵枢·经脉》说："膀胱是太阳之脉。"《景岳全书》则更有发挥，言："腰为肾之府，肾与膀胱为表里，故在经则属太阳，在藏则属肾气，而又为冲任督带之要会。"督脉统督全身阳气，任脉总调人身阴气，冲脉为十二经之海，与胃、肾两经联系最密，关系到人的先天与后天的真气，带脉络腰而过，总束诸脉。劳损日久"病经岁月"，奇经虚衰以致腰脊酸软重滞，肢节举动少力，又兼带下绵延，治疗中需兼顾调摄奇经。

腰椎间盘中髓核突出，当属中医痰湿范畴，治疗上须重视化痰利水消肿，以敷散气血津液,清利瘀滞,缓解神经根水肿。同时,在治疗腰腿痛后期,当不忘调补肝肾,以强壮筋骨、固少阴之源、充太阳膀胱经脉气血。

(一) 内治法

1. **风寒痹阻型** 包括急性损伤腰痛、腰椎后关节滑膜嵌顿、腰椎间盘突出症等。

治法:温通散寒,通络止痛。

代表方剂:石氏温经强腰汤。

常用药物:麻黄、桂枝、红花、细辛、白芷、狗脊、地龙、青皮、制川乌、制草乌、橘皮、泽漆、威灵仙。

服法:水煎,每日 1 剂,分 2 次温服。

按:石氏认为该类腰痛,主要是由于太阳经脉被风寒所袭,而致腰部疼痛板滞,遇寒则甚,活动受牵制,正如《素问·刺腰痛》曰:"足太阳脉,令人腰痛,引项脊,尻背如重状。"石氏认为,太阳经脉有敷畅阳气的作用,其气向外,故主表而又主开。太阳之脉上达风府,下抵腰肾,有赖于肾督之阳气。《灵枢·本藏》云:"肾合三焦膀胱,三焦膀胱者,腠理毫毛其应。"说明腰肾具有人体水脏、水腑、水道的气化功能,敷布津气,充养体表,起到既滋润而又温煦的双重作用。石氏认为,若人体肾气不足,营卫又虚,风寒之邪最易侵袭太阳经脉,导致其经脉闭塞,便会引起腰痛之证。

故石氏用药取太阳伤寒主方麻黄汤之意,用麻黄辛温,发散风寒,开启腠理,桂枝通阳解肌,助麻黄之力;又取麻黄附子细辛汤之理,用制川草乌易附子,以温少阴之经,引太阳督脉之阳气;用肾经表药之细辛,辅佐其间,从里及外,以祛逐风寒之邪。风为百病之长,寒主收敛,风寒凝滞,则经脉闭阻,血气不行,故用通行十二经脉之威灵仙、辛散之白芷、通络之地龙等引散之,用红花、泽漆等活血通利之;并辅以青陈皮行气血,狗脊固其肾,从而达到温通散寒、通络止痛之功,充分体现了石氏理伤治病注重兼邪的基本原则。

2. **气滞血瘀型** 包括急性损伤性腰痛、腰肌劳损、腰椎间盘突出症、椎管狭窄等病症。

治法:行气活血,通络止痛。

代表方剂:石氏理气固腰汤。

常用药物:香附、川楝子、青陈皮、延胡索、当归、桃仁、丹参、桑寄生、狗脊、制川乌、白芥子。

服法:水煎,每日 1 剂,分 2 次温服。

按:腰为肾府,系足太阳膀胱经、带、督二脉之枢纽。若腰部用力过猛或失当,或腰部屈伸动作不相协调，姿势不正，或咳嗽喷嚏，猝然进闪，均易使经络损伤，而致气滞血瘀、经络阻塞，产生腰部疼痛。

石氏认为该类腰痛，主要是由于跌打挫闪，损伤腰部或腰之附近经络，使恶血留于经脉所致，从而可使肾之真气受损。石氏认为，一切损伤的病理变化无不与气血相关。因此对此类腰痛，石氏主张从气血立论治之，提出宜气血兼顾，以气为主，以血为先的治疗原则。《素问·刺腰痛》云："少阳令人腰痛，如以针刺其皮中，循循然不可以挽仰，不可以顾。厥阴之脉令人腰痛，腰中如张弓弩弦。"

因足厥阴肝经入于肾，所以石氏从气血的从属关系着手，取调肝之气血的金铃子散之意，用川楝子、香附、青陈皮理气，气行则血行；当归、延胡索、桃仁、丹参等活血化瘀；配以制草乌通畅太阳督脉阳气，以助行气活血；狗脊、桑寄生以固真气之损；白芥子的运用，为其用药之妙，因气滞血瘀，肾气不利，可能会引起津气凝聚不畅，与气血相互结滞，白芥子不但能够通导行气，更能开结宣滞，从而增强了治疗效力，以期气行血活。全方充分体现了石氏理伤内治"气血兼顾，以气为主是常法，以血为先是变法"的基本原则。

3. 肾督亏虚型　包括腰椎间盘突出、椎管狭窄、椎弓根崩裂、腰肌劳损等病症。

治法：补益肝肾，固腰息痛。

代表方剂：石氏益肾健腰汤。

常用药物：生熟地、杜仲、菟丝子、淫羊藿、补骨脂、山萸肉、独活、桑寄生、当归、肉苁蓉、青陈皮。

服法：水煎，每日1剂，分2次温服。

按：《中国医学大辞典》中认为腰这个部位是："身体两侧空处，在肋骨髋骨之间者，统称为腰，以其屈伸之关要，故名。"所以从部位来看，身后肋骨以下，髋骨（股骨）以上疼痛，即属腰痛。从脏腑关系而言，《素问·脉要精微论》云："腰者，肾之府，转摇不能，肾将惫矣。"这说明了肾虚腰痛的特征。肾又为冲任督带之要会。故石氏根据肾督亏虚型腰部疼痛之特点，结合祖传之经验，拟定了益肾健腰汤，专治肾督亏虚型腰痛。

石氏认为该类腰痛，其病程较长，肾之本必虚，是由于腰部伤损后治疗不及时、不彻底，导致症情缠绵，腰痛反复发作，即所谓"久病及肾是也"。正如《景岳全书》谓："腰者肾之外候，一身所持以转移开合者也，盖诸脉皆贯于肾而络于腰背，肾气一虚，腰必痛矣。"石氏言："腰为肾之府，是精气所藏的地方。假如久病使肾之精气亏虚，失其所藏之本，便会产生腰痛之疾。"在治疗上，石氏用益肾健腰汤，以益肾健腰、和络息痛。方中菟丝子、补骨脂、淫羊藿温肾补其精气，生熟地、山萸肉滋补肾之阴血,温凉结合其意在温通,阴中求阳;杜仲、肉苁蓉、桑寄生健筋壮骨,固腰以益养肾之气血;当归养肝之血以生肾中之阴(肝肾同源关系);青陈皮行气和血健脾胃,独活通行少阴督脉,以助气化为引药。全方用药把阴中求阳与阳中求阴辨证统一了起来,其意在治病必求于本。

4. 痰瘀阻络型　包括腰椎间盘突出症、急性期患者肢体麻木疼痛、筋络牵掣等症。

功效:逐痰利水,通络消肿。

代表方剂:逐痰通络汤。

常用药物:牛蒡子、白僵蚕、白芥子、炙地龙、泽漆、制南星、金雀根、丹参、全当归、川牛膝、生甘草。

服法:水煎,每日1剂,分2次温服。

按:腰椎间盘突出的病因主要是椎间盘本身退行性病变,再加某种外因,如外伤、慢性劳损,以及受寒湿等因素综合的结果,而使腰椎间盘纤维环发生破裂,以致髓核突出。成年及壮年时期,髓核的含水量高,膨胀性大,纤维环一旦破裂,髓核即因压力大而突出;老年后髓核脱水,膨胀力减小,虽纤维环破裂,髓核多不突出。日常工作和生活中多次重复的轻微腰部损伤,如提举重物及经常弯腰活动时对椎间盘可产生唧筒式的挤压作用,这些轻微的损伤不断作用于椎间盘,即可由量变到质变,也可使纤维环遭到退行性变化。在此基础上,再加上腰部外伤,更易造成纤维环的破裂而发病。不少腰椎间盘突出者,既无外伤史,也无劳损史,只因受寒湿而发病。寒湿可使小血管收缩和肌肉痉挛,两者都可影响局部的血液循环,进而影响椎间盘的营养;肌肉紧张或痉挛,可增加对腰椎间盘的压力,这对已有变性的腰椎间盘,可以造成进一步的损伤,因而可发生腰椎间盘突出。

中医对"腰椎间盘突出"很早就有叙述。如《素问·刺腰痛》中说:"衡络之脉令人腰痛,不可以俯仰,仰则恐仆,得之举重伤腰。"又云:"肉里之脉令人腰痛,不可以咳,咳则筋缩急。"《医学心悟》也说:"腰痛拘急,牵引腿足。"以上均说明,本病可由外伤引起,症状为腰痛合并下肢痛,咳嗽时加重,这与西医所说的有关腰椎间盘突出的症状基本相似,中医称之为"腰腿痛"或"腰痛连膝"等。石氏根据中医学整体观念之理论,以祖传之药方牛蒡子汤为基础,结合辨病与辨证之特点,以逐痰通络汤专治急性期痰瘀阻络型腰椎间盘突出症,牛蒡子具有豁痰消肿,通十二经络之效,白僵蚕具有化痰散结之功,两者配伍为君药;配以白芥子化痰理气,以去除皮里膜外之气血凝滞聚积之痰;加以泽漆、金雀根,化痰消瘀,利水祛风;更用制南星以加强本方化痰解痉之功;同时以丹参、当归、川牛膝、地龙活血化瘀,通络强腰。全

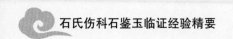

方重在逐痰利水，通络消肿，以期使神经根水肿消失，椎间盘突出症痊愈。

5. 气血不和型　包括腰椎间盘突出症缓解期、疼痛乏力等症。

治法：益气养经，活血通络。

代表方剂：益气养经汤。

常用药物：生黄芪、当归、赤芍、地龙、川芎、桃仁、红花、怀牛膝、肉桂。

服法：水煎，每日 1 剂，分 2 次温服。

按：腰椎间盘突出症的主要症状为腰部疼痛及下肢放射性疼痛。下肢放射性疼痛出现的时间各有不同，有的在腰损伤后同时出现；也有当时只感腰痛，一两日后才感到下肢有放射性疼痛；也可数周数月后，才出现坐骨神经痛。下肢痛常伴有大腿、小腿及足部感觉异常。腰痛、下肢窜痛可同时存在，也可单独发生。腰痛多在下腰部、腰骶部或局限于一侧，并因疼痛和肌肉痉挛而影响腰部伸屈活动。下腰痛来源于腰部受伤的组织，下肢窜痛是因神经根受压所致，严重者影响生活和工作，但大多经过充分卧床休息后能够缓解。以后又因劳累、扭腰、着凉等因素而复发。如此反复发作，时轻时重，可延续多年而不愈。

对于该类腰椎间盘突出症，尤其在缓解期之症，石氏往往运用益气养经汤治之，取"补阳还五汤"化裁。以黄芪为君药，取其大补脾胃之元气，使气旺以促血行，祛瘀而不伤正，并助诸药之力；配以当归活血养血，具有祛瘀而不伤好血之妙，为臣；赤芍、川芎、桃仁、红花助当归活血祛瘀，地龙通经络，为佐；牛膝起引经之功，肉桂配以温通督脉。全方益气养经，活血通络，以解腰椎间盘突出之苦。

（二）外治法

1. 三色敷药

功效：活血祛瘀，消肿止痛，疏利关节，发作期和缓解期均可使用。

用法：2 日 1 剂，患处外敷。

痰瘀肿痛重者，可加掺黑虎丹（炉甘石、五倍子、炙山甲、乳香、没药、轻粉、儿茶、梅片、腰黄、全蝎、麝香、蜘蛛、蜈蚣）以祛瘀软坚散结，化痰消肿，解毒。寒凝痹痛重者，可加掺丁桂散（麝香、肉桂、公丁香）以温经散寒，和营止痛。

2. 复方紫荆消伤膏

功效：活血祛瘀，消肿止痛，祛风胜湿，舒筋通络。

用法：2 日 1 剂，患处外敷。发作期和缓解期均可使用。

3. 石氏洗方

功效：活血舒筋，温经通络。

用法：取熏洗剂 1 袋,约 100 g,加水 3 000 mL,煮沸后,用文火煎 10 分钟左右,倒入盆内。患者躺熏洗床上,用浴巾围盖腰部,使其受到药液熏蒸,兼以药液足浴,每日熏洗 2 次,每次半小时左右,熏洗完毕后用毛巾擦干患处。发作期和缓解期均可使用。

4. 石氏风湿敷药(肉桂、公丁香、降香、白芷、荜茇、马钱子、樟脑、冰片等)

功效：温通筋脉,祛风通络止痛。

用法：剪开外袋,取出药包,搓松或抖动药袋后,用布条或纱布扎于患处。每日 1 剂。发作期和缓解期均可使用。

(三) 手法治疗

石氏伤科腰椎间盘突出治疗手法分三个阶段进行。

第一阶段为准备阶段。主要运用揉法等达到镇静、行气活血、放松肌肉的作用,使手法能在局部筋肉较舒松的情况下进行,也使患者有一个适应过程。

第二阶段为理筋阶段。应用点揉法、拨络法、按压法、斜扳法等手法达到理顺筋络、舒利关节的作用,解决主要矛盾。具体操作：沿足太阳膀胱经,医者以双手大拇指由上至下,在各关节突附近点揉,遇有结节及条索状物时,应重点点揉,可解除腰背部软组织痉挛及疼痛,同时取委中、承山、三阴交等穴行点揉以行气血,并可行卧位斜扳法。

第三阶段为整理结束阶段,使肢体得到充分放松。常用运法：以左手握患者膝部,右手握其踝部,运用提拨手法,使患肢做屈伸动作,抬高并伸展。术后卧床休息半小时。上述治疗,隔日 1 次,每次 20 分钟,7 次为 1 个疗程。

(四) 针灸治疗

针灸治疗可以调节中枢神经递质和体液,提高痛阈,减轻椎管内压力,调节血液动力学平衡,恢复脊柱力学平衡。

1. 石氏伤科针灸特点

(1) 经穴痛腧、注重针感：用针精少,是石氏在长期临床治疗中极力主张并始终奉行的原则,注重经络辨证,或取以痛为腧,讲究针感明显,常取一穴、扎一针,而疗效显著。石氏认为经络是人体最高级调控系统,其调控作用是双向的。刺激腧穴激发经络之气,可启动高级调控系统对机体进行双向调节。用针不同于用药,药物多是单向作用,具特定属性,在用药时需按一定规律配伍,以制其偏性,扬其药效。刺激腧穴的目的是激发经气,起主要作用的是针感而非用针之多寡,如石筱山作《石氏理伤点滴回忆》中案例:"一10岁女孩头部疾撞电杆,震伤脑气,昏迷不醒2天,来诊时神志仍昏迷,先针刺风池,针后见清醒……"又如"对劳损风湿等症,常针药并用……腰痛不可转侧,针肾俞,或腰部阿是穴,以宣泄腰脊经络间滞气,针后多能立即起坐活动"。可见注重针感,急性病可一针见效,慢性病亦会有显著疗效。

(2)循经远取、安全有效:石氏依据经络辨证、循经选取远隔病所的腧穴治疗疾病,认为针灸治病主要是通过刺激腧穴,以激发疏通经气,恢复其调节人体脏腑气血的功能,促使阴阳平衡,进而达到治病的目的。刺激腧穴治疗疾病的关键在于能否激发经气,而不在于所刺激腧穴距病位远近。远端腧穴,特别是四肢肘、膝以下部位的腧穴,不仅容易暴露,操作安全,而且其激发经气的作用较强。古人采用五输穴即是例证,如李梴《医学入门》中"因各经之病而取各经之穴者,最为要诀"。石纯农在治疗外伤性椎体骨折合并下肢瘫痪患者时多配合针刺辅助治疗,取穴环跳、秩边、承扶、殷门、承山、昆仑、委中、足三里等,病情都有不同程度好转。近年来,许多针灸学者已经认识到局部取穴针刺治疗瘫痪的一些弊端,认为循经远取治疗瘫痪患者,易于掌握和操作,安全有效。

(3)手指补泻、游刃有余:窦汉卿《标幽赋》有"补泻之法,非呼吸而在手指",意指针刺治疗时手指起着重要作用,不单纯是靠针刺本身。《素问·离合真邪论》说明泻法时要"吸则内针","候呼引针",补法时则要"呼尽内针","候吸引针"。特别提出"必先扪而循之,通而散之,推而按之,弹而怒之,抓而下之,过而取之"等进针之前的各种动作。石氏运用手指补泻游刃有余,如石纯农针腰部腧穴时,扶患者端坐,取针后持针向下,与皮成角约40°,斜刺入捻转提插,待得气后,再徐徐捻转提插数次以疏通气血,疾出针而不留针,针刺的局部以拇指按揉。又如在针刺疼痛敏感的穴位时,一定用手指甲重掐该穴位处,使其局部神经麻痹,以减少疼痛,使患者容易接受针刺治疗。

(4)承上启下、推陈出新:石氏伤科享誉沪上150多年,现已形成了颇具特色的理论体系,是和石氏几代人继承前贤临床实践经验,结合中医骨伤科理论不断发展和创新分不开的。石纯农在针灸方面有独特造诣,认为全面继承传统理论是发展创新的必备条件,而不断创新则是更高一层的继承,故遵古训而不泥陈规,主张推陈出新,从传统理论与临床实践中汲取科研养分,又不断将科研成果应用于临床,丰富传统理论。对于肱骨外上髁炎,治疗程序一般在肱骨髁上压痛点旁针刺一下,或针刺手三里;如病程长久,一般治疗已无效,石纯农经过观察,采用针刺后再于压痛处改用加贴验方发疱膏灸法,使其疼痛程度很快得到减轻,疗效非常显著,一般发疱灸1~2次即可痊愈。

2. 腰腿痛针灸治疗 腰椎间盘突出疼痛的部位于督脉及膀胱经循行的部位,针灸取穴取此两经的穴位及夹脊分布的夹脊穴,此外兼取脾经、肾经、任脉等补元固本之穴或治疗腰痛的特定穴等,使经络气血得以宣通,督脉得以充养,症状则得缓解。治疗上以调和营卫、疏通经络为治则。

(1)主治穴位的选取:本疗法的主治单穴"腰突穴"仅局限于 L4～L5 节段病变椎间隙患侧压痛最为明显之处,该穴位的体表定位在 L4～L5 椎间隙患侧旁开 1.0 寸许,位在同侧同间隙的夹脊穴与大肠俞之间,该两穴的体表定位方法参照国家推荐《经穴部位》13(GB/T 12346—1990)所列标准进行。按压该穴绝大多数患者会出现明显的沿坐骨神经分布的放射痛。

(2)正确的针刺方法:针刺治疗时患者俯卧位,用碘伏或 70%酒精棉球在选定好的腧穴处常规消毒,治疗穴位采用夹持进针法迅速将 24 号 3.0 寸毫针垂直刺入皮下,然后缓慢进针至 2.5～2.8 寸。针刺取平补平泻法,边进针边仔细体会针感。若针下产生酸胀及"电击感"等明显的得气感觉,而且这种患肢所出现的酸麻胀痛等感觉的分布范围与病变神经节段所支配的区域基本一致,说明定位是准确的,此处即为最佳作用部位或最佳进针深度。定位正确时,还会体会到针下有"如鱼吞饵"之感,且针感可迅速传导至患侧下肢,远及足心、足趾;定位不准时只是局部出现针感,此时应重新仔细调整进针的方向及深度,务使其有强烈针感并向下肢放射。但针刺时若出现即刻患侧下肢"放电样感觉",说明针尖触及局部神经干,此时当稍微调整针尖的位置。灸疗可在针刺后,亦可组合用温针。治疗单次治疗时间:每次 20 分钟,每周 2 次,8 次为 1 个疗程。

(五)练功导引

(1)石氏伤科根据中医传统练功疗法,结合石氏伤科功法特色,整理开发了"腰椎平衡操",在临床上推广,为广大腰腿痛患者的防治提供了有效而可靠的手段。

第一节:按摩腰部。两脚分开与肩宽,双手按摩两侧腰大肌,直至发热。

第二节:左右转腰。双手叉腰,两脚分开同肩宽,向左转腰,还原,再向右转腰,还原,两侧轮流各 10 次。

第三节:向后踢脚。双手扶住床头,足背绷紧,双足左右轮流向后踢各 10 次。

第四节:左右侧弯。双手叉腰,两脚分开同肩宽,向左侧弯腰,还原,再向右侧弯腰,还原,两侧轮流各 10 次。

第五节:迎风摇摆。双手叉腰,胯部依次向后、左、前、右方向摆动,再向反方向摆动各 5 次。

第六节：闲庭迈步。双手叉腰，左脚向前，重心移向左脚，挺腰，坚持 3 秒，再把重心移回右脚，左脚尖向上，下压左脚，还原，两侧轮流各 5 次。

(2) 五点式、三点式：取仰卧位，把头部、双肘及双足跟五个点作为支撑点，缓劲向上挺腰抬臀，腰背肌功能加强后可改用头部及双足跟三个点作为支撑点，缓续进行功能锻炼。锻炼应循序渐进、逐渐增加、避免疲劳和损伤。此法主要锻炼下腰肌力量。

(3) 飞燕式：取俯卧位，头转向一侧，两腿交替向后做过伸动作，弓两腿同时做过伸动作，弓两腿不动、上身躯体向后背伸，上身与两腿同时背伸弓还原，每个动作重复 10～20 次。此法主要锻炼上腰肌力量。

(六) 注意事项

(1) 嘱患者平卧休息，并向其解释需平卧的理由，防止患者坐位休息以加重腰椎的压力，而平卧休息则可减轻腰椎对椎间盘的压力，有利于纤维环的修复。

(2) 对疼痛重、行动困难者应多加生活的照料，并注意观察疼痛肿胀及活动受限的程度和变化。急性发作时应严格卧硬板床 3 周(包括吃饭、大小便均不起床)，待症状基本缓解后，在腰围保护下离床活动。

(3) 肿痛减轻后，嘱患者进行腰背肌腹肌功能锻炼，以增加肌力和腹内压，减轻腰椎压力，防止复发。

(4) 预防指导：① 嘱患者注意腰腿的防寒保暖，减少复发之诱因。② 避免提携、搬动重物，并尽可能减少剧烈活动。③ 避免大幅度的弯腰动作，多作挺腰锻炼。④ 避免坐低矮座椅。⑤ 睡较硬床(不下陷)为宜。

四、骨关节病

骨关节病为一种退行性病变，包括常见病膝骨关节炎、髋关节炎、踝关节炎、手足指(趾)骨关节炎等，临床以膝骨关节炎最为常见。该病系由于增龄、肥胖、劳损、创伤、关节先天性异常、关节畸形等诸多因素引起的关节软骨退化损伤、关节边缘和软骨下骨反应性增生，又称骨关节病、退行性关节炎、老年性关节炎、肥大性关节炎等。临床表现为缓慢发展的关节疼痛、压痛、僵硬、关节肿胀、活动受限和关节畸形等。疼痛是膝骨关节炎患者的最主要症状，也是导致功能障碍的主要原因，多为隐匿发作、持续钝痛，尤其是关节受力活动时最明显，呈持续性。晨僵和黏着感也是膝骨关节炎的主要症状。晨僵提示存在滑膜炎，但其时间比较短暂，一般不超过30 分钟；黏着感是指关节静止一段时间后，开始活动时感到僵硬，如粘住一般，稍活动即可缓解，多见于老年人，以下肢关节多见。随着病情进展，可出现关节挛曲、不稳定、休息痛、负重时疼痛加重。由于关节表面吻合性差、肌肉痉挛和收缩、关节囊收缩及骨刺等引起机械性闭锁，可发生功能障碍。患者膝骨关节炎主要体征有：关节肿胀，因局部骨性肥大或渗出性滑膜炎引起，可伴局部温度增高、积液和滑膜肥厚，严重者可引起关节畸形、半脱位等；压痛和被动痛，受累关节局部可有压痛，伴滑膜渗出；关节活动弹响，关节活动时可感到"咔哒"声；活动受限，由于骨赘、软骨丧失、关节周围肌肉痉挛及关节破坏，可导致关节活动受限。

膝骨关节炎的病情评估主要依赖影像学资料，主要有 X 线、核磁共振成像（MRI）、关节造影、关节镜、超声检查等。普通 X 线片检查临床最常用，根据关节间隙的改变可以间接判断软骨的受损情况。骨硬化、关节面下囊性变和骨赘形成具有特征性，但均为晚期改变，因此 X 线检查对早期诊断缺乏价值。MRI 作为一种多参数影像学检查方法，不仅可以精确显示关节软骨的病理变化，而且可以在软骨发生病理形态学改变之前及时发现其基质成分变化，从而对膝骨关节炎的软骨损害进行早期诊断。

中医学将此病归属于"痹证"或"痿证"的范畴。石氏伤科认为，膝骨关节炎当属"本痿标痹"，其病机特点是"先痹后痿，痹痿并存，并相互转化"。"标痹"是因骨关节炎具有痹证"痛"的基本临床表现，"痹"涉及的基本病机既有六淫外感邪气（风、寒、湿等），也涉及气血相关要素（气滞、气虚、血虚、血瘀）及痰浊等内生之邪。石氏认为凡能引起气血、经脉痹阻不通的因素，皆可引起骨关节炎的发生。"本痿"的观点主要包括以下几个方面：① 膝骨关节炎的发病符合痿证的特点。骨关节炎多发于中老年人群，即"女子六七，男子七八，肝气衰，筋不能动，进而肾脏衰，形体皆极"，"肾主骨"，"肝主筋"，"肌痹不已，复感于邪，内舍于脾"，故与肝肾及脾肺关系密切，病机上多有肝肾不足的发病基础。② 从疾病发展各阶段观察，骨关节炎从早期至后期均存在"痿弱不用"的临床表现。③ 在临床治疗上，从痿论治骨关节炎也多能取效。同时，石氏还提出本病"痹痿并存，并相互转化"，由"筋痹肝气衰，筋不能动"进而发展至"肾藏衰，形体皆极，气血亏虚"。在体则筋骨失养，而见"弱而不用，骨枯而髓虚"，发为筋骨之痿；又痿证气血虚衰，血滞经涩，易受风、寒、湿邪侵袭或痰瘀留滞经络，气血运行更失其畅，越发加重筋骨之痹。这些认识也符合明代《医学入门》中提出的"痹久亦能成痿"之论。石氏伤科在膝骨关节炎的诊治中，主张"筋骨并重""以筋为主"的观点。同时认为"筋"的范畴不仅包含关节周围的筋组织，也含有关节功能之意，为两重含义。从病机上看，筋属肝、骨属肾，肝肾同源，肝肾病变常同时出现且相互转化，故而筋、骨也常见同病。从症状上看，本病筋的病变如筋强、筋歪、筋断、筋弛、筋纵、筋挛、筋长、筋缩等也直接影响筋"主束骨而利机关"的功能,正所谓"伤筋则骨不正""筋柔骨正"。因此,"筋"在膝骨关节炎的辨治中应为主要的考虑方向。在治疗过程中应重视手法、功能锻炼等疗法。

(一)内治法

石氏伤科倡导"十三科一理贯之"的整体观念,并创立了三十二字治病思想:以气为主,以血为先;筋骨并重,内合肝肾;调治兼邪,独重痰湿;勘审虚实,施以补泻。这些重要理念在骨关节炎的辨治方面也得到充分体现。石氏伤科多数学者认为,骨关节炎临床上以痰瘀互阻、肝肾不足、风寒湿痹及气血不足证最为常见,而各证候要素可独立或相互交叉结合。石氏伤科结合自身特色,主张"逐瘀为要,气血兼顾;调治兼邪,独重祛痰"的治疗思想。

1. 痰瘀互阻型　主要表现为关节疼痛肿胀,休息后痛反甚,面色黧黑。舌脉象可见舌质紫暗,或有瘀斑,脉沉涩等。

治法:祛风豁痰,化瘀通络。

代表方剂:牛蒡子汤加减。

常用药物:牛蒡子、僵蚕、秦艽、独活、白芷、川芎、法半夏、白蒺藜、牛膝、威灵仙等。对于瘀血证为主,须加用破血祛瘀药,如三棱、莪术、穿山甲、水蛭、土鳖虫等,方能提高化瘀止痛之效。在应用破瘀药的同时,常采用攻补兼施的方法,加入黄芪、党参、白术等补气药。

按:牛蒡子汤为石氏伤科验方。石氏认为,经络气血瘀滞不通是造成疼痛的根本的原因。痛证无论虚实,都与气血瘀滞有关,气血阻滞久而生痰生瘀,痰瘀为病理产物,随身游走,反而阻滞气血运行,两者相互影响,相互加重。因此活血化瘀、调畅气血是骨关节炎重要治则,可选用石氏伤科验方牛蒡子汤加减。方中牛蒡子祛痰除风、疏风通络,僵蚕祛风通络、化痰解痉,秦艽、独活舒筋和血,白芷、川芎芳香通窍、活血破瘀,法半夏燥湿化痰、消痞散结,白蒺藜行气血、散瘀结,牛膝、威灵仙祛风湿而利关节。对于瘀血证为主者,石氏伤科认为骨关节病多为久病顽疾,单纯用活血化瘀药治疗药力有限,故须加用破血祛瘀药,如三棱、莪术、穿山甲、水蛭、土鳖虫等,方能提高化瘀止痛之效。在应用破瘀药的同时,常加入黄芪、党参、白术等补气药,其因有二:一是破血祛瘀药药力较猛,故应注意防止破气与耗气,对于体虚者及老年人更要强调补气;二是气为血帅,气行则血行,气机不畅则无以鼓动气血,针对宿瘀,仅依靠理气药不足以推动气血,加入补气药,以益气血生化之源,才能更好地推动气血之运行。

2. 肝肾不足型　主要表现为关节隐隐作痛，腰膝酸软无力，酸困疼痛，遇劳更甚。舌脉象可见舌质红，少苔，脉沉细无力等。

治法：补益肝肾。

代表方剂：肾气丸加减。

常用药物：熟地黄、淫羊藿、枸杞子、杜仲、川断、补骨脂、骨碎补、菟丝子、巴戟天、苏木、鹿角胶等。如兼痰瘀互结者，加胆南星、土鳖虫、僵蚕；兼痰湿阻滞者，加萆薢、薏苡仁；兼瘀血较重者，加桃仁、红花、炮穿山甲等。

按：本病多发生在 50 岁以上中老年人，正气渐衰，脏腑虚损，五脏中，肝藏血、主筋，肝肾充盈，则筋骨强劲，关节滑利，运动灵活；肾藏精，主骨生髓，肾精气盛衰，可影响骨骼的生成、发育及荣枯。《素问·上古天真论》曰："七八肝气衰，筋不能动，八八天癸竭，精少，肾脏衰，形体皆极，则齿发去。"肝肾不足、精血亏损是发生本病的根本原因。故补益肝肾是治疗本病之本，常以肾气丸为基本方辨证加减。

3. 风寒湿痹型　主要表现为关节疼痛重着，遇冷加剧，得温则减，腰身重痛。舌脉象可见舌质淡，苔白腻，脉沉等。

治法：温散寒湿，通络消肿。

代表方剂：逐痰通络汤合补肾方加减。

常用药物：牛蒡子、白僵蚕、白芥子、炙地龙、泽漆、制南星、黄芪、丹参、当归、牛膝、生甘草等。寒湿重者，加用细辛、桂枝、羌活、制川乌、制草乌等散寒、祛风、除湿药物。

按：逐痰通络汤为石氏伤科经验方。骨关节炎的形成与正气亏虚相关，但风寒湿邪侵袭贯穿于本病之中，正虚易致外邪入侵，风性数变，寒性凝滞，湿性黏滞，三邪侵袭造成经络壅塞、骨节不利。其治疗原则为寒者温之，热者清之，虚者补之。风寒湿痹当以温散、温通为正治；病转湿热痹者则当以清热利湿。本病久治不愈时，邪未去而正已伤，故有正虚，又有邪实。久病多虚，久痛多虚，久痛多痰瘀，久痛入络，邪正混淆，故治首当以扶正治虚为主，补益气血；兼顾祛邪，以散寒逐湿。用药石氏伤科经验方逐痰通络汤合补肾方化裁。

4. 气血不足型　主要表现为关节酸痛不适，少寐多梦，自汗盗汗，头晕目眩，心悸气短，面色少华。舌脉象可见舌淡，苔薄白，脉细弱等。

治法：健脾益气。

代表方剂：玉屏风散、四君子汤合补中益气汤加减。

常用药物：人参、党参、黄芪、白术、山药、甘草、莲子、茯苓、薏苡仁、麦芽、厚朴等。久病、久痛的患者，可加用僵蚕、全蝎、土鳖虫、穿山甲、蜈蚣等虫类药搜剔疏拔,息风止痛。

按:脾主肌肉,主营四末。阳明胃和太阴脾主四肢。脾胃为气血生化之源,脾生化水谷精气对脏腑四肢起着滋养的作用,脾病不能为胃行其精液,则四肢不得禀水谷之气,脉道不利,筋骨肌肉皆无气以生;痹证虽在经络,但治疗要靠脾胃的运化功能,药力方能到达病所。"五脏六腑皆禀气于胃",脾胃为后天之本,主运化水液,脾阳损伤,脾失健运,湿邪停聚而成痰,痰随气机升降而停留,内达脏腑,外至皮肉、筋骨、关节。脾胃失运会出现乏力、气短汗出、面色少华、关节酸楚乏力等症状。在治疗上可用玉屏风散补卫气,固表敛汗;四君子汤、补中益气汤补中气,助健运。痹证大多病程长,患者需长期服药,易致脾胃虚弱,如果不注重脾胃,损伤叠加,中焦无力将药力达到经络四肢,且由于胃部的不适,患者难以坚持服药。

(二) 外治法

1. 三色敷药　石氏常根据膝骨关节炎的类型和不同阶段变化,利用三色敷药掺药辨证运用。

用法:对于伴随外伤病史者,前期活血化瘀可用三色敷药加接骨丹;对于伴有膝关节红肿疼痛者,可外敷三黄膏清热消肿;寒湿痹阻疼痛明显者,宜加丁桂散以温经散寒;后期关节粘连严重者,可加黑虎丹破瘀散结。

2. 中药熏蒸　本法通过中药熏蒸气的热效应及药物作用,可使毛细血管扩张,加速血液循环,增加局部血液灌注,温通静脉瘀滞,降低骨内压力,改善微循环,加速新陈代谢,清除瘀积的酸性分泌物,使瘀血吸收消散,肿胀消退,改善骨质疏松,阻止或减缓骨赘生成,增加局部组织的渗透性,使药物的有效成分能渗透到关节组织内,达到温经散寒、理气通络、活血化瘀、缓解疼痛、改善关节功能的目的。

用法:可采用中药熏蒸康复床。药用丹参、桃仁、红花、鸡血藤、活血藤、细辛、当归、伸筋草、生地、白芍、桔梗、川芎、白芷、川乌、炮甲、牛膝等。混合均匀后,倒入机器高压锅内,加水 2 000 mL 左右,接通电源,加热至 35℃时,打开开关,药蒸汽通过软管持续熏蒸患膝,每次 20～30 分钟,2 周为 1 个疗程。

(三) 手法治疗

石氏伤科认为运用传统手法治疗是骨伤科的特点,并以十二字手法"拔、伸、捺、正、拽、搦、端、提、按、揉、摇、抖(转)"来归纳,包括常用的推拿按摩手法,如弹拨法、按揉法、点按法、推擦法、拍击法、牵抖法等。手法通过舒筋通络,松解粘连,滑利关节,达到活血止痛,改善膝关节功能的目的。弹拨法、拿揉法、按揉法常作为放松下肢肌肉及膝关节周围软组织的基础手法,缓解膝周肌肉、肌腱、韧带等软组织的紧张和痉挛。弹拨手法作用于膝周痛点、压痛点及其他出现"筋结"的位置,垂直于肌腱和肌纤维走向,做深入的、较重的弹拨,弹筋拨络力重而深透,以达刺激经络,松解粘连之效,即"坚者软之、结者散之"。

具体操作:患者先取俯卧位,下肢伸直放松,踝关节下垫低枕,治疗者以拿法或滚法施于大腿后侧(腘绳肌)、小腿后侧约2分钟,推、揉或一指禅推腘窝部2分钟;之后患者仰卧,下肢伸直放松,膝关节下垫低枕,先以滚法施于患肢阔筋膜张肌、股四头肌、内收肌群约3分钟;然后摩、揉或一指禅推法施于内外膝眼、阿是穴,每穴操作约40秒;之后移去垫枕,推髌骨,向上下内外各方向推动髌骨,先轻柔地推动数次,再将髌骨推至极限位,维持2~3秒,反复3次;治疗者双手握持小腿远端拔伸并持续2秒,力量以有膝关节牵开感为度,反复5次;然后,以同法作持续牵引约30秒;被动屈伸,收展髋关节,至极限位(以患者能忍受为度),反复3次;被动屈伸膝关节,至极限位(以患者能忍受为度),反复3次。患者每周接受治疗2次,治疗时程不少于4周。

(四)针灸治疗

以局部取穴和远端取穴相配合,以解痉止痛,舒经活络,如血海、梁丘、阳陵泉、阴陵泉、足三里、犊鼻、膝眼、三阴交、太溪、昆仑、悬钟等。可用局部灸法温筋止痛和改善循环,但膝关节红肿热痛者不可用灸法。

(五)练功导引

(1)股四头肌等长收缩训练:患者仰卧或坐位,屈膝20°~60°,反复做股四头肌紧张、放松练习,10次为一组,可做5~10组。等长肌力训练是一种静力性肌肉收缩训练,可以减轻关节周围肌肉抑制,提高肌力,具有防止肌肉萎缩、消除肿胀、刺激肌肉肌腱本体感受器的作用。训练时不需要关节活动,因此较适合老年人、关节肌力较弱和关节活动过程中有明显疼痛的患者。

(2)直腿抬高法:患者仰卧,膝关节伸直,作直腿抬高至90°,再慢慢放下直至放平,让股四头肌充分放松;然后按上述要求反复练习,20次为一组,早晚各做一组。肌肉力量较好的患者,可先测出患肢膝关节伸直位抬高10°~15°(约离开床面15 cm)并能维持5秒的最大负荷量,然后取其1/3作为日常训练负荷,患者仰卧膝关节伸直,在其踝关节部加负荷,再直腿抬高10°~15°并维持5秒,然后腿放下,让股四头肌充分松弛;然后按上述要求反复练习,20次为一组,早晚各做一组。

(六) 注意事项

(1) 减少走路,当膝盖觉得不舒服时就应立即休息。

(2) 避免半蹲、全蹲或跪的姿势,如蹲马步、打太极拳等。

(3) 保持理想体重,以减轻膝盖的负担。

(4) 注意膝盖的保暖,穿长裤或护膝来保护膝盖。

(5) 少搬重物,少上下楼梯,不要穿高跟鞋。

(6) 避免外伤及过度劳动。

五、股骨头坏死

股骨头坏死又称股骨头缺血性坏死,是骨科常见的难治性疾病之一,是股骨头静脉瘀滞、动脉血供受损或中断,使骨细胞及骨髓成分部分死亡及发生随后的修复,继而引起骨组织坏死,导致股骨头结构改变及塌陷,引起髋关节疼痛及功能障碍的疾病。本病发生多继发于股骨颈骨折、髋关节脱位等髋部外伤,或由于长期服用激素、酗酒及其他疾病引起的特发性缺血性坏死。

股骨头坏死早期可无临床症状,多在拍摄 X 线片时发现。临床症状主要表现为疼痛、关节僵硬、活动受限与跛行。初期可出现髋关节、膝关节痛,髋关节痛多位于前内侧,疼痛呈间歇性或持续性,可有跛行及行走困难,后期可出现患侧髋关节功能活动受限。初期体征可有局部深压痛、内收肌止点压痛、托马斯征、"4"字试验阳性,部分患者纵轴叩痛可呈阳性。后期可出现髋关节活动范围受限、艾利斯征及单腿独立试验征可呈阳性,患肢可出现缩短、肌肉萎缩,甚至有半脱位体征。

正位或蛙位 X 线是诊断股骨头坏死的基本体位,通常表现为股骨头软骨下骨密度增高、囊性变及新月征(股骨头承重区关节软骨下骨的骨质中可见 1～2 cm 宽的弧形透亮带)等;后期 X 线片可显示股骨头不同程度变平、碎裂塌陷,关节间隙可正常或变窄。CT 检查,初期表现为股骨头内散在斑片状或条索状密度增高区;中期可见股骨头内斑片状致密硬化区为主伴囊性透亮区;晚期股骨头内硬化及透亮区混杂存在,股骨头皮质塌陷断开呈台阶样。MRI 检查对股骨头坏死具有较高敏感性,表现为 T1W1 局限性软骨下线样低信号或 T2W1"双线征"。放射性核素检查(骨扫描)早期可见"冷区"(放射性缺损);中期表现为"炸面圈"样改变(股骨头中央放射性缺损,周围放射性浓聚);晚期可见"热区"(股骨头呈弥漫性放射性浓聚)。数字减影血管造影(DSA)可显示股骨头血供受损、中断或瘀滞,但此检查不建议在常规诊断时应用。

　　股骨头坏死的分型和分期参照髋关节 Ficat 分期和股骨头缺血性坏死 ARCO 分期。对于 Ficat0 期、Ⅰ期和Ⅱ期的患者中医治疗的效果较好,能延缓疾病的发展,对于 Ficat Ⅲ期以后的患者,由于股骨头已塌陷,中医保守治疗和手术治疗应综合考虑患者具体情况而定。

　　目前为止,发现的中医古籍中并无股骨头坏死的直接记载,但文献中有股骨头坏死症状的描述。如《灵枢·刺节真邪论》说:"虚邪之人于身也深,寒与热相搏,久留而为内著,寒胜其热,则骨疼而肉枯,热胜其寒,则烂肉腐肌为脓,内伤骨,内伤骨为骨蚀。"《素问·长刺节论》说:"病在骨,骨重不可举,骨髓酸痛,寒气至,名骨痹。"《圣济总录》中的"髋骨痹"、《素问·痿论》的"骨痿"也符合股骨头坏死症状表现。石氏伤科认为股骨头坏死主要是由于机体气血失和,气滞则痰生,痰合血瘀则成痰瘀,痹阻经络所致。朱丹溪曾曰:"津液气血,皆化为痰。"张景岳亦云,气滞、血凝,则津液化而为痰。《本草纲目》云:"痰涎之为物,随气升降,无处不到……人于经络则麻痹疼痛,入于筋骨则头项胸背腰痛,手足牵引隐痛,即为其症。"通则不痛,不通则痛,故临床可见患肢持续疼痛,筋强而行走不利。

(一) 内治法

　　石氏伤科根据辨证,临床上治疗股骨头坏死常以活血散瘀,逐痰通络为主,辅于补益壮骨之药。石鉴玉将山羊血小复方(山羊血、牛角腮、花蕊石)扩展运用于股骨头坏死治疗中,并配合辨证用药,疗效良好。山羊血与花蕊石、牛角腮配伍加强了活血化瘀消肿散结的疗效。对于久病不愈的患者,系痰瘀交凝难除,故常加用泽漆、白芥子、制南星等化痰之品。

　　1. 气血瘀滞型　临床见髋部胀痛或刺痛,夜间加重,痛处固定不移,久坐久卧疼痛加重,适当活动后反而减轻,关节屈伸不利。舌脉象可见舌暗或有瘀点,苔薄黄或腻,脉弦或沉。

　　治法:活血化瘀,行气止痛。

　　代表方剂:山羊血小复方合桃红四物汤加减。临证可酌加行气活血之药,如当归、川断、骨碎补、川牛膝、泽兰叶、桃仁、红花、地龙、水蛭等。

　　2. 风寒湿痹型　临床见髋部疼痛重着,疼痛常遇天气转变而加剧,受寒加重,得热则减,关节屈伸不利。舌脉象可见舌淡,苔白腻,脉弦或沉。

　　治法:散寒除湿,化瘀除痹。

　　代表方剂:山羊血小复方合蠲痹丸加减。临证可酌加祛风除湿、温经止痹之药,如桂枝、白芍、川乌、防风、草乌、磁石、威灵仙、制南星、牛蒡子、僵蚕、地龙、川牛膝等。

3. 痰瘀化热型　临床见髋部疼痛，或有灼痛感，甚至皮温偏高，关节屈伸不利，小便短黄。舌脉象可见舌暗红，苔黄腻，脉弦或数。

治法：清热化痰，活血通痹。

代表方剂：山羊血小复方合龙胆泻肝汤加减。临证可酌加清热化痰湿之品，如金银花、黄芩、黄柏、龙胆草、生山栀、苍术、薏苡仁、泽漆、泽泻、粉萆薢、制南星、通草等。

4. 气血虚弱型　临床见髋部疼痛隐隐，关节屈伸不利，神疲乏力，面色不华，气短，不耐久坐久立，筋脉拘急，关节不利，肌肉萎缩。舌脉象可见舌淡边有齿痕，苔白或腻，脉濡或细数。

治法：益气活血，通络除痹。

代表方剂：山羊血小复方合归脾丸加减。临证可酌加补气健脾、活血通络之品，如黄芪、党参、山药、白术、茯苓、陈皮、当归、红花、仙鹤草、鸡血藤等。

5. 肝肾亏虚型　临床见髋部疼痛日久，关节屈伸不利，下肢乏力，腰膝酸软，小便频数。舌脉象可见舌暗胖，苔薄少津，脉沉细。

治法：滋补肝肾，养血除痹。

代表方剂：山羊血小复方合龟鹿二仙汤加减。临证可酌加补肝肾通络之药，如山萸肉、巴戟天、熟地、制黄精、龟甲、怀牛膝、女贞子、墨旱莲等。

(二) 外治法

1. 三色敷药
功效：活血祛瘀，消肿止痛，疏利关节。
用法：2 日 1 剂，患处外敷。

痰瘀胀痛重者，可加掺黑虎丹，功效为祛瘀软坚散结，化痰消肿，解毒。寒凝痹痛重者，可加掺丁桂散，功效为温经散寒，和营止痛。

2. 复方紫荆消伤膏
功效：活血祛瘀，消肿止痛，祛风胜湿，舒筋通络。
用法：每日 1 剂，患处外敷。

(三) 手法治疗

石氏伤科股骨头坏死治疗手法分三个阶段进行。

第一阶段为准备放松阶段。主要运用揉法、拿法、捏法等作用于髋关节周围肌肉和软组织(臀大肌、臀中肌、梨状肌、髂腰肌、内收肌等),起到镇静、行气活血、放松肌肉的作用。

第二阶段为牵引活动理筋阶段。应用点揉环跳穴、秩边穴,沿大腿内侧,医者以双手大拇指由上至下按揉,遇有结节及条索状物时,应重点点揉,可解除髋关节软组织痉挛及疼痛;手法牵引髋关节并作向上、向内、环转髋关节活动,活动范围可根据患者承受力逐步加大,以起到理顺筋络、舒利关节的作用。

第三阶段为整理结束阶段,使肢体得到充分放松。常用运法:以左手握患者膝部,右手握其踝部,运用提拨手法,使患肢作髋关节屈伸动作,抬高并伸展。术后卧床休息半小时。上述治疗,隔日 1 次,每次 20 分钟,7 次为 1 个疗程。

(四)针灸治疗

以局部选穴为主,配以相应五输穴舒经通络,如环跳、殷门、承扶、风市、委中、承山、承筋、跗阳、足三里、阳陵泉、太溪、悬钟等。可用局部灸法缓解肌肉痉挛和改善微循环。

(五)练功导引

石氏伤科认为股骨头坏死的练功导引应以改善局部气血运行和髋关节功能为宜,锻炼时应注意以下肢微热不疲劳为度,时间可根据承受能力因人而异,活动方式以主动为主、被动为辅,如屈髋抱膝、内外旋转、扶物蹬腿等,幅度可由小到大循序渐进。练功导引不在一次量多量少,贵在持之以恒。

(六)注意事项

(1)嘱患者可适当拄拐,减少患肢负重。

(2)日常生活中注意保暖、不可长时间行走或下蹲,避免过度疲劳、熬夜。

(3)有原发疾病者如肾病、皮肤病等,应积极治疗原发疾病。

六、骨质疏松症

骨质疏松症是以骨量减少、骨的微观结构退化为特征的,致使骨脆性增加而易于发生骨折的一种全身性骨骼疾病。其临床症状包括腰背肢体疼痛、身体畸形、病理骨折,或伴有原发病表现。

骨质疏松症是现代医学之病名,在中医学古籍中,虽有与骨质疏松症表现相似的论述,但并没有系统的病名,根据其临床症状及发病机制,骨质疏松症与骨痹、骨痿等描述颇为相似。历代医家认为骨质疏松症的病变部位在骨，根据中医"五体"学说，骨乃肾所主，肾气是否充足和骨及骨髓的生长发育有密切关系，肾虚则不能生髓，骨得不到充分的营养自然会出现骨痛、骨痿或容易骨折。肾虚是本病发病的主要原因，故目前治疗原发性骨质疏松症的重要原则主要以补肾为主，如兼有脾虚，则补肾健脾；如有肝虚表现，则肝肾同补；如有瘀血，则补肾活血。

石氏对骨质疏松症这一疾病的治疗，有着长期深入的临床实践经验，并具有其独到之处。"肾为先天之本，主骨生髓"，许多中医书籍都有阐述肾与骨、髓之间的紧密联系，认为肾虚是骨质疏松症的主要原因。早在《内经》中就指出，"肾主骨，生髓"，"肾其充在骨"。并进一步阐述了肾、骨、髓之间的病理联系，指出"肾不生则髓不能满"，"髓伤则销铄胻酸，体解亦然不去矣"，"肾气热则腰脊不举……水不胜火，骨枯而髓虚，足不任身"，"腰者，肾之府，转摇不能，肾将惫矣。骨者，髓之府，不能久立，形则振掉，骨将惫矣"。说明肾虚可出现腰背酸痛、胻膝酸软等症状，类似于现代医学骨质疏松症的表现。《医精经义》曰："肾藏精，精生髓，髓生骨。故骨者，肾之所含也，髓者，肾精所生，精足则髓足，髓在骨内，髓足者骨强。"这些都认为骨之强劲与脆弱是肾中精气盛衰的重要标志。肾中精气充盈则骨髓生化有源，骨才能得到髓的滋养，骨矿含量正常而骨强健有力。人体衰老则肾气衰，肾精虚少，骨髓化源不足，不能营养骨骼而致骨髓空虚，骨矿含量下降，因而发生骨质疏松。

石氏遵循前人之见，重视补肾作为临床治疗的根本大法，同时从人体藏象出发，认为调节其他脏腑功能对治疗骨质疏松症亦有着不可忽视的作用。肺主一身宗气，通过宣发、肃降、布散、濡润周身肌肤骨骼，从气血关系而言，气生血，肺充沛，肝血有源，肾之气阴得以滋养；从五行生克方面考虑，金生水，肺气盈盛，肾水则有生养之母。由此，石氏相当注重采用补肺益气之法治疗骨质疏松症，亦即在临床实践当中，具体有效地运用了中医"隔一而治"的治疗理论，体现了石氏的论治特色，所谓补肺气即益脾气，以使脾胃健运，气血生化，上可增益宗气之源，下则充补后天之本，从而肾精骨髓得以调养，又肝主筋，藏血，"乙癸同源"，养肝血即是补阴精，以使骨正筋柔，关节通利。肾藏精生髓主骨，主水，主生殖和生长发育。肾所藏之精包括先天之精和后天之精，先天之精禀受于父母，主生殖繁衍；后天之精来源于脾胃化生的水谷精微，主生长发育。肾藏精，精化髓，骨赖髓以充养，故曰"肾主骨"。骨与脾肾两脏关系密切，肾为先天之本，脾为后天之本，肾精依赖脾精的滋养才源源不断地得到补充，若脾不运化，脾精不足，肾精乏源或肾精本虚，骨骼失养，则骨骼脆弱无力，终致骨质疏松症。在具体临床中，石氏往往把骨质疏松症分为两大类，一类着重从益气补肾壮阳角度进行治疗，另一类偏重从益气补血滋阴方面着手,而这两类治疗方法均贯穿了始终把握住"益肺胃之气,充盈宗气,生化气血"这一要点,从而使肝肾得以滋养,后天得以补给。所以石氏每每用黄芪、党参、甘草等益气之药,若同时伴见阳气不足,则用附子、巴戟肉、锁阳、肉苁蓉、菟丝子、淫羊藿等补肾壮阳;阴血亏损,则用生地、白芍、首乌、黄精等补肝滋阴;骨脉不利,则用杜仲、骨碎补、补骨脂、牛膝等固本利骨;亦常用鹿角粉、鹿筋、紫河车粉等填补精血。总之,石氏以益气补肾为治疗法则。

(一) 内治法

石氏伤科经过不断临床实践,形成了两张治疗骨质疏松的经验方:骨密一号和骨密二号。

1. 骨密一号

组方:黄芪、党参、丹参、鹿角、紫河车、巴戟肉、附子、肉苁蓉、菟丝子、骨碎补、萆薢、杜仲。

功效:温补肾阳,强壮筋骨。

主治:肾虚骨痿、腰背酸痛、筋骨疲软、不能起动等骨质疏松之症。

服法:每日1剂,水煎二次,温服。

按:此方着重从益气补肾壮阳这一指导思想进行论治。方中以黄芪、党参健脾益气,以促进生化之源;配以附子、巴戟肉等补肾壮阳;更用鹿角粉、紫河车填补精血;萆薢、杜仲、肉苁蓉、菟丝子、骨碎补等固本补骨,以治肾虚骨痿不能起动之症,取金刚丸之意;并用丹参之品,取其功同四物之用。此方侧重治疗阳虚型的骨质疏松症,体现了石氏壮阳勿忘求阴的论治原则,始终把握住"益肺胃之气,充盈宗气,生化气血"这一要点,从而使肝肾得以滋养,后天得以补给,骨骼代谢得以改善,以达到骨吸收和骨形成平衡之目的。

2. 骨密二号

组方:生地、黄精、丹参、龟甲、怀牛膝、制首乌、玉竹、白芍、党参、甘草。

功效:补肾填精,滋养脾阴。

主治:脾肾阴亏、精血不足、腰膝筋骨痿软无力等骨质疏松症。

服法:每日1剂,水煎二次,温服。

按:对于阴虚型的骨质疏松症,石氏牢牢抓住脾肾亏虚、精血不足之病机,以脾肾同补作为其治疗根本大法。方中用党参、甘草等健脾和胃,益气生血,以荣筋养骨;配黄精、生地、龟甲、首乌、玉竹、白芍等调补脾肾之阴精,以生髓充骨。更用怀牛膝等平补肾气,强筋骨,以解腰膝筋骨痿软无力之苦。石氏曾言:"精虚不能灌溉,血虚不能营养,气虚不能充达,无以生髓养骨。"故此方重在补气养精、充髓、壮骨,以期治疗骨质疏松症取得良好的效果。

骨质疏松症乃属中医"骨痿"范畴,肾主骨生髓,为先天之本,脾主肌肉四肢而统血,为后天之本,先天促后天,后天养先天,若脾胃虚弱,运化失司,则先天之精无以充养,势必精亏髓空而百骸痿废。故治肾精亏损,除益肾填精髓外,健脾助运切不可缺。从以上两案来看,尽管其骨质疏松程度不同,而石氏在处方用药时则处处刻意脾肾同治,注重阴阳平补,即强调"补肾阳,养脾阴"之法,取得了很好的疗效。

(二) 外治法

外用药物主要针对骨质疏松症患者骨与关节疼痛的对症治疗。

1. 三色敷药

功效:活血祛瘀,消肿止痛,疏利关节。

用法:2 日 1 剂,患处外敷。

寒凝痹痛者,可加掺丁桂散,功效为温经散寒,和营止痛。

2. 复方紫荆消伤膏

功效:活血祛瘀,消肿止痛,祛风胜湿,舒筋通络。

用法:每日 1 剂,患处外敷。

3. 石氏洗方

功效:活血舒筋,温经通络。

用法:取熏洗剂 1 袋,约 100 g,加水 2 000 mL,煮沸后,用文火煎 10 分钟左右,倒入盆内。以药液足浴,每晚熏洗 1 次,每次 20 分钟左右,熏洗完毕后用毛巾擦干。

4. 石氏风湿敷药

功效:温通筋脉,祛风通络止痛。

用法:剪开外袋,取出药包,搓松或抖动药袋后,用胶布或纱布固定于疼痛处。每日 1 剂。

(三) 药膳和食疗

骨质疏松症是人体衰老的重要表现,其病变过程不是一日之间的突变,而是逐渐缓慢形成的,所以临床治疗也不可能一蹴而就,需要经过长期对症治疗,才能有所收效,我们从石氏论治骨质疏松症的特色出发,探索药膳及食疗产品的开发,目的就在于把临床治疗融于人们日常生活饮食之中,通过一日三餐,日积月累,不断地提高和维持人体对抗骨质疏松症病变的能力。我们根据石氏临床经验,对中药学经典著作《本草经》所载药物进行了分析,遴选出三十多味具有坚筋骨、续绝伤或又可补益气力的药物,划分为八类归纳如下。

(1) 平补肾气、强筋骨：狗脊、石楠叶、续断、杜仲、桑寄生、枸杞子、牛膝。

(2) 养肺金以滋肾水：麦冬、石斛、天花粉。

(3) 壮阳固肾：附子、肉桂、菟丝子、巴韩天、肉苁蓉、淫羊藿、五加皮。

(4) 益肝肾阴血：干地黄、山药、五味子。

(5) 用精血之品大补：鹿角胶、龟甲。

(6) 甘酸益肝,以利筋骨：乌梅、酸枣。

(7) 调和脾胃、生津血：大枣、小米、藕、甘草。

(8) 荣筋通络：秦艽、薏苡仁、草豆蔻。

石氏从益气补肾的治疗原则出发,以《本草经》这些药物为基础,拟定了一张药膳食疗基础方：党参、黄芪、甘草、天冬、狗脊、川断、杜仲、桑寄生、石楠叶、枸杞子、乌梅、酸枣、羌活、独活。石氏曾言"精虚不能灌溉,血虚不能营养,气虚不能充达,无以生髓养骨",故此方盖在补气养精血。

为了使这一药膳食疗配方更易进入千家万户,需要有一个理想可行的载体,既能够方便日常饮食,又可加强食疗作用,经过认真地对比探讨,石氏认为母鸡是比较好的选择对象。从母鸡功效角度考虑,《本草经》曰"补虚温中","主风寒湿痹"。《别录》曰"补益五脏,续绝伤,疗劳,益气力"。从古代本草记述可以清楚看出,母鸡大补气血,益肺金生肾水,对骨痿疼痛(亦即现代的骨质疏松症)有着直接的治疗意义,可为首选的家庭药膳佳品；日常家庭药膳,最好的烹饪形式是清炖和清煮母鸡,八成熟后,加入药物直至煨熟,喝汤吃肉,长期如此,自然而然会起到防治骨质疏松症的作用。

第四章
医　案

一、创伤性疾病医案

目前门诊中所见骨折患者多为经过早期处理,或外固定或手术固定,往往就诊时都有1周以上病史。所以对于骨折就诊患者,基本以外敷膏药和内服中药治疗,对于外用药这里不做赘述。虽然骨折损伤基本原则不变,但是在头面、四肢、胸腹部位的骨折用药又有差别。四肢骨折均以血瘀论治,但也须分别上下肢用药,例如,姜黄、桑枝、羌活、防风、桂枝、威灵仙等多用于上肢,续断、牛膝、木瓜、独活、防己、蚕沙等多用于下肢,其中也有通用的,如海风藤、络石藤、丝瓜络及成药小活络丹(川乌、草乌、胆南星、地龙、乳香、没药)等,均不限于上肢或下肢。上下肢俱痛不等于全身痛,即一身尽痛,一身尽痛多见于伤寒、伤湿和阴阳毒证,不需要通经和络,上下肢痛多偏在关节方面,应祛邪与活络结合,两者的病机和治法基本不同。

(一) 伤骨

案1　头面骨折

李某,女,58岁。初诊时间:2021年3月19日。

主诉:头晕反复半年,加重1个月。

现病史:患者于2020年6月车祸致面部、腰椎、肋骨多发性骨折,脑挫伤。从住院治疗开始夜寐不安,逐渐出现头晕,近1个月来加重,时有神志昏沉。舌淡苔薄体胖,脉弱。无药物、食物过敏史。

体格检查:颈椎居中,生理弧度存在,双侧颈肩部肌肉紧张,颈椎棘突旁轻度压痛,活动度减小。无手指麻木。

辅助检查:X线、CT示腰椎第1~3右侧横突骨折,第10、11肋骨骨折,右颧骨、右乳突骨折。

中医诊断:骨折病,眩晕(瘀阻清窍)。

西医诊断：头面骨折，脑挫伤后遗症。

治则治法：化瘀通窍。

天麻 9 g	细辛 3 g	白蒺藜 9 g	钩藤 15 g	石菖蒲 9 g
薄荷 3 g	蔓荆子 9 g	柴胡 9 g	丹参 20 g	川芎 9 g
珍珠母 30 g	佩兰 12 g	朱茯神 12 g	龙齿 15 g	酸枣仁 12 g
远志 6 g	合欢皮 12 g	玫瑰花 3 g	白芍 9 g	延胡索 9 g
炙甘草 6 g				

2021 年 3 月 26 日二诊：头部感觉比上周好，头晕减轻，睡眠仍旧差。舌偏暗，便秘。治以前法，减重镇豁痰之药，加白术健脾益气，柏子仁养心安神。

天麻 9 g	细辛 3 g	白蒺藜 9 g	钩藤 15 g	柴胡 9 g
薄荷 3 g	川芎 9 g	蔓荆子 9 g	朱茯神 12 g	龙齿 15 g
玫瑰花 3 g	酸枣仁 12 g	丹参 20 g	远志 3 g	合欢皮 12 g
白术 15 g	柏子仁 9 g	白芍 9 g	甘草 6 g	

2021 年 5 月 7 日三诊：夜寐好转，症情较初诊时明显减轻，尚有口干，上周行走时跌倒致胁肋挫伤，目前稍有左胁肋疼痛，无咳嗽。舌淡苔薄，脉弦。患者头部症状已好转，略有阴虚，故予龟甲、女贞子、旱莲草养阴；而上周又有内伤胁肋痛，加用理气化痰、通络止痛之品。

天麻 9 g	潼蒺藜 9 g	白蒺藜 9 g	玫瑰花 3 g	龟甲 9 g
白芥子 6 g	旋覆花 9 g	延胡索 9 g	全蝎 3 g	蔓荆子 9 g
朱茯神 12 g	青龙齿 15 g	天花粉 9 g	柏子仁 9 g	合欢皮 12 g
女贞子 9 g	旱莲草 9 g	炙甘草 6 g		

按：《灵枢·卫气》篇云："气在头者，止之于脑。"脑为"灵明"之府，若脑部受震，必伤及"灵明"，瘀阻清窍，出现清阳浊阴升降失调。故在论治上，石氏分初、中、末三期调治。初期以柴胡细辛汤为主，升清降浊，化瘀宁神；中期用天麻钩藤汤参川芎茶调散加减，平肝息风，活血养血；末期则视其体质强弱，予调中保元汤合补中益气汤加减，健脾益气，调养补肾。

患者头部内伤，瘀阻于上，清气不升，浊气不降，神明被扰，瘀阻不散。故用柴胡细辛汤和天麻钩藤汤祛瘀生新，升清降浊合豁痰开窍。柴胡细辛汤取柴胡、细辛、薄荷、川芎，天麻钩藤汤取天麻、钩藤、丹参、酸枣仁。《医学启源》曰："柴胡，少阳、厥阴经药也。"石氏认为，柴胡能升能降，只要善于使用，不论病位在上、中、下，病期之初、中、末，都很适宜，是治疗内伤的一味有效良药。川芎为血中之气药，入肝胆之经，《主治秘要》云"芎藭其用有四，少阳引经一也，诸头痛二也，助清阳三也，湿气在头四也",是治疗头部伤疾之要药。石氏以柴胡、川芎作为头部引经之药,既能够起到行气化散血滞的作用,更能促使全方药力随经气循行而通达病所。若患者痰甚,则用石菖蒲、南星、远志、竹沥豁痰。

案2　上肢骨折

盛某,女,65岁。初诊时间:2020年12月29日。

主诉:左腕外伤疼痛7个月。

现病史:患者于2020年5月行走跌倒致左尺桡骨远端骨折,经石膏外固定2个月,当时左手五指肿胀严重。拆除石膏后左手腕部及手指仍旧肿胀,腕关节板滞不适,活动受限,伴有经常性疼痛。舌质暗,苔薄,脉细涩。既往无外伤史,无药物、食物过敏史。

体格检查:左手腕关节及全部手指明显肿胀,腕关节、掌指关节、指间关节僵硬,不能握拳,被动活动受限。

辅助检查:X线示左侧尺桡骨远端陈旧性骨折。

中医诊断:骨折病(瘀血阻络)。

西医诊断:左尺桡骨陈旧性骨折。

治则治法:活血化瘀,通络止痛。

当归9g	丹参20g	南星6g	川断12g	龟甲9g
炒白术15g	天花粉9g	川芎9g	全蝎3g	桂枝5g
生白芍9g	僵蚕9g	接骨木9g	炙甘草6g	

2021年1月12日二诊:左手指活动好转,伸直和握拳程度较前好转,疼痛不明显。口干。舌红,苔薄,脉细涩。治以前法,减化痰之药,加祛风活血之品;因其略显阴虚津亏之象,故予生地、芦根养阴生津。

当归9g	丹参20g	生地12g	芦根15g	桂枝5g
防风9g	川芎9g	僵蚕9g	片姜黄6g	白芷3g
寻骨风9g	海风藤12g	鸡血藤12g	豨莶草12g	伸筋草15g

2021年2月9日三诊:左手腕关节基本无疼痛,手指肿胀消退,关节主动活动改善,腕关节旋转、背伸较好,能握拳,尚不能握紧。局部按压轻度疼痛。舌红,苔薄,脉弦。治以前法巩固,患者仍有阴虚,故加用龟甲、女贞子、旱莲草。

当归9g	丹参20g	生地12g	龟甲9g	炒白术15g
天花粉9g	川芎9g	生白芍9g	僵蚕9g	鸡血藤12g
豨莶草12g	伸筋草15g	女贞子12g	旱莲草12g	炙甘草6g

按：上肢陈旧性损伤，骨折已愈合，但瘀血未除，痰瘀阻络，故手指关节肿胀僵硬。处方以活血化瘀、化痰通络，以圣愈汤为底养血活血，配桂枝汤、僵蚕化痰通络。另辅以外敷药。

案3 下肢骨折

王某，女，37岁。初诊时间：2020年9月8日。

主诉：右膝关节疼痛活动受限2个月。

现病史：患者2个月前外伤致右胫骨平台骨折，于外院手术内固定。现膝关节局部肿胀疼痛，不能完全伸直，因外用药引起膝关节局部皮肤红疹。舌淡，苔薄，脉弦。除本次骨折，既往无外伤史，无其他药物及食物过敏史。

辅助检查：X线示右胫骨平台骨折。

中医诊断：骨折病（气滞血瘀）。

西医诊断：右胫骨平台骨折。

治则治法：行气化瘀，活血止痛。

当归9g	丹参20g	生地15g	川牛膝12g	川断12g
龟甲9g	青皮5g	陈皮5g	自然铜12g	骨碎补9g
知母6g	丹皮6g	地肤子9g	血竭3g	接骨木12g
粉萆薢9g	炙甘草3g			

2020年9月22日二诊：右膝关节疼痛好转，肿胀不明显，膝关节尚不能完全伸直。皮肤过敏症状好转。舌脉同前。治以前法，减活血破瘀之药，加养血补肾之品，并以芍药、甘草药对柔筋缓急止痛。

当归9g	丹参20g	川牛膝12g	红景天15g	丹皮6g
玫瑰花3g	鳖甲9g	炒白术15g	山药12g	补骨脂9g
冬瓜皮9g	白芍9g	龟甲9g	骨碎补9g	知母6g
大腹毛9g	炙甘草6g			

2021年10月12日三诊：右膝关节疼痛明显减轻，肿胀不明显，经坚持功能训练后膝关节伸直程度较之前好转。舌脉同前。治以前法，因患者皮肤过敏症状已愈，故减清热凉血之药。

当归9g	丹参20g	川牛膝12g	红景天15g	狗脊12g
龟甲9g	玫瑰花3g	炒白术15g	山药12g	补骨脂9g
骨碎补9g	天花粉9g	白芍9g	菟丝子9g	大腹毛9g
炙甘草6g				

按：此案患者初用新伤续断汤化裁，活血祛瘀，接骨止痛；后加补肾壮骨之品，并予芍药、甘草药对缓解关节粘连症状。

芍药甘草汤出自《伤寒论》一书，具有酸甘化阴、甘缓止痛之功。根据《内经》论述，甘味所缓之痛症是以脾虚、肝旺克脾或心火所致的里急腹痛、身疼、疮疡疼痛等为主，现代医学运用芍药甘草汤治疗肠痉挛、急慢性肠炎、面肌及腓肠肌痉挛等病症，取得了较好的疗效。

关节粘连症属中医学"痹证"范畴。石氏认为肝为刚脏，体阴而用阳，肝主血液储藏、调节筋骨关节。肝血不足，血不养筋，血脉流行失畅，从而引起局部经络、筋脉血行痹阻，产生局部关节疼痛活动不利之候，形成关节粘连之症。石氏巧用芍药甘草汤配以益气活血、通利关节之药，治关节粘连症疗效显著。

据药理研究，白芍与甘草"两药相伍，对横纹肌、平滑肌的痉挛，不管是中枢性的或末梢性的均有镇静作用"，并指出，芍药的镇静作用属中枢性的，直接作用于脊髓反射弧，甘草的镇静作用属末梢性的，直接作用于平滑肌和骨骼肌。白芍有养肝血之功，而无壅滞经络之害，又有酸敛性寒，补虚和营缓急止痛；甘草甘平安中，解毒，调和诸药，缓急止痛。根据患者疼痛之寒、热、虚、实辨证分型，运用芍药甘草汤加味治疗关节粘连症，具有养血柔肝舒筋、缓急止痉解痛、疏通经络筋脉、增强关节活动的作用。

案 4　胸肋骨折

倪某，女，71 岁。初诊时间：2021 年 4 月 23 日。

主诉：左胁肋外伤疼痛 1 周。

现病史：患者 1 周前跌倒致左侧肋骨骨折。目前左胁肋胀痛，翻身时疼痛明显。舌淡，苔薄，脉弦。既往无其他外伤史，无药物、食物过敏史。

体格检查：左侧第 5～6 肋近腋前线处压痛（＋），胸廓挤压试验（＋）。

辅助检查：X 线示左第 5 肋骨折，断端对位好。

中医诊断：骨折病（血瘀气滞）。

西医诊断：肋骨骨折。

治则治法：理气化瘀，活血止痛。

柴胡 9 g	延胡索 9 g	丹参 20 g	当归 9 g	制香附 9 g
旋覆花 9 g	白芥子 6 g	台乌药 6 g	橘皮 5 g	橘络 5 g
苏梗 5 g	三七粉 1 g	制半夏 6 g	血竭 3 g	降香 3 g
炒蒲黄 12 g	丝瓜络 6 g			

2021年5月7日二诊：胁肋疼痛减轻，仍有胸胁胀闷不适。舌脉同前。治以前法，加桃仁、积雪草、天花粉增强化瘀活血之力，加失笑散理气止痛。

柴胡9g	延胡索9g	丹参20g	当归9g	制香附9g
旋覆花9g	白芥子6g	天花粉9g	炒蒲黄12g	制半夏6g
橘皮5g	橘络5g	桔梗5g	五灵脂9g	降香3g
杏仁9g	桃仁9g	苏梗5g	三七粉2g	积雪草12g
丝瓜络6g				

2021年5月25日三诊：左胸胁疼痛明显减轻，但左肩上举活动受限，口干，夜眠不安。舌质红，苔薄，脉弦数。加泽泻、车前利水消肿，黄芩、芦根清热养阴。

柴胡9g	延胡索9g	丹参20g	川断12g	制香附9g
炒蒲黄9g	生地12g	天花粉9g	芦根15g	泽漆12g
炒黄芩9g	炒车前9g	龟甲9g	炒白术15g	苏梗5g
三七粉2g	合欢皮12g	白芥子6g	桔梗5g	丝瓜络6g
炙甘草6g				

按：胸指缺盆下，腹之上，有骨之处，腋下至肋骨尽处统名为胁。胸、胁相近，互相关联，每多并称胸胁。胸中乃宗气积聚之处，也是气机升降的枢纽，胸中又是心肺所在，心主血脉，肺在血液的化生和循行中也有重要作用，所以胸中与血的关系也极为密切。胁为肝胆之分野，肝属胁下，主疏泄，调畅气机，主藏血，人卧血归于肝，是气血的正常生理中的另一个重要环节。胸胁内伤是指外力伤及胸壁的软组织、骨骼、胸膜和胸内器官（如心、肺等）而引起的气血、经络和脏腑等的损伤。胸为清旷之在，心肺所居，胁为肝之分解，肺主一身之气，肝主条达疏泄。若胸胁内伤则会导致气机不畅，疏泄失常，伤及肺系心络则可见胸闷胁痛、呼吸咳呛加剧等症。胸胁是厥阴、少阴之分布。若胸胁之所跌仆损伤，致气血、经络和脏腑等损伤，引起气机不畅，疏泄失常。气乱则逆，患者有时会有胸闷胀气或者胸腔内有气四处冲撞之感。故宜疏肝理气，早期处方用大量理气药，石鉴玉认为胸胁之新旧损伤，总与肝经相系，常予柴胡、香附。此二药为引经之药，是血中之气药，能开郁滞而通达上下，使肝经气血畅行。本案处方以柴胡疏肝散、二陈汤、旋覆花汤为底，配以丹参、蒲黄、血竭、桃仁、三七粉活血化瘀。柴胡、延胡索、制香附、郁金疏肝理气；旋覆花、降香降气化痰；橘皮、橘络、台乌药行气止痛；苏梗、丝瓜络理气宽中。再以祛痰、化瘀之药以助行气。瘀阻气滞每易聚积痰浊，朱震亨在《本草正》中说"痰在胁下及皮里膜外，非白芥子莫能达"，又"开导虽速，而不甚耗气"。为此，石氏治疗胸胁损伤，广泛应用白芥子而取效。柴胡是石氏喜用于治疗伤科内伤疾患的一味有效良药。

石氏认为,头胸腹之内伤,不论其新伤宿损,或虚实之证,总与肝经相系。柴胡味苦性微寒而质轻,为厥少两经的引经药,有升清阳、降浊阴之功,在脏则主血,在经则主气,有振举清气、宣畅气血、推陈致新作用。伤科内伤疾患无论是猝然受伤,还是损伤日久,都包括气血、脏腑、经络的损伤,伤气主要表现在以疼痛为主要症状,伴有闷胀、呕恶。患者往往诉痛但指不出一个局限明确的范围,如通常所说的"闪气""岔气",这些都是来势较急、体内气机受阻、不通则痛的反映。在治疗上往往首选柴胡、香附、延胡索等理气止痛药以疏肝解郁、宣通气道。石氏善用柴胡但并不独用,根据临床表现辨证灵活运用,如头部内伤,瘀血凝滞,出现恶心、呕吐等清阳、浊阴升降失调症状,则加细辛、薄荷、姜半夏、姜竹茹;又如胸胁内伤,局部掣痛,呼吸咳嗽转侧牵掣,则加郁金、青皮、川楝子、当归、红花等。根据气血理论,在伤气的同时,往往兼有伤血,故而在理气时不忘活血以增强疗效。

案 5 腰椎压缩性骨折

朱某,女,72 岁。初诊时间:2020 年 12 月 29 日。

主诉:腰部跌伤疼痛活动受限 2 周。

现病史:患者 2 周前跌倒致腰椎压缩性骨折,在家卧床休息,现已大便正常。去外院就诊,建议骨水泥手术治疗,患者拒绝。目前腰部疼痛,翻身困难,不耐站立。舌淡,苔薄,脉细。既往无其他外伤史,无药物、食物过敏史。

体格检查:腰椎居中,生理弧度平坦。双侧竖脊肌略紧,T12～L1 椎体周围压痛(＋),腰部活动受限。

辅助检查:X 线示 L1 椎体楔形变。

中医诊断:骨折病(气滞血瘀)。

西医诊断:腰椎压缩性骨折。

治则治法:理气化瘀。

柴胡 9 g	延胡索 9 g	制香附 9 g	狗脊 12 g	丹参 20 g
川断 12 g	骨碎补 9 g	龟甲 9 g	三七粉 1 g	桑寄生 12 g
泽兰叶 12 g	青皮 6 g	陈皮 6 g	自然铜 12 g	生蒲黄 12 g
降香 3 g	桃仁 9 g	落得打 12 g	甘草 6 g	

2021 年 1 月 12 日二诊:服药后腰痛好转,翻身无异常,二便调。口干。舌淡,苔腻,脉细。治同前法,减性燥之药,加血竭破瘀活血。

柴胡 9 g	延胡索 9 g	当归 9 g	丹参 20 g	炒蒲黄 12 g
龟甲 9 g	川断 12 g	炒白术 15 g	天花粉 9 g	川楝子 9 g

自然铜 15 g	血竭 3 g	苏梗 6 g	落得打 12 g	丝瓜络 6 g
炙甘草 6 g				

2021 年 1 月 26 日三诊：骨折至今 1 月余，腰痛好转，现可行走，但腰部乏力，有坠重感，大便调。舌淡，苔腻，脉细。治同前法，以狗脊、巴戟天、补骨脂补肝肾，培元固本。

柴胡 9 g	延胡索 9 g	丹参 20 g	狗脊 12 g	巴戟天 12 g
川断 12 g	补骨脂 9 g	龟甲 9 g	炒蒲黄 12 g	苏梗 5 g
降香 3 g	生白术 30 g	血竭 3 g	桃仁 9 g	落得打 12 g
炙甘草 6 g				

2021 年 2 月 9 日四诊：腰痛好转，可外出行走。但行走时自觉下腹部两侧，骨盆周围有轻度疼痛。舌淡，苔腻，脉细。主症已除，又有新症，故予对症治疗，养血活血，理气止痛。

当归 9 g	丹参 20 g	制香附 9 g	川楝子 9 g	延胡索 9 g
木香 3 g	龟甲 9 g	生白术 30 g	川断 12 g	骨碎补 9 g
苏梗 6 g	血竭 3 g	竹节三七 9 g	合欢皮 12 g	炒蒲黄 12 g
五灵脂 6 g	炙甘草 6 g			

按：腰椎骨折属脘腹部损伤，与胸胁骨折同理，皆属气滞血瘀，治疗原则以理气活血法为主。跌倒致骨折筋伤，气滞血瘀为其标。因年逾古稀，肝肾亏虚，体虚为其本。患者新伤后腰痛不宁，治疗先治其标，以理气固腰汤、新伤续断汤为基础，理气化瘀、活血止痛。

石鉴玉认为腰椎压缩性骨折初期，最要紧的是通便，大便通则腹内压降低，疼痛自会减轻。患者大便通后，疼痛不甚剧烈，平躺时未觉疼痛，石氏认为骨折处不痛，腹部盆腔疼痛，为气滞所致，此时用药以理气为主，气顺则血行痛止，可加失笑散、金铃子散。腰椎压缩性骨折治疗亦遵循三期治法。骨折初期，攻下峻猛，通气排便，大便通则瘀血下，腹内压减轻，疼痛则会减轻。处方以活血逐瘀、润肠通便、利水消肿为主。中期，大便已通，疼痛程度降低，则以理气活血为主，辅以补益肝肾，接骨生新。后期，骨折已续，则以调养气血、补脾益肾为主，培养本源，强壮筋骨。

（二）伤筋

如清代沈金鳌所说的"气运乎血，血本随气以周流，气凝则血亦凝矣"，血瘀本身就因为是气滞，气与血往往是不可分开的。清代徐彬认为，从高处坠下，法当救损伤筋骨为主。然顿跌之势，内外之血必无不瘀，瘀不去则气不行，气不行则伤不愈。

案 1 腰扭伤

刘某,女,74 岁。初诊时间:2018 年 5 月 15 日。

主诉:腰部扭伤疼痛 4 个月。

现病史:患者 4 个月前因用力不当致腰痛、活动不利,脊柱胸腰段有隆起,局部有压痛。建议以 T12 为中心拍 X 线片,排除压缩性骨折。自觉背部发凉。胃部时有嘈杂不适,泛酸,纳可,二便调。舌淡,苔薄,脉细弦。既往无其他外伤史,无药物、食物过敏史。

体格检查:脊柱居中无侧弯,轻度驼背。T11~L1 棘突间压痛(＋),叩击无下肢放射痛。

辅助检查:X 线示脊柱退行性变,胸腰椎无楔形变。

中医诊断:伤筋(气滞血瘀)。

西医诊断:腰扭伤。

治则治法:理气化瘀。

当归 9 g	丹参 15 g	狗脊 12 g	制香附 9 g	川断 12 g
玄参 12 g	龟甲 9 g	刘寄奴 12 g	川楝子 9 g	煅瓦楞 15 g
蒲黄 12 g	落得打 12 g	三七粉 1 g	青皮 6 g	陈皮 6 g
泽兰叶 12 g	丝瓜络 9 g			

2018 年 5 月 29 日二诊:腰痛明显减轻,但支撑乏力。口干,服药后胃部泛酸等症状消失。舌脉同前。痛症已减,故去破瘀之品,酌加健脾补肾养阴之药,加砂仁以防碍胃。

当归 9 g	丹参 20 g	狗脊 12 g	川断 12 g	巴戟天 12 g
怀牛膝 12 g	山药 12 g	天冬 12 g	麦冬 12 g	炒白术 15 g
煅瓦楞 15 g	茯苓 12 g	龟甲 9 g	石楠叶 12 g	鹿衔草 12 g
炒谷芽 15 g	炒麦芽 15 g	砂仁 3 g	炙甘草 6 g	

2018 年 7 月 3 日三诊:腰痛已明显好转,现不觉腰痛。但近来多汗。胃纳可,大便不成形。舌淡,苔薄,脉细弦。加山药、黄精、菟丝子、巴戟天、鹿角片补益脾肾,培元固本,糯稻根止汗。

当归 9 g	丹参 20 g	狗脊 12 g	怀牛膝 12 g	川断 12 g
菟丝子 12 g	巴戟天 9 g	炒白术 15 g	山药 12 g	茯神 12 g
防风 9 g	黄精 12 g	鹿角片 9 g	石楠叶 12 g	糯稻根 12 g
砂仁 3 g	甘草 6 g			

按:腰为一身之要,是人体屈伸转侧活动的枢纽,劳力负重不当每易闪挫损

伤,气滞失畅。薛己在《正体类要》序言中说"肢体损于外,气血伤于内"。石氏伤科理伤的基本原则是气血兼顾而不偏废。新伤者,气血兼顾而宜"以气为主",这里的气,石氏理解为理气,气顺则血行。投以香附、青陈皮应是此意。石幼山曾提出外损伤筋断骨三期治则,石鉴玉亦时常提及,且不限于伤筋断骨。本案患者损伤早期,气滞血瘀为主,故用药以理气活血化瘀为主,《仙授理伤续断秘方》有定痛丸,由川乌、川楝子、八角茴香及威灵仙组成,"治腰痛不可忍,不问男子妇人室女老幼并皆治之"。中期瘀血已去,以和为主,使气血通畅,筋骨力量恢复。腰者肾之府,历代论腰痛者尽管列有诸种原因,"有风,有湿,有寒,有热,有挫闪,有瘀血,有滞气,有痰积,皆标也,肾虚其本也"(《证治准绳·腰痛》)。故后期补益为主,匡扶正气,提高人体抗病能力。

石鉴玉常说,以气为主、以血为先当因证而论,治伤以血为先,治人以气为主。意思是损伤初期以活血祛瘀为主,中期调和气血,后期则益气养血以收全功,在疾病恢复阶段,更注重整体抗病能力的提升,也就是气的调养。《伤科汇纂》曰:"筋骨瘀血,必有热气滞郁。"新伤化瘀要谨防生热,所以石氏常以活血化瘀与寒凉清热同用。如天花粉,《本草求真》言其能降膈上热痰,又能生津止渴。泽兰,书载有和血舒脾、长养肌肉之妙,然究皆属入脾行水、入肝治血之味。是以九窍能通,关节能利,癥瘕能消,水肿能散,痈毒扑损能治。玄参,清热消肿,取四妙勇安汤之意。

案 2　膝关节跌伤

罗某,女,40 岁。初诊时间:2020 年 11 月 14 日。

主诉:膝关节外伤疼痛 1 周。

现病史:患者 1 周前骑车跌倒致左膝关节损伤,行走困难。于外院就诊予外固定制动处理。现在翻身困难,坐轮椅就诊。自觉内热口干,大便 2 日未行,胃部不适。舌红,苔薄少津,脉弦数。既往其他无外伤史,无药物、食物过敏史。

体格检查:左膝关节支具外固定中,膝关节肿胀明显,左膝髌骨下缘大块血肿,髌骨周围广泛压痛。关节屈伸受限。

辅助检查:X 线示膝关节未见骨质损伤。

中医诊断:伤筋(血瘀气滞)。

西医诊断:膝关节扭伤。

治则治法:活血化瘀,消肿息痛。

当归 9 g	丹参 20 g	土牛膝 12 g	荆芥 9 g	防风 9 g
丹皮 9 g	八月札 9 g	生白术 15 g	天花粉 9 g	泽兰叶 12 g

龟甲9g	忍冬藤12g	玄参12g	血竭3g	桃仁9g
生地12g	甘草6g			

2020年11月14日二诊：左膝关节仍旧肿胀，左膝前缘皮肤温度升高，尚不能行走，拄双拐就诊。舌红，苔薄，脉弦数。11月18日摄MRI示左膝前纵韧带断裂，内侧半月板后角损伤。骨科建议手术治疗，患者要求保守治疗。宗前法，加忍冬藤清热解毒、疏风通络，接骨木利水消肿。

当归9g	丹参20g	南星6g	防风9g	川断12g
龟甲9g	骨碎补9g	青皮6g	陈皮6g	忍冬藤12g
血竭3g	炒白术15g	自然铜12g	山药12g	接骨木12g
桃仁9g	炙甘草6g			

2020年12月22日三诊：左膝肿痛好转，股四头肌内侧头可见萎缩，借助步行器行走可直行片刻，但转弯困难，尚不能拄单拐行走。舌红，苔薄，脉弦。治以前法，减清热利水之品，加祛风湿、强筋骨之药，并予全蝎搜风通络。

当归9g	丹参20g	南星6g	怀牛膝12g	狗脊12g
龟甲9g	全蝎3g	川断12g	泽兰叶12g	自然铜15g
千年健12g	落得打12g	炙甘草6g		

2021年1月5日四诊：左膝关节肿胀消退明显，关节活动及翻身时有轻度疼痛。对比右侧膝关节，左膝内侧缘，髌骨上缘可见肿胀，局部压痛（＋）。舌红，苔薄，脉弦。治以前法，加补肝肾强筋骨之药，培元固本。

当归9g	丹参20g	狗脊12g	怀牛膝12g	龟甲9g
全蝎3g	巴戟天12g	川断12g	淫羊藿9g	香加皮9g
威灵仙12g	木瓜9g	生地12g	千年健12g	血竭3g
鸡血藤12g	知母6g	炙甘草6g		

按：该患者为新伤不久，血溢脉外而致肿胀，故治疗以活血消肿散瘀为首要。用当归、赤芍、桃仁、血竭祛疼止血；荆芥、防风、泽兰叶利水消肿；生地、丹皮、忍冬藤、天花粉凉血养阴。石鉴玉认为新伤肿胀初起，应避免重用活血化瘀药，如三棱、莪术、血竭之类，过多难免瘀血化热，不利于消肿，而且伤胃。所以新伤常用生大黄、当归、红花，且配以丹皮、忍冬藤等凉血药，可防瘀血化热。嘱咐患者平日坚持股四头肌训练。

案3　膝关节陈伤

徐某，男，46岁。初诊时间：2019年9月27日。

主诉：右膝关节疼痛半年。

现病史：患者于半年前外伤后右膝关节疼痛，关节活动不利，不能长时间行走，无法下蹲。胃纳可，二便调，夜寐安。舌红，苔薄，脉细弦。无外伤史，无药物及食物过敏史。

体格检查：右膝关节内侧缘压痛（+），研磨试验（+），浮髌试验（-），抽屉试验（-）。膝关节活动受限，右股四头肌内侧头可见萎缩。

辅助检查：MRI 示右膝半月板损伤，内侧后角撕裂。

中医诊断：伤筋（血瘀痹阻）。

西医诊断：右膝半月板损伤。

治则治法：活血化瘀，止痛。

当归 9 g	丹参 20 g	南星 6 g	怀牛膝 12 g	狗脊 12 g
川断 12 g	龟甲 9 g	泽漆 12 g	泽泻 12 g	全蝎 3 g
粉萆薢 9 g	威灵仙 12 g	寻骨风 9 g	鸡血藤 12 g	豨莶草 12 g
生白术 15 g	厚朴 6 g	甘草 6 g		

2019 年 10 月 11 日二诊：膝关节尚不能完全伸直，可伸至 175°，服药期间大便不成形。舌红，苔薄，脉细弦。治以前法，去可能致便溏的生白术、厚朴，加祛风除湿、补益肝肾之药。

当归 9 g	丹参 20 g	怀牛膝 12 g	南星 6 g	龟甲 9 g
狗脊 12 g	川断 12 g	桑寄生 12 g	全蝎 3 g	淫羊藿 9 g
香加皮 9 g	威灵仙 12 g	寻骨风 9 g	天花粉 9 g	粉萆薢 9 g
鸡血藤 12 g	豨莶草 12 g	炙甘草 6 g		

2019 年 11 月 1 日三诊：左膝关节疼痛好转，上坡时左膝关节乏力。有左侧股四头肌内侧头萎缩。舌红，苔薄，脉弦。治以前法，加炒白术、茯苓、山药、炒谷芽、炒麦芽、砂仁健脾除湿，并以巴戟天补肾阳、强筋骨。

当归 9 g	丹参 20 g	川牛膝 12 g	川断 12 g	龟甲 9 g
狗脊 12 g	骨碎补 9 g	全蝎 3 g	炒白术 15 g	山药 12 g
茯苓 12 g	寻骨风 9 g	鸡血藤 12 g	粉萆薢 9 g	巴戟天 12 g
炒谷芽 12 g	炒麦芽 12 g	砂仁 3 g	甘草 6 g	

嘱患者做股四头肌等长收缩训练。

按：此患者为陈旧性损伤，"膝者筋之府"，膝部多筋。张景岳语"维络关节以立此身者，惟膝腘之筋为最"，即说明膝部之筋对于维持正常的功能是极为重要的，正因膝部多筋，膝部伤筋也较常见，一旦损伤就会导致轻重不同的功能障碍。现代医学的研究进展亦越来越明确膝部的韧带、软骨、肌腱等是保持膝关节稳定性和发挥膝关节正常功能的重要结构,这些结构的损伤不仅直接影响某些功能,而且某一结构的破坏或失效会引起其他组织的继发性改变,以致产生复杂的日久难愈的临床病证。膝半月板贯穿损伤后很难恢复,基本无缘剧烈运动。类似的还有足部肌腱,包括跟腱、足弓下跟跖肌腱、足长肌腱,几乎无血液供应,所以损伤后也几乎不能恢复,能修复到维持正常活动且无疼痛感就好。

离经之血停留于体内,谓之瘀血。宿瘀顾名思义即瘀血停留体内日久,大多是由跌仆挫伤等外来暴力所致,临床所见伤筋、骨折、脱臼等损伤经治久而未愈,出现局部肿胀、疼痛、痛有定处而拒按,唇舌青紫等,而且会反复发作。历代医家对瘀血留滞投以活血化瘀之法。盖伤瘀有久暂、轻重的不同,体质有寒热虚实之殊。诚然,对于久瘀、宿瘀之证,非一味活血化瘀药物能胜其责。根据"久病入络"的原理,血瘀积久往往与气滞、痰湿胶结而为沉痼,石氏用活血化瘀药加上虫类活血破瘀,搜经剔络,取得良好效果。石氏常用破瘀虫类药有三种,分别是全蝎、蜈蚣、地鳖虫。全蝎乃治风要药,其能治风者,盖亦以善于走窜之故,风淫可祛,湿痹可利;蜈蚣走窜之力强而迅速,内到脏腑,外到经络,凡气血凝结之处皆能开之;地鳖虫善治跌打损伤,对瘀血留滞络脉有效。三药运用,意在加强攻逐破瘀、消肿定痛的作用,对陈伤、宿瘀一症有着较为满意的疗效。但是,虫类化瘀之品有败胃、伤中之嫌,故处方配伍中应顾及之,确实做到攻瘀逐邪而不伤中。

案 4　踝关节跌伤

陈某,女,42 岁。初诊时间:2019 年 8 月 2 日。

主诉:左踝关节扭伤疼痛活动受限 1 个月。

现病史:患者 1 个月前行走时不慎扭伤左踝关节,关节肿胀疼痛活动受限,外院予石膏固定。目前仍感觉踝关节疼痛,无法站立。纳可,二便调。舌淡红,苔薄偏黄,脉弦。无药物、食物过敏史。

既往史:20 年前外伤导致左外踝撕脱性骨折,经石膏固定治疗。

体格检查:左踝关节石膏外固定中,足趾可见轻度肿胀,活动可。

辅助检查:X 线示左腓骨远端陈旧性撕脱性骨折。

中医诊断:伤筋(血瘀气滞)。

西医诊断:踝关节扭伤。

治则治法:活血化瘀。

当归 9 g	丹参 20 g	怀牛膝 12 g	川断 12 g	龟甲 9 g

赤芍9g	泽兰叶12g	青皮6g	陈皮6g	忍冬藤12g
玄参12g	血竭3g	骨碎补9g	桃仁9g	接骨木9g
甘草6g				

2019年8月16日二诊：左踝关节疼痛减轻,尚不能站立,左踝关节无法用力。舌淡,苔薄白,脉弦。治以前法,加自然铜散瘀止痛、接骨续筋,并加补肾和化痰之品。

当归9g	丹参20g	南星6g	怀牛膝12g	川断12g
骨碎补9g	龟甲9g	白术15g	泽兰叶12g	淫羊藿9g
威灵仙12g	自然铜12g	桃仁9g	天花粉9g	接骨木9g
血竭3g	知母6g	甘草6g		

2019年8月30日三诊：左踝关节外固定中,未用拐杖,步行就诊,大便偏干,时有左下肢牵掣痛。舌红,苔薄,脉弦。患者初现热象,治以前法出入,加忍冬藤、萆草、防己等清热解毒、疏风通络、利水消肿。

当归9g	丹参20g	怀牛膝12g	川断12g	龟甲9g
地肤子9g	萆草9g	泽兰叶12g	骨碎补9g	忍冬藤12g
玄参12g	独活9g	血竭3g	淫羊藿9g	香加皮9g
粉草薢9g	防己9g	知母6g		

2019年10月18日四诊：左外踝略肿胀,疼痛基本消失,能独立行走,但不能超过1小时,否则踝关节肿胀加重。前日外踝处因外敷膏药过敏。舌脉同前。治以前法出入,酌减清热解毒利水之品,加赤芍、冬瓜皮清营凉血。

当归9g	丹参20g	丹皮9g	赤芍9g	怀牛膝12g
龟甲9g	川断12g	骨碎补9g	淫羊藿9g	冬瓜皮9g
香加皮9g	自然铜12g	萆草12g	接骨木9g	知母6g
甘草6g				

按：此患者伤筋重于伤骨,新伤初期,用活血化瘀的药时,常配忍冬藤、龟甲等清凉之药以防瘀血化热。肿胀比较明显者用玄参,其与金银花配伍为"四妙勇安汤"之意,消肿之力更甚。患者初诊时家属搀扶,二诊时拄拐杖,三诊时自行步行前来。可见功效显著。

踝部伤筋是临床最常见的伤筋,本病症情轻重有很大差异。多数患者的表现是踝外侧局限的青紫瘀肿,关节活动不利,或如石筱山曾提到的虽"无显著的青肿,但患处旋转失常"。严重的伤筋则肿胀延及内外两侧,诊治时往往以为是骨折,摄片后才能明确排除骨质损伤。应该强调,踝部伤筋比之踝部骨折,不仅症状改善所需的时间长,而且常致局部高凸难平,酸痛缠绵,或者日后甚易反复扭蹩伤筋。现代医学认为,踝部损伤(不包括骨折)为程度不同的韧带撕裂,外侧较多见,自距腓前韧带挫伤、断裂,伴有关节囊撕裂,同时跟腓韧带断裂直至距腓后韧带也断裂。有的是胫腓下联合的前层韧带撕裂,严重者韧带撕裂伴有距骨脱位,部分病例在损伤暴力消失后脱位自动整复,其实复位不甚完全。按石氏的经验,"无显著的青肿,但患处旋转失常"来看,即使韧带的损伤是轻微的,也存在关节间骨筋位置的异常。这些断裂的韧带如果没有完好地修复,或者关节间骨筋的关系没有得到充分纠正,则日后会出现关节不稳定,活动有障碍。此外,关节囊撕裂、软组织嵌插、关节内出血、肌肉痉挛等一系列的病理改变也是造成日后影响关节活动、局部肿胀、疼痛等不良后果的原因。所以,石氏告诫:这种伤筋,治疗不当,易成宿伤。由此,石氏采用的具体方法主要是用捺正筋位的手法,早期予适当固定,并辅以敷料或膏药外治及汤剂成药内服,更可掺用熏洗法。捺正筋位的手法是按揉踝两侧筋络后做被动屈伸活动。这样的手法使筋络理顺,解除嵌插,纠正关节骨骼的关系,为损伤韧带的修复奠定基础。继之用敷药外敷,包扎固定。损伤严重的病例还可加用硬纸板或支具固定以限制活动,敷药以三色敷药为主,早期合凉血清营的三黄膏,中后期活血温经掺桂麝丹,续筋通络掺接骨丹,散结消肿掺黑虎丹,随症而异。

案5 小腿损伤血肿

陈某,女,62岁。初诊时间：2020年11月20日。

主诉：左小腿外伤后肿胀1个月。

现病史：患者1个月前曾被重木板砸中小腿,导致小腿后下段大块血肿并皮下瘀青。现在左小腿肿胀,后下段有长条形硬块,皮肤颜色红,左踝关节周围皮下瘀青明显。下肢抬高时疼痛减轻,下垂时疼痛加重,伸直小腿时会有肌肉抽搐。纳可,二便调,夜寐欠安。舌红,苔薄腻,脉细弦。既往无其他外伤史,无药物、食物过敏史。

体格检查：左小腿肚中段向下约 10 cm×4 cm 长条形硬块,轻压则有明显疼痛,小腿皮肤散在瘀青,色淡,踝关节下缘皮下仍有大面积瘀青。

辅助检查：X线示左胫腓骨未见骨折征象。

中医诊断：伤筋病(瘀血痹阻)。

西医诊断：左小腿损伤血肿。

治则治法：活血化瘀,消肿散结。

当归 9 g	丹参 20 g	川牛膝 12 g	荆芥 9 g	防风 9 g
煅花蕊石 9 g	丹皮 9 g	泽兰 12 g	紫荆皮 9 g	青皮 6 g

陈皮 6 g　　　玄参 12 g　　　忍冬藤 12 g　　　血竭 3 g　　　桃仁 9 g

炙甘草 6 g

2020 年 11 月 27 日二诊：左小腿肿块范围缩小，约 6 cm×3 cm，自诉小腿肌肉较之前松解，按压疼痛仍旧明显，余无不适。舌红，苔薄，脉细弦。治以前法，减理气透表之药，加凉血活血之品。

当归 9 g　　　丹参 20 g　　　南星 6 g　　　　生地 12 g　　　泽漆 12 g

泽泻 12 g　　　丹皮 9 g　　　赤芍 9 g　　　　泽兰叶 12 g　　　川牛膝 12 g

忍冬藤 12 g　　玄参 12 g　　　煅花蕊石 9 g　　血竭 3 g　　　红花 3 g

甘草 6 g

2020 年 12 月 11 日三诊：左小腿疼痛好转，肌肉紧绷好转，血肿范围及硬度较之前明显改善，大小约 4 cm×2 cm，在家行走 10 分钟，按压硬块疼痛不剧烈。舌红，苔薄，脉细弦。治以前法，加强清热凉血之药，并以煅龙骨、煅牡蛎收摄敛阴。

当归 9 g　　　丹参 20 g　　　川牛膝 12 g　　　煅花蕊石 15 g　　泽泻 12 g

丹皮 9 g　　　金银花 12 g　　玄参 12 g　　　苍术 9 g　　　煅牡蛎 15 g

煅龙骨 15 g　　血竭 3 g　　　白术 9 g　　　威灵仙 12 g　　粉萆薢 9 g

知母 6 g　　　冬瓜皮 9 g　　甘草 6 g

2020 年 12 月 25 日四诊：左小腿硬块。颜色偏红，较肤色深，行走时左踝左膝前缘有疼痛感，但不剧烈。余无不适。行走仍有跛行，左下肢抬高不利。舌红，苔薄，脉细弦。宗前法，加黄芪推动气血，牛角腮下闭血去瘀痛，并加化痰之品以利消结。

黄芪 20 g　　　丹参 20 g　　　川牛膝 12 g　　　煅花蕊石 15 g　　紫荆皮 9 g

牛角腮 9 g　　南星 6 g　　　天花粉 9 g　　　全蝎 3 g　　　忍冬藤 12 g

玄参 12 g　　　血竭 3 g　　　粉萆薢 9 g　　　丹皮 9 g　　　威灵仙 12 g

知母 6 g　　　炙甘草 6 g

2021 年 1 月 15 日五诊：左小腿肿胀、疼痛不明显。行走后有胀痛，肿块可触及，较前小。垂直压痛轻，侧方挤压痛（一），肤色暗，温度不高。舌淡，苔薄，脉细弦。患者热象已退，山羊血小复方三药全用以活血化瘀、消肿散结，并因患者损伤日久，酌加化痰之品。

荆芥 9 g　　　丹参 20 g　　　生地 12 g　　　苍术 9 g　　　厚朴 6 g

丹皮 9 g　　　苏木 6 g　　　忍冬藤 12 g　　　玄参 12 g　　　煅花蕊石 9 g

牛角腮 6 g　　南星 6 g　　　白术 9 g　　　夏枯草 15 g　　泽泻 12 g

泽漆 12 g　　　粉萆薢 9 g　　山羊血 6 g　　　甘草 6 g

2021年1月29日六诊：左小腿肿块软化,中间可扪及一硬点,舌淡,苔薄,脉细弦。患者血肿块已软化当破之散之以收其尾。

荆芥9g	丹参20g	南星6g	煅花蕊石9g	丹皮9g
金银花12g	玄参12g	泽兰叶12g	泽漆12g	泽泻12g
青皮6g	陈皮6g	天花粉9g	血竭3g	西红花0.5g
甘草6g				

患者未再来就诊,电话随访,患者口述左小腿肿块已消。

按：此患者为小腿损伤血肿,虽有1个月,但局部仍有血热之象,故先用清热凉血之法配以花蕊石活血化瘀去恶血、除血瘀肿胀,待血热稍退再加入牛角腮下闭血、去瘀血疼痛,最后加入山羊血活血消瘀,引血归原、和伤散血。患者血肿日久不去,久病不愈,系痰瘀交凝难除,故在用药上佐以泽漆、制南星等化痰之品。

二、颈椎病医案

案1

沈某,女,50岁。初诊时间：2020年7月31日。

主诉：颈部疼痛伴头晕反复半年,加重2周。

现病史：患者半年来自觉颈部疼痛伴头晕反复发作,平素头晕时去做推拿能短时缓解,不久即反复。以前多低头工作。纳可,二便调,夜寐欠安。舌淡,苔薄,脉弦紧。无外伤史,无药物及食物过敏史。

体格检查：颈椎居中,生理弧度减小,双侧颈肩部肌肉紧张,C3～C6棘突间压痛(＋),叩顶试验(－),臂丛牵拉试验(－)。

辅助检查：X线示颈椎生理曲度变直,可见退行性改变。颈椎MRI示C4～C5反弓,椎间盘轻度突出。

中医诊断：项痹(痰瘀交阻)。

西医诊断：颈椎间盘突出症。

治则治法：活血化瘀,逐痰通络。

当归9g	丹参20g	川芎9g	黄芪20g	天花粉9g
僵蚕9g	全蝎3g	僵蚕9g	片姜黄6g	白术15g
玫瑰花3g	寻骨风9g	鸡血藤12g	石楠叶12g	白芍9g
豨莶草12g	女贞子9g	旱莲草9g		

2020年8月14日二诊：颈部疼痛减轻,仍旧有头晕。近几日小腿皮肤发红疹,瘙痒。舌脉同前。患者头晕仍有,故予天麻钩藤汤加减,平肝宁神,和营养血。

天麻 9 g	细辛 3 g	白蒺藜 9 g	防风 9 g	羌活 9 g
独活 9 g	川芎 9 g	蝉蜕 6 g	全蝎 3 g	玫瑰花 3 g
白芍 9 g	葛根 9 g	丹参 20 g	石楠叶 12 g	寻骨风 9 g
女贞子 9 g	旱莲草 9 g	老鹳草 15 g		

2020 年 8 月 28 日三诊：颈肩部症情减轻，头晕有所好转，小腿皮肤红疹消退。余无不适，舌脉同前。宗前法，加钩藤平肝息风，黄芪推动气血，金雀根活血通脉。

天麻 9 g	钩藤 12 g	白蒺藜 9 g	黄芪 20 g	丹参 20 g
生地 15 g	蝉蜕 6 g	全蝎 3 g	玫瑰花 3 g	川芎 9 g
金雀根 12 g	葛根 9 g	寻骨风 9 g	枸杞子 9 g	女贞子 9 g
旱莲草 9 g	炙甘草 6 g			

2020 年 9 月 11 日四诊：颈肩部及头晕症情明显好转。自觉腰部轻度酸痛，近来容易出汗。夜寐安。舌脉同前。患者头晕症状好转，故去天麻、钩藤，酌加养阴敛汗、养血通脉之药。

黄芪 20 g	丹参 20 g	生地 15 g	潼蒺藜 9 g	白蒺藜 9 g
白术 15 g	山药 12 g	蝉蜕 6 g	全蝎 3 g	玫瑰花 3 g
红景天 15 g	女贞子 9 g	旱莲草 9 g	枸杞子 9 g	白菊花 9 g
淮小麦 12 g	糯稻根 9 g	芦根 15 g	黑大豆 9 g	

2020 年 9 月 25 日五诊：患者诉服药至今颈痛、头晕明显好转，自觉身体放松舒适。余无不适。舌淡，苔薄，脉弦。治以前法，加养心安神之品以固其效。

黄芪 20 g	丹参 20 g	生地 15 g	熟地 15 g	红景天 15 g
天麦冬 9 g	蝉蜕 6 g	枸杞子 9 g	女贞子 9 g	旱莲草 9 g
淮小麦 15 g	茯神 12 g	玫瑰花 3 g	芦根 12 g	酸枣仁 12 g
白芍 9 g	炙甘草 6 g			

按：以石氏伤科天麻钩藤汤化裁，方中天麻消风化痰，清利头目；钩藤清热平肝息风。蝉蜕、防风祛风止痉；葛根升阳解肌，以解项背强痛；羌活、独活祛风除湿，散寒止痛；细辛、川芎祛风散寒，宣痹止痛，其中细辛善止少阴头痛、川芎长于止少阳厥阴头痛，若有阳明头痛则可加白芷，体现出"分经论治"之意。葛根，《本草求真》言其"轻扬升发。能入足阳明胃经，鼓其胃气上行，生津止渴"。颈椎病有头晕者，清阳不升，用葛根升清阳，引药气上行。另有舌苔厚腻而见口干者，非阴液不足，是胃之津液不能上行之故，石鉴玉喜用葛根应对此类病症。

案 2

沈某,女,55 岁。初诊时间：2019 年 7 月 9 日。

主诉：颈部板滞伴头晕 2 年,加重 1 周。

现病史：患者自觉颈部板滞反复 2 年余,严重时伴有头晕,时常目昏,无手指麻木。形体消瘦,面白少华,口干,胃纳差,便秘,夜寐欠安。舌淡红,苔薄,脉弦数。无外伤史,无药物及食物过敏史。

体格检查：颈椎居中,生理弧度减小,左侧颈肩部肌肉紧张,C4～C6 左侧棘旁压痛(＋),叩顶试验(－),臂丛牵拉试验(－)。

辅助检查：MRI 示 C4～C6 颈椎间盘突出。

中医诊断：项痹(痰瘀交阻)。

西医诊断：颈椎间盘突出症。

治则治法：逐痰化瘀,活血通络。

天麻 6 g	白蒺藜 9 g	钩藤 15 g	川芎 9 g	葛根 9 g
蔓荆子 9 g	丹参 20 g	防风 9 g	炒白术 15 g	天花粉 9 g
枸杞子 9 g	菊花 9 g	山药 12 g	红景天 15 g	酸枣仁 12 g
远志 3 g	炙甘草 6 g			

2019 年 7 月 23 日二诊：服药 2 周,头颈不适明显好转,头晕发作减缓,精神已有好转,胃纳转佳,仍旧便秘,8～9 日一行。舌淡红,苔薄,脉弦。肝风渐熄,故去钩藤、防风,换生白术 30 g 健脾胃,并促进肠蠕动而通便。加蝉蜕、僵蚕去头面风热,芦根养阴,朱茯神、北秫米增强安神之效。

天麻 6 g	白蒺藜 9 g	生白术 30 g	黄芪 20 g	丹参 20 g
川芎 9 g	天花粉 9 g	枸杞子 9 g	菊花 9 g	葛根 9 g
红景天 15 g	蝉蜕 6 g	蔓荆子 9 g	僵蚕 9 g	芦根 15 g
朱茯神 12 g	酸枣仁 12 g	远志 6 g	北秫米 9 g	炙甘草 6 g

2019 年 8 月 20 日三诊：头颈不适基本消失,精神目前较好,无头晕症状。夜寐安,胃纳转佳,大便偏干。舌淡红,苔薄,脉弦。治以前法,加女贞子、旱莲草滋养肝肾之阴。

天麻 6 g	潼蒺藜 9 g	白蒺藜 9 g	生白术 30 g	黄芪 20 g
丹参 20 g	川芎 9 g	蔓荆子 9 g	天花粉 9 g	枸杞子 9 g
葛根 9 g	红景天 15 g	朱茯神 12 g	酸枣仁 12 g	菊花 9 g
女贞子 9 g	旱莲草 9 g	炙甘草 6 g		

按：颈痛板滞、头晕目昏为风热上扰,心神不宁而夜寐不安,阴虚津亏则有口

干肠燥。以天麻钩藤汤为底随症加减。

石鉴玉常用天麻钩藤汤（天麻、钩藤、白蒺藜、当归、赤白芍、川芎、丹参、酸枣仁、茯神）治疗头部内伤后头晕胀痛减而未除，又兼目眩昏花，心悸不安，夜寐不宁等症者。现在门诊头部外伤患者鲜见，但石氏用此方于颈椎病患者亦有较好疗效。常见有颈肩疼痛，头晕，头部似有重物压顶，有圈箍之感，夜寐每多乱梦，记忆力减退等症状。

天麻治头部内伤、头晕头痛为主药，《本草汇言》言天麻"主头痛，头晕虚旋"；张元素曰其能"治风虚眩晕头痛"；《本草新编》云"天麻，能止昏眩，治筋骨拘挛，通血脉，开窍"。并辅以钩藤、白蒺藜等清利头目；配以当归、赤芍、川芎、丹参等养血和营、活血通脉；取四物之理，更用酸枣仁、茯神等养心安神，以治头部内伤所致的心悸不安，夜寐不宁之患。全方以达平肝宁神、和营养血之功。

案 3

徐某，男，71 岁。初诊时间：2020 年 11 月 14 日。

主诉：颈肩部疼痛伴上肢麻木 8 个月。

现病史：患者 8 个月前自觉左上肢麻木，左颈肩部疼痛并放射至左手臂，怕冷，症情逐渐加重。无头晕，无高血压病史。有脑梗死病史，喜抽烟饮酒，无其他内科疾病。舌红，苔黄厚腻，脉弦滑。

体格检查：颈椎居中，生理弧度减小，左侧侧颈肩部肌肉紧张，C5～C7 左侧棘旁压痛（＋），叩顶试验（－），臂丛牵拉试验（＋）。

辅助检查：MRI 示 C3～C6 椎间盘突出，以 C4～C5 椎间盘突出尤甚，中央型突出，钙化，占位＞1/3。

中医诊断：项痹（痰湿阻络）。

西医诊断：神经根型颈椎病，颈椎间盘突出症。

治则治法：逐痰化湿通络。

天麻 6 g	钩藤 12 g	白蒺藜 9 g	僵蚕 9 g	石菖蒲 9 g
苍术 9 g	白术 15 g	蔓荆子 9 g	露蜂房 6 g	蝉蜕 6 g
全蝎 3 g	珍珠母 30 g	金雀根 12 g	桂枝 5 g	寻骨风 9 g
鸡血藤 12 g	厚朴花 3 g	葛根 9 g	豨莶草 12 g	炙甘草 6 g

2020 年 11 月 27 日二诊：服药 1 周后颈肩疼痛好转，第 2 周病情平稳，疼痛程度可接受，余无明显不适。大便偏干，2 日一行。舌红，苔薄白腻较厚，脉滑。治以前法，减镇肝息风药，加白菊花清肝，厚朴花燥湿，改生白术健脾胃并促进肠蠕动而

通便。

天麻 6 g	白蒺藜 9 g	僵蚕 9 g	防风 9 g	羌活 9 g
川芎 9 g	钩藤 12 g	蔓荆子 9 g	露蜂房 6 g	厚朴花 3 g
丹参 20 g	蝉蜕 6 g	全蝎 3 g	葛根 9 g	金雀根 12 g
石楠叶 12 g	寻骨风 9 g	豨莶草 12 g	白菊花 9 g	生白术 15 g
炙甘草 6 g				

2020 年 12 月 11 日三诊：左手麻木已好转，右颈肩部尚有牵掣不适。舌苔白厚腻，不见舌面本色。仍旧每日一包香烟。治以前法，减化痰之药，加细辛除痹，四妙丸清热利湿。

天麻 6 g	细辛 3 g	僵蚕 9 g	防风 9 g	羌活 9 g
川芎 9 g	蔓荆子 9 g	蝉蜕 6 g	全蝎 3 g	葛根 9 g
苍术 9 g	白术 9 g	厚朴 6 g	薏苡仁 9 g	杏仁 9 g
丹参 20 g	石楠叶 12 g	泽泻 12 g	炙甘草 6 g	

按：以天麻钩藤汤为基础，因无头晕头痛症状，故去川芎，加石菖蒲、珍珠母以增强清肝心之热。颈肩手臂牵掣疼痛为风痰阻络，故加露蜂房、苍白术、厚朴花以祛痰化湿。

长期抽烟者，舌苔多黄腻偏厚，脾胃蕴热，水湿不化所致。常取四妙丸清热利湿之法，以苍术、白术、厚朴、薏苡仁久服则舌苔黄厚尽去。

三、腰腿痛医案

案 1

平某，女，68 岁。初诊时间：2019 年 6 月 21 日。

主诉：腰部酸痛乏力 2 年。

现病史：患者 2 年前自觉腰痛，双侧腰臀部酸痛无力，腰部不能挺直。站立时上身向前倾并向右侧偏斜。行走稍久则感觉一侧腰部酸痛连及膝部，平卧翻身亦感觉吃力。患者形体枯瘦，腰部不耐劳力，下肢怕冷。舌淡，苔薄，脉细弱。无外伤史，无药物及食物过敏史。

体格检查：腰椎居中，生理弧度减小，双侧竖脊肌松弛，L3～L5 棘突间压痛（＋），腰部活动轻度受限。

辅助检查：X 线示腰椎生理曲度变直，退行性改变。

中医诊断：腰痹（肾督亏虚）。

西医诊断：腰肌劳损。

治则治法：补益肝肾，固腰息痛。

当归 9 g	丹参 20 g	狗脊 12 g	巴戟天 12 g	肉苁蓉 12 g
川断 12 g	生地 12 g	熟地 12 g	茯神 12 g	天龙 6 g
地龙 6 g	龙齿 15 g	全蝎 3 g	山药 12 g	黄精 12 g
石楠叶 12 g	鹿衔草 12 g	红景天 15 g	谷芽 12 g	麦芽 12 g
炙甘草 6 g				

2019 年 7 月 5 日二诊：腰臀部酸痛减轻，尚不能负重，卧床时翻身较之前轻松。口干，胃纳欠佳。舌淡，苔白少津，脉细。治以前法，去天龙、川断，加芦根、龟甲养阴。

当归 9 g	丹参 20 g	狗脊 12 g	巴戟天 12 g	肉苁蓉 12 g
龟甲 9 g	生地 12 g	熟地 12 g	茯神 12 g	芦根 15 g
地龙 6 g	龙齿 15 g	全蝎 3 g	山药 12 g	黄精 12 g
石楠叶 12 g	鹿衔草 12 g	红景天 15 g	谷芽 12 g	麦芽 12 g
炙甘草 6 g				

2019 年 7 月 19 日三诊：腰臀部酸痛好转，卧床时翻身无疼痛。可行走半小时无疼痛，尚不能负重，口干，胃纳欠佳。舌淡，苔白少津，脉细。治以前法，去生地、熟地、芦根、地龙，加山萸肉、益智仁、煅龙骨固涩。

当归 9 g	丹参 20 g	狗脊 12 g	巴戟天 12 g	肉苁蓉 12 g
龟甲 9 g	山萸肉 9 g	山药 12 g	茯神 12 g	益智仁 12 g
煅龙骨 15 g	龙齿 15 g	全蝎 3 g	黄精 12 g	石楠叶 12 g
鹿衔草 12 g	红景天 15 g	谷芽 12 g	麦芽 12 g	炙甘草 6 g

按：该患者为肾督亏虚型腰腿痛，故用药以补益肝肾为主，配合当归、丹参、红景天养血活血，全蝎、天龙、地龙解痉止痛。治疗上以益肾健腰、和络息痛为主，方中生地、熟地滋补肾之阴血；巴戟天、肉苁蓉、黄精、石楠叶、鹿衔草健筋壮骨、固腰以益养肾之气血；当归养肝之血以生肾中之阴，其旨在治病必求于本。患者未有外伤，为体虚劳损所致腰痛。

案 2

陈某，女，63 岁。初诊时间：2019 年 8 月 6 日。

主诉：腰痛引及右侧臀腿 2 个月。

现病史：患者 2 个月前突觉腰痛引及右侧臀腿部，右下肢板滞痛，活动或久坐则症状明显，平卧休息则症状减轻。纳可，大便稀溏，夜寐欠安。舌暗，舌尖偏红，苔薄腻,脉弦。无外伤史,无药物及食物过敏史。

体格检查:腰椎略向左侧弯,生理弧度减小,L3～L5 棘突间右侧压痛(+),腰部活动受限,直腿抬高左侧大于 70°,右侧 40°,加强(+),双下肢感觉肌力正常,生理反射存在,病理反射未引出。

辅助检查:MRI 示 L4～L5,L5～S1 椎间盘突出。

中医诊断:腰痛病(痰瘀阻络)。

西医诊断:腰椎间盘突出症。

治则治法:逐痰利水,通络消肿。

当归 9 g	丹参 20 g	狗脊 12 g	泽泻 12 g	泽漆 12 g
关白附 6 g	制南星 6 g	金雀根 12 g	僵蚕 9 g	苍术 9 g
白术 9 g	地龙 6 g	茯苓 12 g	厚朴花 3 g	黄连 3 g
芦根 15 g	全蝎 3 g	石楠叶 12 g	鹿含草 12 g	炙甘草 6 g

2019 年 8 月 20 日二诊:患者腰痛减轻,仍有左下肢不同部位牵掣痛,纳可,大便偏稀,夜寐欠安。舌暗红,舌苔厚腻,脉弦。治以前法,去关白附、黄连、芦根,加祛风化痰除湿之品。

当归 9 g	丹参 20 g	制香附 9 g	泽漆 12 g	泽泻 12 g
白芥子 9 g	南星 6 g	金雀根 12 g	全蝎 3 g	地龙 6 g
天龙 6 g	狗脊 12 g	天花粉 9 g	肉桂 3 g	苍术 9 g
厚朴花 3 g	白术 9 g	鹿含草 12 g	砂仁 3 g	石楠叶 12 g
海风藤 12 g	老鹳草 15 g	炙甘草 6 g		

2019 年 9 月 3 日三诊:患者近日左侧腰骶部出现疱疹,疑似带状疱疹,嘱其外科进一步诊治。腰痛减轻,转侧不利,左下肢不同部位牵掣痛仍有,纳可,大便偏稀,夜寐欠安。舌暗红,舌苔厚腻,脉弦。暂减燥温之药,加养阴清热化痰之品。

当归 9 g	丹参 20 g	狗脊 12 g	泽漆 9 g	泽泻 9 g
天花粉 9 g	全蝎 3 g	地龙 6 g	威灵仙 12 g	金雀根 12 g
石楠叶 12 g	鹿含草 12 g	苍术 9 g	白术 9 g	制半夏 6 g
橘皮 5 g	橘络 5 g	淫羊藿 9 g	厚朴花 3 g	生地 12 g
茯神 12 g	炙甘草 6 g			

2019 年 11 月 12 日四诊:患者前段时间因带状疱疹治疗而暂停中药,现带状疱疹已愈,腰痛及下肢痛好转,口苦,纳一般,大便偏稀,夜寐欠安。舌暗,舌苔白腻,脉弦。宗前法,续予逐痰利水通络消肿。

当归 9 g	丹参 20 g	狗脊 12 g	泽漆 9 g	泽泻 9 g

关白附 6 g	全蝎 3 g	地龙 6 g	威灵仙 12 g	金雀根 12 g
石楠叶 12 g	鹿含草 12 g	白芥子 6 g	徐长卿 15 g	天花粉 9 g
苍术 9 g	白术 9 g	厚朴花 3 g	巴戟天 12 g	老鹳草 15 g
炙甘草 6 g				

按：此案患者因大便稀溏，故方中不用牛蒡子，但仍取逐痰通络汤之义，予逐痰利水、通络消肿治疗。腰椎间盘突出的病因主要是椎间盘本身退行性病变，再加某种外因，如外伤、慢性劳损，以及受寒湿等因素综合的结果，而使腰椎间盘纤维环发生破裂，以致髓核突出。成年及壮年时期，丧失髓核的含水量高，膨胀性大，纤维环一旦破裂，髓核即因压力大而突出；老年后髓核脱水，膨胀力减小，虽纤维环破裂，髓核多不突出。日常工作和生活中多次重复的轻微腰部损伤，如提举重物及经常弯腰活动时对椎间盘可产生唧筒式的挤压作用，这些轻微的损伤不断地作用于椎间盘，即可由量变到质变，也可使纤维环遭到退行性变化，在此基础上，再加上腰部外伤，更易造成纤维环的破裂而发病。

腰椎间盘突出症，追痛之本，在于气血痰湿等阻滞脉道，正所谓不通则痛。故石鉴玉在治病本、治兼夹症的同时，重视通利之品的运用。石氏伤科逐痰通络汤，全方重在逐痰利水，通络消肿，以期使神经根水肿消失，腰椎间盘突出症痊愈。

案 3

宛某，男，16 岁。初诊时间：2019 年 11 月 12 日。

主诉：腰痛反复 7 个月。

现病史：患者 7 个月前因运动不当导致腰部损伤，休息后腰部疼痛减轻，但不能久坐。几个月来四处就诊，未能明显见效。2 周前得肺炎，经治疗后好转，仍有咳嗽，痰黏。舌淡，苔白腻，脉滑。无外伤史，无药物及食物过敏史。

体格检查：腰椎居中，生理弧度存在，腰部无明显压痛，脊柱活动正常。

辅助检查：MRI 示 L5～S1 椎间盘轻度膨隆。

中医诊断：腰痹，咳嗽（气血不和，痰湿阻肺）。

西医诊断：腰痛，咳嗽。

治则治法：益气活血，通络化痰。

当归 9 g	丹参 20 g	制香附 9 g	前胡 9 g	旋覆花 9 g
制半夏 6 g	橘叶 5 g	橘皮 5 g	橘络 5 g	远志 6 g
露蜂房 6 g	全蝎 3 g	桔梗 6 g	地龙 6 g	白芥子 6 g
天花粉 9 g	石楠叶 12 g	鹿衔草 12 g	徐长卿 15 g	

2019 年 11 月 26 日二诊：咳嗽好转，尚有少量黏痰，不易咳出。腰部疼痛减轻，仍不能久站久坐。舌淡，苔白腻，脉濡。去旋覆花、前胡、远志、白芥子，加巴戟天、续断补肝肾祛风湿，炒白术健脾。

当归 9 g	丹参 20 g	制香附 9 g	巴戟天 12 g	炒白术 15 g
制半夏 6 g	橘叶 5 g	橘皮 5 g	橘络 5 g	远志 6 g
露蜂房 6 g	全蝎 3 g	桔梗 6 g	地龙 6 g	川断 12 g
天花粉 9 g	石楠叶 12 g	鹿衔草 12 g	徐长卿 15 g	

2019 年 12 月 24 日三诊：患者腰部疼痛明显好转，坐 3 小时后自觉腰部轻度酸痛，休息后能够缓解。仍有轻度咳嗽，痰少但黏稠，不易咳出。舌淡，苔白腻，脉濡。效不更方，再拟前法。

当归 9 g	丹参 20 g	制香附 9 g	巴戟天 12 g	炒白术 15 g
制半夏 6 g	橘叶 5 g	橘皮 5 g	橘络 5 g	远志 6 g
露蜂房 6 g	全蝎 3 g	桔梗 6 g	地龙 6 g	川断 12 g
天花粉 9 g	石楠叶 12 g	鹿衔草 12 g	徐长卿 15 g	

按：患者腰部宿伤未愈，新近咳嗽较甚，标本立分，治疗咳嗽为当务之急。故初诊处方以大量祛痰止咳药治疗咳嗽。以露蜂房去老痰，远志安神，能止咳祛痰。药理研究结果表明，远志因含皂苷，能刺激胃黏膜，引起轻度恶心，因而反射性引起支气管分泌物增加而有祛痰作用。

案 4

沈某，女，39 岁。初诊时间：2021 年 1 月 29 日。

主诉：左下肢牵掣痛 1 个月。

现病史：患者平素久坐办公，1 个月前无明显诱因下出现左臀腿牵掣痛，无下肢麻木。站立时躯体倾斜，拄拐杖就诊。2 周前在别处就诊，服中药后夜间燥热，心悸，持续 3～4 小时，遂停药。舌淡，苔厚白，脉弦数。无外伤史，无药物及食物过敏史。

体格检查：腰椎居中，生理弧度减小，左侧竖脊肌紧张，左侧臀大肌中点处压痛（＋），腰部活动受限。

辅助检查：MRI 示 L5～S1 椎间盘轻度突出。

中医诊断：腰痛病（风寒痹阻）。

西医诊断：腰椎间盘突出症。

治则治法：温通散寒，通络止痛。

制草乌 9 g	炙细辛 6 g	丹参 20 g	防风 9 g	泽漆 12 g
泽泻 12 g	关白附 6 g	南星 6 g	生地 12 g	厚朴花 3 g
全蝎 3 g	地龙 6 g	天龙 6 g	蜈蚣 3 g	威灵仙 12 g
灵磁石 30 g	金雀根 12 g	木瓜 9 g	玫瑰花 3 g	石楠叶 12 g
鹿衔草 12 g	徐长卿 15 g	白芍 9 g	甘草 6 g	

2021年2月5日患者临时就诊：初诊的药刚吃3剂。服药后不再感到夜间燥热，大便2日一行，成形。腰痛减轻，工作时疼痛，坐半小时后明显加重，休息一夜后减轻，夜寐不安，情绪尚有焦虑。舌苔白腻。本次另开7味药加入上方共煎。7味药为：苍术9g，白术9g，厚朴花3g，龙齿15g，北秫米10g，朱茯神12g，合欢皮12g。

2021年2月9日二诊：腰痛明显好转，不耐久坐，在家办公坐1小时就感到腰痛加重，夜寐不安。舌淡，苔薄，脉弦，舌边有齿印。今服药2周，症状明显好转，现不用拐杖步行就诊。加酸枣仁、远志增强宁心安神功效。

当归 9 g	丹参 20 g	泽漆 12 g	泽泻 12 g	南星 6 g
关白附 6 g	炒白术 15 g	天花粉 9 g	狗脊 12 g	白芍 9 g
厚朴花 3 g	全蝎 3 g	蜈蚣 3 g	朱茯神 12 g	龙齿 15 g
酸枣仁 12 g	远志 6 g	合欢皮 12 g	玫瑰花 3 g	鹿衔草 12 g
炙甘草 6 g				

2021年2月23日三诊：夜间入睡时有短时燥热，左足底冷，夜寐不安，病情较初诊时好转明显。舌淡胖，苔薄，脉弦。加制半夏、苍术、枳壳、橘皮、橘络以增强理气化痰除湿之功效。

当归 9 g	丹参 20 g	天花粉 9 g	泽漆 12 g	泽泻 12 g
苍术 9 g	全蝎 3 g	地龙 6 g	天龙 6 g	朱茯神 12 g
龙齿 15 g	酸枣仁 12 g	远志 6 g	合欢皮 12 g	制半夏 6 g
白芍 9 g	白术 9 g	炒枳壳 6 g	玫瑰花 3 g	橘皮 5 g
橘络 5 g	石楠叶 12 g			

2021年3月9日四诊：腰痛好转，站立及行走均正常，上班1日后感觉腰部酸胀，夜寐不安好转，夜间只醒一次，无燥热感。大便2日一行，偏干，胃纳差。舌淡，苔薄，脉弦。宗前法，减化痰之药，加黄芪推动气血，狗脊、女贞子、旱莲草补肾固本，炒谷芽、炒麦芽健脾开胃。

黄芪 20 g	丹参 20 g	狗脊 12 g	泽漆 12 g	泽泻 12 g
生白芍 9 g	全蝎 3 g	地龙 6 g	女贞子 9 g	旱莲草 9 g

朱茯神 12 g	酸枣仁 12 g	玫瑰花 3 g	远志 6 g	石楠叶 12 g
柏子仁 9 g	炒谷芽 12 g	炒麦芽 12 g	甘草 6 g	

按：处方以温经健腰汤为底，以制草乌、细辛温经散寒，南星、关白附温经祛湿，并辅以活血通经的药。石鉴玉治疗腰腿痛（腰椎间盘突出症），常取白芥子、泽漆以化痰利水消肿，缓解神经根水肿；金雀根利水祛风、活血通脉以减轻下肢牵掣痛症状；制草乌、南星、关白附燥湿化痰、解痉止痛，辅以防风、磁石以制草乌之毒；兼用虫类药，如蜈蚣、全蝎等助其化痰散结的功效。

案 5

卢某，男，58 岁。初诊时间：2021 年 3 月 2 日。

主诉：腰部扭伤疼痛 1 周。

现病史：患者 1 周前弯腰搬重物时扭伤腰部，致腰痛但无下肢放射痛，腰部以胀痛为主。纳可二便调，夜寐欠安。舌苔白腻，脉弦。无其他外伤史，无药物及食物过敏史。

体格检查：腰椎居中，生理弧度减小，双侧竖脊肌紧张，L3～L5 棘突压痛（＋），左侧竖脊肌边缘压痛（＋），腰部活动受限。

辅助检查：MRI 示腰椎间盘轻度突出，但无神经根和硬膜囊受压表现。

中医诊断：腰痹（气滞血瘀）。

西医诊断：急性腰扭伤。

治则治法：行气活血，通络止痛。

当归 9 g	丹参 20 g	泽漆 9 g	泽泻 9 g	南星 6 g
关白附 6 g	全蝎 3 g	地龙 6 g	狗脊 12 g	苍术 9 g
白术 9 g	厚朴花 3 g	朱茯神 12 g	徐长卿 15 g	龙齿 15 g
天花粉 9 g	米杏仁 9 g	延胡索 9 g	威灵仙 12 g	鹿衔草 12 g
川楝子 9 g	炙甘草 6 g			

2021 年 3 月 16 日二诊：腰痛无明显减轻，患者有焦虑情绪，在家多俯卧或平卧，夜寐不安。口干舌红，苔黄厚少津，脉弦。建议同时服用抗焦虑药。去金铃子散，加玫瑰花活血理气、疏肝解郁，木香理气健脾，酸枣仁、远志、龙齿镇静安神。

当归 9 g	丹参 20 g	泽漆 9 g	泽泻 9 g	南星 6 g
关白附 6 g	苍术 9 g	白术 9 g	厚朴 9 g	玫瑰花 3 g
生地 12 g	天花粉 9 g	白芥子 6 g	狗脊 12 g	朱茯神 12 g
龙齿 15 g	木香 3 g	酸枣仁 12 g	远志 6 g	炙甘草 6 g

2021 年 3 月 30 日三诊：腰痛虽有反复，但疼痛程度较之前明显减轻。夜寐差。舌淡，苔白腻，脉弦。治从前法，减理气化痰之品，加补肝肾强筋骨之药。

当归 9 g	丹参 20 g	狗脊 12 g	生地 12 g	苍术 9 g
白术 9 g	厚朴花 3 g	菟丝子 9 g	山萸肉 9 g	丹皮 9 g
全蝎 3 g	怀牛膝 12 g	巴戟天 12 g	朱茯神 12 g	酸枣仁 12 g
远志 5 g	石楠叶 12 g	玫瑰花 3 g	炙甘草 6 g	

按：患者发病的本质为劳损和肝肾不足，标为外伤所致气滞血瘀。治疗前期以理气活血止痛为主，症情缓解后当以培元固本为主。处方以理气固腰汤为基础，加四妙散利水祛湿。

四、膝骨关节病医案

案 1

蔡某，女，63 岁。初诊时间：2018 年 12 月 28 日。

主诉：双膝关节疼痛 2 周。

现病史：患者 2 周前旅游后回来出现双膝关节疼痛，外观可见有轻度肿胀，但无红、热之象。站立则膝关节支撑无力，起身时需手撑借力，卧床时翻身无力。痛处固定，关节活动欠灵活，畏风寒，得热则舒。舌淡，苔薄，脉弱。有帕金森症，服药控制平稳，手不抖。无糖尿病。无其他外伤史，无药物及食物过敏史。

体格检查：双膝关节略肿胀，无明显内外翻畸形，内侧膝眼，膝内侧缘压痛（＋），研磨试验（＋），浮髌试验（－），抽屉试验（－）。膝关节活动轻度受限。

辅助检查：X 线示双膝关节退行性改变。

中医诊断：膝痹（风寒湿痹）。

西医诊断：膝关节退行性变。

治则治法：祛风散寒，通络止痛。

当归 9 g	丹参 20 g	怀牛膝 12 g	玄参 12 g	煅龙骨 15 g
煅牡蛎 15 g	全蝎 3 g	虎杖 9 g	香加皮 9 g	威灵仙 12 g
寻骨风 9 g	淫羊藿 9 g	龟甲 9 g	石菖蒲 9 g	黄芪 20 g
灵磁石 30 g	鸡血藤 12 g	豨莶草 12 g	海风藤 12 g	甘草 6 g

2019 年 1 月 4 日二诊：膝关节痛减轻，但症状仍旧明显。舌红，苔薄，脉弱。治从前法，去全蝎、威灵仙、鸡血藤、海风藤，加蔓荆子、钩藤疏肝经之风热，天竺黄清热化痰。

当归 9 g	丹参 20 g	怀牛膝 12 g	黄芪 20 g	石菖蒲 9 g

煅龙骨 15 g	煅牡蛎 15 g	淫羊藿 9 g	龟甲 9 g	虎杖 12 g
灵磁石 30 g	香加皮 9 g	玄参 12 g	蔓荆子 9 g	天竺黄 9 g
钩藤 12 g	寻骨风 9 g	豨莶草 12 g	甘草 6 g	

2019 年 1 月 18 日三诊：站立一会则腰部疼痛支撑无力，胃纳可，夜寐不安，诉药味太苦，服药后胃部有短暂不适。二便调。舌红，苔薄，脉弦。治拟前法，去收涩之药，减化痰疏风之品，加黄精补脾阴，石决明、朱茯神、酸枣仁、远志镇惊安神，全蝎搜风通络，粉草薢祛风利湿。

黄芪 20 g	丹参 20 g	牛膝 12 g	石菖蒲 9 g	石决明 30 g
淫羊藿 9 g	玄参 12 g	香加皮 9 g	龟甲 9 g	威灵仙 12 g
天花粉 9 g	朱茯神 12 g	全蝎 3 g	酸枣仁 12 g	远志 6 g
合欢皮 12 g	黄精 12 g	粉草薢 9 g	甘草 6 g	

按：肾藏精主骨，肝藏血主筋。肝虚肾亏，则精血失源，筋骨失荣，关节不利。老年患者退行性骨关节病其根本是肝肾亏虚，精血失之所源而不足，筋骨得不到濡养。同时肝肾亏虚易致营卫不固，"邪之所凑"，风寒湿邪乘虚侵袭，加重骨关节的损伤。在理伤方面，石氏一方面补益肝肾治其本，另一方面祛其兼邪治其标，缓则治本，急则治标。常用补益肝肾药有淫羊藿、仙茅、巴戟肉、怀牛膝、杜仲、狗脊、山萸肉、菟丝子、石楠叶、千年健、补骨脂等。

石鉴玉在治疗老年膝关节痛患者时常用煅龙骨、煅牡蛎。龙骨甘涩性平，质重沉降，主入心肝经，镇心安神，平肝潜阳，收敛固滑。牡蛎咸涩微寒，质重沉降，入肝肾二经，平肝潜阳，软坚散结，收敛固涩。《本草求真》言："龙骨功与牡蛎相同，但牡蛎咸涩入肾，有软坚化痰清热之功，此属甘涩入肝，有收敛止脱镇惊安魄之妙。"由此可看出，牡蛎主入肾，具软坚化痰之功；龙骨主入肝，具收敛止脱之效。二药相须为用，药效得以增强。此外，湿性重浊，善下行，该病病位在膝，以怀牛膝引药入膝。

案 2

张某，女，64 岁。初诊时间：2021 年 1 月 19 日。

主诉：双膝关节疼痛肿胀，行走困难 2 个月。

现病史：患者双膝关节无诱因下突然疼痛肿胀，行走困难，诉长期双足冰冷。夜间双侧小腿胀痛，未查类风湿指标，年轻时打球，后来在办公室工作。舌苔奇特，天生地图舌，舌苔缝隙深，脉细涩。既往无外伤史，无药物、食物过敏史。

体格检查：双侧股四头肌内侧群萎缩。膝关节肿胀但肤色正常，肤温不高。

辅助检查：X 线示双膝关节退行变。

中医诊断：膝痹(风寒湿痹)。

西医诊断：双膝关节炎。

治则治法：散寒化湿,消肿止痛。

生地 12 g	防风 9 g	白蒺藜 9 g	僵蚕 9 g	苍术 9 g
天花粉 9 g	厚朴花 3 g	泽漆 12 g	泽泻 12 g	全蝎 3 g
威灵仙 12 g	山慈菇 6 g	香加皮 9 g	寻骨风 9 g	粉草薢 9 g
知母 6 g				

2021 年 1 月 29 日二诊：双膝关节疼痛明显好转,右膝尤其明显,左膝关节尚有轻度疼痛,双膝关节肿胀消退,服药 1 周后,关节屈伸不受限。可站立行走。此前坐轮椅两个半月。午后小腿有轻度水肿,按压有凹痕,晨起水肿消退。日出汗。舌淡,舌苔四周薄,几乎无苔,中间舌苔厚腻,较之前湿润。阴液不足,湿热内蕴。尚不明确膝关节发病原因,等待实验室检查结果。治从前法,去生地、粉草薢、白蒺藜,加土牛膝、淫羊藿、冬瓜皮、茯苓皮、豨莶草祛风湿利水通络,生白术健脾润肠,淮小麦益气固表。

防风 9 g	僵蚕 9 g	土牛膝 12 g	山慈菇 6 g	生白术 30 g
苍术 9 g	厚朴 6 g	天花粉 9 g	全蝎 3 g	泽漆 12 g
泽泻 12 g	淫羊藿 9 g	威灵仙 12 g	冬瓜皮 9 g	茯苓皮 12 g
知母 6 g	淮小麦 12 g	香加皮 9 g	寻骨风 9 g	豨莶草 12 g

2021 年 2 月 23 日三诊：双膝关节比初诊时松动明显,目前仍感膝关节乏力,在家可行走片刻,外出则坐轮椅,行走不能支撑超过 10 分钟。双膝关节被动活动时有明显摩擦音。研磨试验(＋),曾做过 10 年运动员。腰部皮肤大片红疹。原因不明,暂停外用药物。夜寐不安,多梦易醒。舌淡舌面有裂纹,舌苔斑驳厚腻,脉细涩。治拟前法,减化痰利水之品,加清热凉血之药,辅于宁心安神。

防风 9 g	土牛膝 12 g	山慈菇 6 g	蛇舌草 12 g	地肤子 9 g
丹皮 9 g	丹参 20 g	苍术 9 g	白术 9 g	厚朴花 3 g
泽漆 12 g	泽泻 12 g	茯苓皮 12 g	香加皮 9 g	玫瑰花 3 g
知母 6 g	朱茯神 12 g	酸枣仁 12 g	冬瓜皮 9 g	龙齿 15 g
粉草薢 9 g	全蝎 3 g	萹草 9 g	豨莶草 12 g	炙甘草 6 g

2021 年 3 月 9 日四诊：拄拐杖步行就诊,双膝尚能支撑外出就诊,多走则气短,左膝有轻度肿胀,双膝关节活动改善明显。舌淡舌面有裂纹,舌苔斑驳薄腻,脉细涩。治拟前法,减祛风湿药,加黄芪、上药补气健脾,推动气血。

黄芪 20 g	丹参 20 g	丹皮 9 g	地肤子 9 g	萹草 9 g

泽漆 12 g	泽泻 12 g	苍术 9 g	白术 9 g	知母 6 g
朱茯神 12 g	龙齿 15 g	玫瑰花 3 g	厚朴花 3 g	山药 12 g
砂仁 3 g	炙甘草 6 g			

2021 年 3 月 30 日五诊：双膝肿痛好转，足底冷的感觉好转，现在时常有小腿足底发热感，夜寐不安。舌淡舌面有裂纹，舌苔斑驳薄腻，脉细。治拟前法，减化痰药，加太子参益气，荜澄茄、八月札理气行气而不伤阴。

黄芪 20 g	太子参 12 g	丹参 20 g	地肤子 9 g	丹皮 9 g
荜澄茄 9 g	八月札 9 g	厚朴花 3 g	玫瑰花 3 g	朱茯神 12 g
龙齿 15 g	酸枣仁 12 g	全蝎 3 g	僵蚕 9 g	砂仁 3 g
炙甘草 6 g				

按：人类的各种活动，只要是移动位置就有膝部活动，如上下楼梯、运动中的起跳等活动中，膝部关节间承受很大的压力，极易使膝部劳损，尤以中年以后多见，正如《素问·上古天真论》说，"七八肝气衰，筋不能动"，则多筋的膝部因筋失其润而劳损。在这些过程中，运动量过大，动作不慎又会形成损伤，严重的损伤多能引起注意而及时治疗，而损伤不甚严重的，往往由于一时疏忽，治疗不及时或者不彻底，加上气血失和，风寒湿邪外袭，阻留于局部，造成酸痛时发，遇寒更甚。石氏治疗这类病例每用温经散寒、舒筋活血及健壮筋骨之品。

案 3

吴某，女，42 岁。初诊时间：2018 年 3 月 2 日。

主诉：左膝关节疼痛 2 个月。

现病史：患者 2 个月前运动后自觉左膝关节疼痛，起身时或者上下楼梯时疼痛明显，需手撑借力。舌淡，苔薄，脉弱。无外伤史，无药物及食物过敏史。

体格检查：左膝关节略肿胀，无明显内外翻畸形，膝内侧缘压痛（＋），研磨试验（－），浮髌试验（－），抽屉试验（－）。膝关节活动轻度受限。左股四头肌内侧轻度萎缩。

辅助检查：MRI 示左膝半月板撕裂，骨髓水肿。

中医诊断：膝痹，伤筋（痰瘀互阻）。

西医诊断：左膝关节炎，左膝关节半月板损伤。

治则治法：逐痰化瘀，通络止痛。

当归 9 g	丹参 18 g	怀牛膝 12 g	玄参 12 g	煅龙骨 15 g
煅牡蛎 15 g	淫羊藿 9 g	泽漆 12 g	泽泻 12 g	威灵仙 12 g

| 虎杖 12 g | 龟甲 9 g | 香加皮 9 g | 全蝎 3 g | 石楠叶 12 g |
| 寻骨风 9 g | 鸡血藤 12 g | 鹿含草 12 g | 豨莶草 12 g | 甘草 6 g |

2018 年 3 月 30 日二诊：膝关节疼痛稍减，舌脉同前。治从前法，去龟甲、石楠叶、寻骨风、鹿含草、豨莶草，加山萸肉、菟丝子补肾阳，海风藤、粉草薢祛风除痹解拘挛。

当归 9 g	丹参 20 g	怀牛膝 12 g	玄参 12 g	煅龙骨 15 g
煅牡蛎 15 g	淫羊藿 9 g	泽漆 12 g	泽泻 12 g	威灵仙 12 g
山萸肉 9 g	菟丝子 9 g	全蝎 3 g	香加皮 9 g	虎杖 12 g
海风藤 12 g	粉草薢 9 g	鸡血藤 12 g	炙甘草 6 g	

2018 年 11 月 2 日三诊：症状已明显好转，目前无明显不适。舌淡，苔薄，脉弦。前法已效，加强补肝肾强筋骨，培元固本。

当归 9 g	丹参 20 g	狗脊 12 g	怀牛膝 12 g	防风 6 g
蝉蜕 6 g	全蝎 3 g	川芎 9 g	龟甲 9 g	淫羊藿 9 g
白术 15 g	山药 12 g	茯苓 12 g	鸡血藤 15 g	金雀根 12 g
石楠叶 12 g	女贞子 9 g	旱莲草 12 g	炙甘草 6 g	

按：石鉴玉认为膝关节炎多为风寒湿痹，痰瘀阻络。治疗时常在养血活血、温经散寒之外加化痰之药。其认为肢体关节的肿胀或漫肿，关节炎症形成的腔内积液或者损伤后导致的筋膜肥厚等，都可以责之为痰。《杂病源流犀烛》说："痰之为物，流动不测……随气升降，周身内外皆到。"《丹溪心法中》说："痰夹瘀血，遂成窠囊。"石氏伤科注重治痰的理念源于朱丹溪。《丹溪心法》中对痰的治疗讲得很详细。本案中的泽漆为石氏所喜用的化痰药。泽漆是石氏伤科阳和痰核膏主药，有化痰、逐水、消肿、散结的功效，用于治疗软组织的肿胀方面效果很好。

案 4

陈某，女，17 岁。初诊时间：2020 年 12 月 29 日。

主诉：左膝关节疼痛肿胀 3 周余。

现病史：患者 12 月 4 日开始出现左膝关节疼痛，髌上囊肿胀积液，关节屈伸受限，行走困难，坐轮椅就诊。在当地医院就诊，抽出 3 mL 积液，但未做化验，当地医院怀疑绒毛结节性滑膜炎（PVNS）。舌淡，苔白厚，脉细。既往无外伤史，无药物、食物过敏史。

体格检查：左膝关节肿胀，皮肤温度不高。

辅助检查：MRI 示膝关节炎，髌上囊积液。红细胞沉降率21 mm/h，CRP 偏高,其余 HLA - B27,尿酸,类风湿化验均为阴性。

中医诊断:膝痹(痰瘀互阻)。

西医诊断:左膝关节炎。

治则治法:逐痰通络,消肿止痛。

牛蒡子 9 g	土牛膝 9 g	山慈菇 6 g	夏枯草 15 g	蛇舌草 12 g
炒白术 15 g	泽漆 12 g	泽泻 12 g	全蝎 3 g	苍术 9 g
生地 15 g	板蓝根 12 g	威灵仙 12 g	忍冬藤 12 g	玄参 12 g
知母 6 g	甘草 6 g			

2021 年 1 月 5 日二诊:双膝关节肿胀明显消退,疼痛仍旧明显,活动差。双膝关节对比可见左膝内侧和髌骨上方肿胀,膝内侧缘皮肤温度偏高。被动伸直和弯曲关节超过 90°仍旧困难,抵抗较大。大便 2～3 日一行,舌淡红,苔薄,脉细。嘱咐:此处肿胀不能热敷,因肿胀郁热,当清热消肿。平卧时做膝关节屈伸运动,并且锻炼股四头肌。治从前法,去牛蒡子,加丹皮清营、砂仁行气、厚朴下气、粉草薢利下焦湿热、炒谷芽和炒麦芽健脾消食。

防风 9 g	土牛膝 9 g	山慈菇 6 g	蛇舌草 12 g	夏枯草 15 g
炒白术 15 g	厚朴 6 g	全蝎 3 g	板蓝根 15 g	泽漆 12 g
泽泻 12 g	丹皮 9 g	蒲公英 12 g	玄参 12 g	粉草薢 9 g
炒谷芽 12 g	炒麦芽 12 g	知母 6 g	忍冬藤 12 g	砂仁 3 g

2021 年 1 月 12 日三诊:左膝疼痛减轻,近来腰部有酸痛。大便 2～3 日一行。舌淡红,苔薄,脉细。再拟前法出入,去防风、蛇舌草、板蓝根、蒲公英、丹皮、玄参、粉草薢,加黄芪推动气血,鲜石斛、生地、龟甲、鳖甲养阴,天龙、地龙祛风,干蟾皮止痛,茯苓健脾利水,炙甘草调和诸药。

黄芪 20 g	鲜石斛 15 g	土牛膝 12 g	山慈菇 6 g	全蝎 3 g
干蟾皮 6 g	蝉蜕 6 g	炒白术 15 g	厚朴花 3 g	玫瑰花 3 g
龟甲 9 g	生地 12 g	鳖甲 9 g	夏枯草 15 g	泽漆 12 g
泽泻 12 g	天龙 6 g	地龙 6 g	威灵仙 12 g	茯苓 12 g
砂仁 3 g	炙甘草 6 g			

2021 年 1 月 19 日四诊:左膝肿胀基本消退,翻身时有疼痛,可行走,膝内外侧缘、髌骨上缘压痛(＋)。大便 2 日一行。舌淡红,苔薄,脉细。治拟前法,去黄芪、鲜石斛、鳖甲、干蟾皮、夏枯草、泽漆、泽泻、天龙、地龙、茯苓,改用当归养血,丹皮清营、芦根生津,川断补肾行血,香加皮、威灵仙、粉草薢祛风湿,冬瓜皮利水,白术、山药、炒谷芽、炒麦芽健脾。

当归 9 g	丹参 20 g	丹皮 9 g	怀牛膝 12 g	芦根 15 g
川断 12 g	龟甲 9 g	生地 12 g	全蝎 3 g	香加皮 9 g
冬瓜皮 9 g	威灵仙 12 g	天花粉 9 g	炒白术 15 g	粉萆薢 9 g
山药 12 g	炒谷芽 12 g	炒麦芽 12 g	炙甘草 6 g	

2021年2月3日五诊：双膝关节疼痛好转，尚不能完全屈伸，上下楼梯时膝关节支撑乏力。舌淡，苔薄，脉细。上次就诊后服药出现腹泻，每日5次。暂停服药。

2021年4月6日六诊：右膝关节痛已微，下蹲时有轻微疼痛，上下楼梯无碍。舌淡，苔薄，脉细。前法已效，加益气补肾药，巩固后停药。

黄芪 20 g	怀牛膝 12 g	全蝎 3 g	龟甲 9 g	粉萆薢 9 g
太子参 12 g	生地 12 g	川断 12 g	香加皮 9 g	威灵仙 12 g
补骨脂 9 g	芦根 15 g	忍冬藤 12 g	血竭 3 g	炙甘草 6 g

按：绒毛结节性滑膜炎(PVNS)是一种局限性、破坏性的纤维组织细胞增生性病变。以许多绒毛样、结节样滑膜隆起为特点，累及关节、滑囊和腱鞘。膝关节是PVNS最为好发的部位，髋关节和踝关节也常受累。主要症状是疼痛和肿胀，间断性发作，可突然疼痛发作和关节交锁。这可能因滑膜突被骨端挤压，关节发生肿胀。PVNS应与关节结核鉴别。关节结核分为骨结核及滑膜结核，最常发生于髋关节及膝关节，结核增厚的滑膜 T1WI 呈低信号，T2WI 呈高信号。这与 PVNS 的 T2 低信号有明显差异，PVNS增殖的肉芽组织内有干酪样坏死物质的存在时，T2WI 呈中心低、周边高信号。增强扫描两者有明显差异。PVNS T2WI 低信号区增强扫描可呈中度至明显增强，结核病灶 T2WI 低信号区未增强。骨质破坏方面，关节结核以非负重关节面明显，且关节结核关节软骨、半月板及骨质破坏较早出现，关节间隙狭窄较明显，PVNS以负重关节面明显。PVNS血性关节积液在 T1WI 的信号较结核渗出性积液高。

案 5

徐某，女，50岁。初诊时间：2019年8月6日。

主诉：双膝关节疼痛3年。

现病史：患者双膝关节疼痛反复发作3年，时轻时重，行走稍久则疼痛，左膝尤甚。面色少华，畏寒，易上火。胃纳可，二便调，夜寐安。舌淡红，苔薄，脉细弦。

既往史：患者绝经前月经不调，量多，14次/年，曾于妇科服中药治疗未愈。无外伤史，无药物及食物过敏史。

体格检查：双膝关节肿胀，膝内侧缘压痛(＋)，研磨试验(＋)，浮髌试验(－)，抽屉试验(一)。膝关节活动受限。

辅助检查：MRI 示左膝关节内、外侧半月板后角,右膝关节内侧半月板后角损伤。

中医诊断：膝痹(气血不足,湿热痹阻)。

西医诊断：膝关节炎。

治则治法：补益气血,清热利湿。

当归 9 g	丹参 20 g	怀牛膝 12 g	玄参 12 g	煅龙骨 15 g
煅牡蛎 15 g	淫羊藿 9 g	泽漆 12 g	泽泻 12 g	寻骨风 9 g
龟甲 9 g	鸡血藤 12 g	全蝎 3 g	香加皮 9 g	海风藤 12 g
豨莶草 12 g	炙甘草 6 g			

2019 年 8 月 13 日二诊：双膝关节疼痛减轻,行走后仍有疼痛。舌淡红,苔薄,脉细弦。治从前法,再加逐痰之品以利关节。

当归 9 g	丹参 20 g	泽漆 9 g	泽泻 9 g	南星 6 g
关白附 6 g	地龙 6 g	威灵仙 12 g	金雀根 12 g	石楠叶 12 g
鹿含草 12 g	白芥子 6 g	全蝎 3 g	狗脊 12 g	生白术 15 g
天花粉 9 g	天龙 6 g	橘皮 6 g	橘络 6 g	老鹳草 15 g
徐长卿 15 g	甘草 6 g			

2019 年 8 月 27 日三诊：双膝关节疼痛好转,不耐久行。舌淡红,苔薄,脉细弦。前法已效,再拟温补脾肾以固根本。

黄芪 20 g	丹参 20 g	怀牛膝 12 g	淫羊藿 9 g	炒白术 15 g
大腹毛 9 g	全蝎 3 g	龟甲 9 g	寻骨风 9 g	鸡血藤 12 g
海风藤 12 g	补骨脂 9 g	厚朴 6 g	炒谷芽 12 g	炒麦芽 12 g
豨莶草 12 g	砂仁 3 g	炙甘草 6 g		

按：患者知天命之年,双膝关节疼痛反复发作已有 3 年,面色少华,畏寒,易上火,既往有绝经前月经不调史(量多,14 次/年),此为血气不足之证。津血同源,患者长期月经量多,耗血伤津,阴虚阳亏,阴阳不调,极易失衡,如行独木,摇摆不定。凉热稍偏则致失衡,表现在火上行则面部生疮、齿痛,凉下行则胃脘痛、腹泻。故石氏治疗此患者先重清后重补。初诊先予滋阴养血之品清其热,祛风化痰之品利其湿;二诊加逐痰之药以利关节;收效后再以温补脾肾之品固本。

案 6

王某,女,72 岁。初诊时间：2019 年 10 月 8 日。

主诉：右膝关节疼痛反复 3 年。

现病史：患者于 3 年前自觉右膝关节疼痛反复，关节弯曲受限，不能长时间行走，无法下蹲，自觉关节活动不利僵硬，外院做针灸敷药治疗无效。上周在别处专科门诊就诊，服中药后胃痛不适，遂停药。胃纳可，二便调，夜寐安。舌红，苔薄，脉细弦。无外伤史，无药物及食物过敏史。

体格检查：右膝关节肿胀内翻畸形，膝内侧缘压痛（＋），研磨试验（＋），浮髌试验（－），抽屉试验（－）。膝关节活动受限。

辅助检查：X 线示右膝退行性变。

中医诊断：膝痹（肝肾不足，兼夹痰湿）。

西医诊断：膝关节炎。

治则治法：补益肝肾，化痰利湿。

当归 9 g	丹参 20 g	川牛膝 12 g	山慈菇 6 g	蛇舌草 12 g
淫羊藿 9 g	香加皮 9 g	龟甲 9 g	全蝎 3 g	寻骨风 9 g
粉萆薢 9 g	玄参 12 g	煅龙骨 15 g	煅牡蛎 15 g	炒白术 15 g
鸡血藤 12 g	豨莶草 12 g	炙甘草 6 g		

2020 年 10 月 22 日二诊：右膝关节疼痛明显缓解，关节活动较之前利索，服药后胃胀泛酸。夜寐不安。舌脉同前。治从前法，去寻骨风、粉萆薢、炒白术，加香加皮祛风湿，泽漆、泽泻化痰利水，八月札理气行气，煅瓦楞抑酸。

当归 9 g	丹参 20 g	川牛膝 12 g	煅龙骨 15 g	煅牡蛎 15 g
龟甲 9 g	山慈菇 6 g	蛇舌草 12 g	淫羊藿 9 g	香加皮 9 g
泽漆 12 g	泽泻 12 g	八月札 9 g	玄参 12 g	煅瓦楞 15 g
鸡血藤 12 g	豨莶草 12 g	炙甘草 6 g		

2020 年 11 月 12 日三诊：右膝关节疼痛好转，关节活动较好，上下楼梯无明显疼痛。胃胀泛酸好转。夜寐欠安。舌脉同前。治从前法，去山慈菇、蛇舌草、煅瓦楞，加山萸肉补肾，老鹳草祛风湿通经络，朱茯神安神。

当归 9 g	丹参 20 g	川牛膝 12 g	煅龙骨 15 g	煅牡蛎 15 g
龟甲 9 g	山萸肉 9 g	老鹳草 15 g	淫羊藿 9 g	香加皮 9 g
泽漆 12 g	泽泻 12 g	八月札 9 g	玄参 12 g	朱茯神 12 g
鸡血藤 12 g	豨莶草 12 g	炙甘草 6 g		

按：患者为肝肾亏虚证，膝关节隐隐作痛，腰膝酸软无力，酸困疼痛，遇劳更甚。山慈菇用以清热解毒，消痈散结。《本草新编》："山慈菇，玉枢丹中为君，可治怪病。大约怪病多起于痰，山慈菇正消痰之药，治痰而怪病自除也。或疑山慈菇非

消痰之药,乃散毒之药也。不知毒之未成者为痰,而痰之已结者为毒,是痰与毒,正未可二视也。"蛇舌草清热解毒、消痛散结、利尿除湿,尤善治疗各种类型炎症。对于急性炎症较明显的膝关节炎,常用山慈菇、蛇舌草配合土牛膝、丹皮、玄参以增强清热解毒利湿的功效。

案 7

贾某,女,42 岁。初诊时间:2020 年 7 月 21 日。

主诉:双膝外伤后肿胀疼痛 1 周。

现病史:患者 1 周前骑车摔倒致双膝外伤,关节肿胀疼痛,左膝尤甚,无皮肤破损,大便 2 日一行。舌红,苔薄,脉弦涩。无其他外伤史,无药物及食物过敏史。

体格检查:双膝关节肿胀,无畸形。左膝尤甚,髌上囊血肿明显,髌下囊有血肿,皮肤瘀青,膝关节不能完全伸直。双膝膝内侧缘压痛(+),研磨试验(+),浮髌试验(-),抽屉试验(-)。

辅助检查:X 线示双膝关节未见骨折损伤。

中医诊断:膝痹,伤筋病(湿热内蕴,气滞血瘀)。

西医诊断:膝关节炎,膝关节软组织损伤。

治则治法:清热利湿,理气活血。

荆芥 9 g	金银花 12 g	川牛膝 12 g	当归 9 g	丹参 20 g
紫荆皮 9 g	赤芍 9 g	泽兰叶 12 g	青皮 6 g	陈皮 6 g
桃仁 9 g	血竭 3 g	丹皮 6 g	制大黄 9 g	炒白术 15 g
知母 6 g	玄参 12 g	甘草 6 g		

2020 年 8 月 4 日二诊:左膝关节疼痛减轻,肿胀消退明显。舌脉同前。治从前法,去金银花、紫荆皮、青皮、陈皮、桃仁、制大黄、炒白术、知母,加川断补肾行血,龟甲、生地养阴,茺蔚子、忍冬藤、泽泻清热利水消肿,西红花凉血活血。

当归 9 g	丹参 20 g	川牛膝 12 g	荆芥 9 g	川断 12 g
龟甲 9 g	茺蔚子 9 g	丹皮 9 g	赤芍 9 g	泽兰叶 12 g
忍冬藤 12 g	玄参 12 g	血竭 3 g	泽泻 12 g	生地 12 g
西红花 0.5 g	甘草 6 g			

2020 年 9 月 1 日三诊:膝关节疼痛减轻,胃纳欠佳。舌脉同前。治从前法,去荆芥、茺蔚子、血竭、泽泻、生地、西红花,加骨碎补、自然铜活血散瘀止痛,炒谷芽、炒麦芽健脾开胃,南星化痰,接骨木祛风利水。

当归 9 g	丹参 20 g	南星 6 g	川断 12 g	川牛膝 12 g

龟甲 9 g	骨碎补 9 g	泽兰叶 12 g	赤芍 9 g	自然铜 12 g
丹皮 9 g	忍冬藤 12 g	玄参 12 g	炒谷芽 15 g	炒麦芽 15 g
接骨木 12 g	炙甘草 6 g			

2020 年 9 月 15 日四诊：左膝关节肿胀疼痛好转，肿胀消退明显。近来服药后胃部不适，泛酸。舌脉同前。治从前法，去南星、川牛膝、骨碎补、泽兰叶、赤芍、自然铜、丹皮、忍冬藤、玄参，加怀牛膝、补骨脂补肾，炒白术、山药、茯苓健脾，厚朴花、砂仁、佛手花理气，煅瓦楞抑酸。

黄芪 20 g	怀牛膝 12 g	川断 12 g	丹参 20 g	炒白术 15 g
山药 12 g	八月札 9 g	补骨脂 9 g	煅瓦楞 12 g	厚朴花 3 g
茯苓 12 g	炒谷芽 12 g	炒麦芽 12 g	龟甲 9 g	砂仁 3 g
佛手花 3 g	炙甘草 6 g			

按：方以圣愈汤、牡丹皮汤、四妙勇安汤为基础，以桃仁、血竭、赤芍、当归、大黄活血化瘀，佐以金银花、玄参、知母清热凉血，青皮、陈皮理气，并以荆芥、丹皮、泽兰叶利水消肿。

患者为新伤，血溢脉外而致肿胀，故治疗以活血消肿散瘀为首要。用当归、赤芍、桃仁、血竭祛疼止血；荆芥、防风、泽兰叶利水消肿；生地、丹皮、忍冬藤、天花粉凉血养阴。损伤肿胀初起，应避免重用活血化瘀药，常用生大黄、当归、红花，且配以丹皮、忍冬藤等凉血药，可防瘀血化热。四诊时患者服药后胃部不适，泛酸，减少利水消肿药，加黄芪益气固表，川断、牛膝、补骨脂、龟甲补益肝肾，八月札、佛手花理气和胃，煅瓦楞制酸，谷麦芽、砂仁健脾养胃。

五、股骨头坏死医案

案 1

姜某，女，87 岁。初诊时间：2018 年 6 月 12 日。

主诉：左髋关节疼痛，行走困难 5 年。

现病史：患者自 5 年前起行走稍久后出现左髋关节疼痛，逐渐加重至行走困难。右髋关节幼小时可能外伤导致髋关节骨骺炎或者半脱位，当时股骨头外缘粗糙，内部骨小梁结构清晰。舌淡，苔薄少津，脉细弦。无其他外伤史，无药物及食物过敏史。

体格检查：左髋关节外侧及腹股沟中点处轻度压痛，左侧 4 字试验（＋），髋关节外展受限。

辅助检查：X 线示左股骨头缺血性坏死，髋关节间隙几乎消失。

中医诊断：痹证（肝肾亏虚）。

西医诊断：股骨头缺血性坏死。

治则治法：滋补肝肾，养血除痹。

当归 9 g	丹参 20 g	怀牛膝 12 g	全蝎 3 g	川断 12 g
炒白术 15 g	山药 12 g	泽漆 12 g	泽泻 12 g	茯苓 12 g
牛角腮 12 g	淫羊藿 12 g	龟甲 9 g	生地 15 g	黄精 12 g
砂仁 3 g	甘草 6 g			

2018 年 9 月 25 日二诊：服药后自觉左髋疼痛减轻，遂自行续方 3 个月。舌淡，苔薄腻，脉弦。治从前法，去茯苓，加山羊血引血归原、消瘀活血，炒白术健脾，炒谷芽、炒麦芽开胃消食，忍冬藤清热祛风。

当归 9 g	丹参 20 g	泽漆 12 g	泽泻 12 g	怀牛膝 12 g
山羊血 9 g	牛角腮 12 g	淫羊藿 9 g	川断 12 g	龟甲 9 g
黄精 12 g	生地 15 g	全蝎 3 g	山药 12 g	炒白术 15 g
炒谷芽 12 g	炒麦芽 12 g	砂仁 3 g	忍冬藤 12 g	甘草 6 g

2018 年 10 月 16 日三诊：坚持服药后右髋关节疼痛减轻，可短时行走。舌淡，苔薄，脉弦。治从前法，去淫羊藿、生地，加茯苓健脾利水，威灵仙祛风，补骨脂补肾阳，全蝎搜风通络。

当归 9 g	丹参 20 g	泽漆 12 g	泽泻 12 g	怀牛膝 12 g
山羊血 9 g	牛角腮 12 g	炒白术 15 g	山药 12 g	茯苓 12 g
威灵仙 12 g	川断 12 g	龟甲 9 g	全蝎 3 g	补骨脂 9 g
炒谷芽 15 g	炒麦芽 15 g	砂仁 3 g	炙甘草 6 g	

按：石鉴玉在治疗外伤血肿及股骨头缺血性坏死时，往往会用山羊血小复方（山羊血、花蕊石、牛角腮）、血竭等几味药，对此类疾病有较好的疗效。

《得配本草》曰血竭止痛生肌，为和血之圣药。血竭味甘，虽能合血收口，止痛生肌，然味咸则消，却能引脓。性专入肝经血分破瘀，故凡跌仆损伤，气血撹刺，内伤血聚，并宜同酒调服通气。凡血病无积瘀者，不必用之。乳香、没药虽主血病，而亦兼入气分。血竭则专入血分，而不兼及气分者也，但性最急迫，引脓甚利，不可多服。石鉴玉治伤亦喜用乳没，但不及血竭频繁，其原因为乳没破瘀之力较血竭逊色，且乳没味苦败胃。

案 2

水某，女，66 岁。初诊时间：2018 年 7 月 24 日。

主诉：右髋关节疼痛乏力 4 年。

现病史：患者 4 年前无明显诱因下出现右髋关节疼痛，行走时感觉下肢乏力，外院多处就诊，以腰痛处理。自觉右侧腰部及下肢酸楚、怕冷。舌淡，苔薄腻，脉紧。

体格检查：右髋关节外侧压痛（＋），右侧 4 字试验（＋）。

辅助检查：MRI 示右侧股骨头缺血性坏死。

中医诊断：痹证（风寒湿痹）。

西医诊断：股骨头缺血性坏死。

治则治法：散寒除湿，化瘀除痹。

当归 9 g	丹参 20 g	南星 6 g	防风 9 g	泽漆 12 g
泽泻 12 g	威灵仙 12 g	牛角腮 12 g	炒白术 15 g	川厚朴 6 g
寻骨风 9 g	石楠叶 12 g	全蝎 3 g	天花粉 9 g	鹿含草 12 g
炙甘草 6 g				

2018 年 7 月 31 日二诊：于外院复查 MRI 示双髋关节股骨头缺血性坏死，右髋严重。X 线片提示右髋关节间隙基本消失，股骨头形状不规则。右髋疼痛稍减，行走乏力。舌红，苔薄腻，脉弦紧。患者湿未除尽而出现阴虚之象，故加强化湿药的同时酌加养阴之品以制其燥。

当归 9 g	丹参 20 g	怀牛膝 12 g	泽漆 12 g	泽泻 12 g
白术 6 g	白术 6 g	厚朴花 3 g	牛角腮 12 g	天花粉 9 g
北沙参 12 g	龟甲 9 g	全蝎 3 g	山海螺 9 g	知母 6 g
砂仁 3 g	炙甘草 6 g			

2018 年 8 月 28 日三诊：双髋关节疼痛好转，可短时行走，但不能负重，且行走超过 1 小时感觉髋关节酸痛乏力，余无不适。舌红，苔薄腻，脉弦。前法已效，再加敛阴之品以固其效。

当归 9 g	丹参 20 g	怀牛膝 12 g	泽漆 12 g	泽泻 12 g
炒白术 15 g	厚朴花 3 g	牛角腮 12 g	黄芪 15 g	天花粉 9 g
红景天 15 g	龟甲 9 g	全蝎 3 g	煅龙骨 15 g	煅牡蛎 15 g
砂仁 3 g	炙甘草 6 g			

按：股骨头缺血性坏死早期症状不显著，临床容易漏诊，所以石鉴玉时常强调，临证时必要的体格检查不可漏掉。该患者没有及早检查出股骨头坏死，导致病情拖延，髋关节磨损严重。此种情况下，可以先保守治疗并减少运动量，若患髋疼痛加重，影响行走，还是做髋关节置换为妙。

六、骨质疏松症医案

案1

张某,女,76岁。初诊时间:2018年3月20日。

主诉:腰痛乏力反复多年。

现病史:患者腰痛反复多年,休息后减轻,站立或者行走稍久则加重。弯腰驼背。近来腰部无力感加重,行走须借力支撑。平素饮食清淡,坚持吃素30余年。大便日行一次。舌淡,苔薄少津,脉细弱。有支气管扩张史,目前时有咳嗽,无痰,无咳血。无外伤史,无药物及食物过敏史。

体格检查:腰椎略向左侧弯,驼背近40°,腰椎生理弧度增大,双侧竖脊肌松弛,L2~L5棘突间压痛(+),腰部活动轻度受限。

辅助检查:X线示胸椎前曲幅度较大,骨质疏松。MRI示腰椎椎体中心凹陷。

中医诊断:痿证(肾虚精亏)。

西医诊断:骨质疏松症。

治则治法:补肾填精。

黄芪20 g	太子参12 g	炒白术15 g	山药15 g	天冬12 g
麦冬12 g	南沙参12 g	北沙参12 g	羊乳根12 g	川断12 g
茯苓12 g	补骨脂9 g	肉苁蓉12 g	玉竹12 g	山楂炭9 g
石楠叶12 g	砂仁3 g	龟甲9 g	炒谷芽12 g	炒麦芽12 g
炙甘草6 g				

2018年4月3日二诊:腰部疼痛减轻,仍感觉腰部支撑无力,翻身时有酸痛。咳嗽缓解。舌淡,苔薄,脉细弱。治从前法,去川断、玉竹、山楂炭,加狗脊固肾,露蜂房化痰。

黄芪20 g	太子参12 g	炒白术15 g	山药15 g	天冬12 g
麦冬12 g	南沙参12 g	北沙参12 g	羊乳根12 g	狗脊12 g
茯苓12 g	补骨脂9 g	龟甲9 g	露蜂房6 g	肉苁蓉12 g
石楠叶12 g	炒谷芽12 g	炒麦芽12 g	砂仁3 g	炙甘草6 g

2018年5月29日三诊:坚持服药后腰痛好转,能在家站立行走,但不能持久。口干,胃纳可,二便调。舌淡,苔薄,脉细。效不更方,再拟前法出入。

黄芪20 g	太子参12 g	炒白术15 g	红景天15 g	天冬12 g
麦冬12 g	丹参20 g	龟甲9 g	山海螺9 g	露蜂房6 g
北沙参12 g	焦山栀9 g	山药12 g	玉竹12 g	补骨脂9 g

川断 12 g　　　仙鹤草 15 g　　　炒谷芽 15 g　　　炒麦芽 15 g　　　炙甘草 6 g

按："尻以代踵,脊以代头"即是患者目前的形态,多指严重的骨质疏松导致胸腰椎椎体前缘塌陷,脊柱前倾形成驼背。主要原因还是该患者长期吃素,饮食不合理。治疗以补肝肾、益髓填精为首要。

案 2

朱某,女,67 岁。初诊时间:2019 年 1 月 4 日。

主诉:背部疼痛半年。

现病史:患者半年来自觉背部疼痛,反复发作,腰部支撑无力,不耐久行久站。夜间小腿时常有抽筋。秋冬季节时常感觉手足冰凉。胃纳欠佳,夜寐安。舌红,苔薄,脉细弱。无外伤史,无药物及食物过敏史。

体格检查:胸椎向左侧弯,腰椎生理弧度平坦,双侧竖脊肌松弛,L2～L5 棘突间压痛(＋),腰部活动轻度受限。

辅助检查:X 线示骨质疏松,胸椎侧弯,腰椎退行性改变。

中医诊断:骨痹(脾肾两虚)。

西医诊断:骨质疏松症。

治则治法:健脾补肾。

当归 9 g　　　丹参 20 g　　　狗脊 12 g　　　川断 12 g　　　炒白术 15 g
龟甲 9 g　　　黄芪 20 g　　　山药 12 g　　　怀牛膝 12 g　　　生地 12 g
熟地 12 g　　　石楠叶 12 g　　　巴戟天 12 g　　　肉苁蓉 12 g　　　煅龙骨 15 g
煅牡蛎 15 g　　　炒谷芽 12 g　　　炒麦芽 12 g　　　鹿含草 12 g　　　砂仁 3 g
甘草 6 g

2019 年 1 月 8 日二诊:腰背痛减轻,腰部尚不能用力,胃纳尚可。舌红,苔薄,脉细。故去川断、牛膝、谷芽、麦芽,加茯神、太子参以益气宁心安神。

当归 9 g　　　丹参 20 g　　　狗脊 12 g　　　山药 12 g　　　炒白术 15 g
巴戟天 12 g　　　黄芪 20 g　　　龟甲 9 g　　　生地 15 g　　　熟地 15 g
石楠叶 12 g　　　太子参 12 g　　　肉苁蓉 12 g　　　煅龙骨 15 g　　　煅牡蛎 15 g
茯神 12 g　　　砂仁 3 g　　　甘草 6 g

2019 年 2 月 22 日三诊:背部疼痛好转,自觉手足冰冷明显改善,感觉舒适。夜寐欠安,气色较初诊时明显好转。舌红,苔薄,脉细。治同前法,加酸枣仁、龙齿、远志以镇心安神。

当归 9 g　　　丹参 20 g　　　狗脊 12 g　　　巴戟天 12 g　　　补骨脂 9 g

川断 12 g	黄芪 20 g	龟甲 9 g	朱茯神 12 g	酸枣仁 12 g
龙齿 15 g	远志 6 g	肉苁蓉 12 g	石楠叶 12 g	黄精 12 g
生地 15 g	煅龙骨 15 g	煅牡蛎 15 g	鹿含草 12 g	砂仁 3 g
甘草 6 g				

按：石氏认为骨质疏松症当属中医"骨痿"范畴。石氏认为盖脾胃为后天之源，主四肢；肝肾（包括命门）为先天元气之所系，主筋骨；先、后天互相资益的。治疗从补肾填精着手，兼顾养脾阴，促进气血生化。因为只有气血旺盛，肾中精气充盈，才能养髓壮骨，从而改善骨代谢，达到骨吸收和骨形成的平衡。《病机气宜保命集》金刚丸益精，治肾虚骨痿不能起动（萆薢、杜仲、肉苁蓉、菟丝子等分，猪腰子捣和丸）。《张氏医通》改定方，上方加巴戟肉、鹿胎、紫河车，脾虚少食，大便不固者加人参、山药，精气不固者更加山茱萸。陈士铎《辨证录·痿证门》言："……肾空干涸，何能充足于骨中之髓耶？骨既无髓，则骨空无力，何能起立以步履哉，治法益太阴之阴水，以胜其阳阴之阳火，则脾胃之中水火无亢炎之害，而后筋骨之内，髓血有盈满之机也。""胃气一生，而津液自润，自能灌注肾经，分养骨髓矣。"故石氏认为补脾主要补脾阴，当重用黄精。

此案证在脏腑，不在经络。虚证为主，以圣愈汤、左归丸为底，多用温阳补肾、养阴健脾的药。无痰饮，不用南星、关白附、泽漆汤等。

案 3

王某，女，64 岁。初诊时间：2021 年 1 月 22 日。

主诉：腰部酸痛 1 年余。

现病史：患者 1 年前跌伤致胸椎第 5、6 椎体压缩性骨折，经骨水泥填充治疗。现在自觉腰部支撑乏力，卧床时翻身较难，行走不能持续片刻，夜间时有小腿抽筋。1 周前感冒，目前仍有咳嗽，痰多。患者平素饮食清淡，少食荤腥。舌红，苔白腻，脉细。无其他外伤史，无药物及食物过敏史。

体格检查：腰椎居中无侧弯，生理弧度平坦，双侧竖脊肌松弛，L4～S1 棘突间压痛（＋），腰部活动尚可。

辅助检查：X 线示腰椎退行性改变，骨质疏松。

中医诊断：骨痹，咳嗽（肝肾不足，痰湿阻肺）。

西医诊断：骨质疏松症，腰椎陈旧性压缩性骨折，上呼吸道感染。

治则治法：补益肝肾，理气化痰。

| 当归 9 g | 丹参 20 g | 狗脊 12 g | 补骨脂 9 g | 龟甲 9 g |
| 全蝎 3 g | 川断 12 g | 白前 9 g | 百部 9 g | 北沙参 12 g |

制半夏6g	橘皮5g	橘络5g	制枇杷叶9g	浙贝母6g
薄荷3g	玄参12g	炙甘草6g		

2021年2月5日二诊：腰部疼痛减轻，翻身时疼痛不明显。咳嗽较之前好转，仍旧有痰，舌脉同前。治以前法，去川断、白前、薄荷、玄参，加鹿角片、巴戟天温补肾阳，全蝎通络止痛，桔梗宣肺化痰止咳。

当归9g	丹参20g	狗脊12g	补骨脂9g	龟甲9g
鹿角片6g	巴戟天12g	百部9g	北沙参12g	制半夏6g
橘皮5g	橘络5g	制枇杷叶9g	浙贝母6g	桔梗3g
全蝎3g	炙甘草6g			

2021年2月26日三诊：腰部疼痛好转，翻身时无感觉疼痛。尚有轻度咳嗽，喉中有黏痰，胃略泛酸。舌淡，苔白腻，脉弦滑。治以前法，去百部、制半夏，加天花粉养阴，露蜂房去老痰，煅瓦楞抑酸。

当归9g	丹参20g	狗脊12g	补骨脂9g	龟甲9g
鹿角片6g	巴戟天12g	煅瓦楞15g	北沙参12g	天花粉9g
橘皮5g	橘络5g	露蜂房6g	浙贝母6g	桔梗3g
全蝎3g	炙甘草6g			

按：石鉴玉常说，人是一个整体，临床上常常碰到有多种病症的患者，治疗时当审其因、析其理，可合并考虑的当一并治疗。此患者腰痛已久，近期肺络又新感外邪，治疗时补肾为本，但不忘肺之标也。

案4

李某，女，73岁。初诊时间：2019年4月12日。

主诉：腰部酸痛乏力2周。

现病史：患者2周以来自觉腰部酸痛乏力，小腿夜间频繁抽筋，面色苍白，口唇色暗，夜眠不安，平素甚少摄入荤腥。小便调，大便干结。舌淡，苔薄，脉细。无外伤史，无药物及食物过敏史。

体格检查：腰椎生理弧度平坦，双侧竖脊肌松弛，腰椎棘突间压痛（＋），腰部活动轻度受限。

辅助检查：X线示骨质疏松，腰椎退行性改变。

中医诊断：骨痹（脾肾两虚）。

西医诊断：骨质疏松症。

治则治法：健脾补肾。

当归 9 g	丹参 20 g	狗脊 12 g	泽漆 9 g	泽泻 9 g
关白附 6 g	南星 6 g	川断 12 g	金雀根 12 g	石楠叶 12 g
鹿含草 12 g	淫羊藿 9 g	全蝎 3 g	巴戟天 12 g	煅瓦楞 15 g
八月札 9 g	芦根 12 g	徐长卿 15 g	砂仁 3 g	炙甘草 6 g

2020年10月27日二诊:腰痛好转明显,目前腰部以酸胀感为主,服药2周,行走如常,本次就诊未要家属陪同,尚感觉背部肌肉僵硬酸胀,二便调,夜寐安,嗳气频繁,无泛酸,舌淡,苔薄,脉细。治以前法,去南星、关白附、金雀根、淫羊藿、芦根、徐长卿、砂仁,加龟甲益肾阴,白芍益肝血,炒白术健脾。

当归 9 g	丹参 20 g	狗脊 12 g	八月札 9 g	煅瓦楞 15 g
巴戟天 12 g	龟甲 9 g	全蝎 3 g	川断 12 g	炒白术 15 g
夏枯草 15 g	泽漆 12 g	泽泻 12 g	石楠叶 12 g	鹿含草 12 g
白芍 9 g	炙甘草 6 g			

2021年1月5日三诊:症状明显好转,本次就诊独自前来。腰痛已经好转,感觉腰部支撑乏力,起身时需要用手撑一下。近来血压偏高。纳尚可,二便调,夜寐安。舌淡,苔薄,脉细。治以前法,去八月札、煅瓦楞、巴戟天、炒白术、夏枯草,加南星、关白附取牵正散之意,厚朴行气,珍珠母、朱茯神、龙齿、合欢皮、北秫米镇心安神。

当归 9 g	丹参 20 g	狗脊 12 g	川断 12 g	泽漆 12 g
泽泻 12 g	关白附 6 g	南星 6 g	厚朴 6 g	全蝎 3 g
龟甲 9 g	珍珠母 30 g	朱茯神 12 g	龙齿 15 g	合欢皮 12 g
砂仁 3 g	北秫米 10 g	炙甘草 6 g		

2021年3月9日四诊:腰部酸痛症状已不明显。自觉腰部支撑力度比以前增强,起身时仍需要用手撑一下。纳尚可,二便调,夜寐安。舌淡,苔薄,脉细。前法已效,去安神药,增加补益肝肾之品以固其本。

当归 9 g	丹参 20 g	狗脊 12 g	川断 12 g	巴戟天 12 g
龟甲 9 g	全蝎 3 g	菟丝子 9 g	山萸肉 9 g	玫瑰花 3 g
淫羊藿 9 g	八月札 9 g	煅瓦楞 15 g	石楠叶 12 g	鹿含草 12 g
台乌药 9 g	佛手 3 g	炙甘草 6 g		

按:龟鹿二仙胶出自王肯堂《证治准绳》,治疗一切精神虚弱不足之病,体虚无病者亦可服用。古人言,鹿善通督脉,龟善通任脉,此二味最善补人真气,枸杞滋阴液,人参补中气,四味合用,对精气神都有补益之功。石鉴玉喜用龟鹿二仙之方,对年老体虚,筋骨疲软者尤适之,但老年之人常有阴虚,故多重益阴而轻补阳,常用巴戟天、菟丝子代替鹿角片。

第五章

医　话

一、石鉴玉谈"理伤续断化痰瘀"

损伤性疾病以气、血为其病机核心,因此理伤也多从气血论治。石氏伤科在理伤中不但重视气血,而且非常注意"痰"对损伤性疾病的影响。认为痰瘀交凝而使顽疾不去,故理伤常用蠲化痰瘀之法,使沉病得起,而收事半功倍之效。石氏伤科理伤化痰瘀之法,实深受丹溪学说的影响。石氏伤科对"痰"与损伤性疾病的关联,以及对痰瘀的论治都很推重朱丹溪的学术思想。丹溪有关痰的论述有其独到之处,曾说"津液气血,皆化为痰",指出"痰"是由气血津液正常功能紊乱而转化成的。又说"痰之为物,随气升降,无处不到",因此"痰"就成为全身多种疾病的致病因素,所谓"百病多有兼痰者"。在丹溪的论述中,尤为突出的是阐发了"痰夹瘀血,遂成窠囊"的观点,乃前人所未发。丹溪之论实为痰瘀相关的理论开拓了先河。丹溪曾具体地论述痰、气、瘀三者的关系,认为"痰因气滞而聚,既聚则碍道路,气不得运",又说"痰则气滞,妨碍升降"。一旦气机受阻,则必然影响血的运行,凝而成瘀;血瘀也可使气机运行失畅,促成痰的凝聚。总之,痰聚能影响气的正常运行,气行不畅能使血瘀;反之,血瘀也能使气运失常,气结则痰生而聚,这说明了痰、气、瘀在发病机制上有着相互的关联。"痰夹瘀血碍气而病"成为很多疾病发生的一个重要环节,一些在伤科临床常见的病症,如腰痛、胁痛、腰胯肿痛、麻木等症,丹溪也每从痰瘀立论,认为"腰痛有痰积",腰胯肿痛为"积痰趁逐经络流注,搏于血内亦然","麻木……亦有痰在血分者","有湿痰死血"等。丹溪不仅在病机理论上开创了痰瘀相关的学说,而且在治疗用药上也以化痰祛瘀相合,如"理血者,无表里之急……兼用化痰丸子","控涎丹治一身气痛,痰夹死血加桃仁泥丸","胁痛,复元活血当归导痰主之"等。他认为"逐痰积,气血自然湍流",顺气活血也有利于驱逐痰积。丹溪的这些观点及治疗用药特点,对石氏伤科理伤续断的化痰瘀之法是颇有影响的。

从石幼山留存的医案中,能反映出其在治伤调治气血的同时,常佐以祛痰化浊之品,体现了他对丹溪方药的灵活运用。骨折、脱位、伤筋这些都是以积瘀为主的损伤性疾病,因此治疗也以活血化瘀为主。陈士铎说:"瘀不去则血不活,血不活则骨不接。"石幼山在这类病症的治案中,除用活血化瘀的药物外,必配南星、陈皮、半夏等化痰、散结、行气之品,旨在助瘀积及时消散,也可防止痰凝瘀结。因痰阻则血难行,痰瘀互结,凝而不化,新血不生则骨不能接,故他在治疗四肢骨折的病案中,经常初诊即用南星,自二诊起更是很少有不用这几味的。另外,石幼山治瘀凝湿痰偏重的病症,苍术也是常用之品,正如丹溪所说,"苍术行痰极有效气","燥脾湿是治痰之本法"。如有案:患者 3 个月前被重物压伤足背部,关节脱位,楔骨粉碎性骨折,骨片分离未续,肿痛不能行走,局部高突影响足趾活动。方拟活血舒筋,续骨止痛。药用当归、牛膝、防风、独活、南星、川断、狗脊、泽兰、茄皮、陈皮、威灵仙、骨碎补。方中除了用活血、舒筋、续骨的药物外,配用了南星、陈皮、威灵仙,化痰行气以助消散。方中威灵仙也是一味善消痰涎、散瘀积的药物。《药品化义》谓威灵仙"走而不守,主治风、湿、痰塞滞经络中,以此疏通经络,则血滞痰阻无不立豁",故有名为"能消"。再诊时上方中加入苍术以"治湿痰",《本草正义》谓苍术"能彻上彻下,燥湿而宜化痰饮","湿肿非此不能除"。本案经 5 个月调治,足背部功能、外形均趋正常,恢复工作。

石幼山又常以外科治疗气血凝滞而成痈疽流注之重用苍术的万灵丹,移用于这类骨折、伤筋瘀凝漫肿或结块不化的治案中。对于头部损伤使脑气震动,出现头痛、眩晕,甚则有昏厥、恶心呕吐等症,石氏认为这是损伤后痰浊上蒙清窍,使清窍不空,造成清阳不升、浊阴不降所致。丹溪说"无痰不作眩",石氏认为治眩必须降浊,瘀浊不降则眩晕不止。柴胡细辛汤是石氏治头部内伤的最常用之剂。以柴胡、薄荷升提清阳之气,细辛为治头痛之要药,当归、地鳖虫、丹参化瘀降浊,川芎活血止痛,再配半夏化痰止呕。方药的组成是丹溪治头痛、晕眩的清空膏、头晕方的化裁,而加重了活血化瘀之品。石幼山对头部内伤的治疗,也常以柴胡细辛汤为基础,掺入青皮、陈皮、竹茹等,以加重化痰降浊之品。石幼山认为伤重症顽缠绵,并有诸多变症者,是由于痰浊作祟,故治疗亦重豁痰。如有案:患者 3 个月前被打倾跌,头部受重物压伤,当时昏厥二时许,目前头晕胀痛不止,时有昏厥,并有四肢痉挛,胸闷泛恶,纳呆形瘦,抑郁寡言。由于头脑震伤,瘀留清窍,痰浊阻滞,使清阳不升。药用白附子、细辛、蒺藜、龙齿、钩藤、郁金、胆南星、石菖蒲、橘红、远志、藁本、蔻仁、建曲、竹沥。石幼山对本案的处方、用药与丹溪治风痰上厥、眩晕头痛的白附子丸原同一理,而增加了镇惊开窍的药物。由于痰瘀交凝而使顽症不除,若痰浊不化则瘀凝亦难祛,故用药着重化痰而开机窍。石幼山对头部内伤的治疗,不论是新伤还是宿疾,不论是早、中、后何期,都以病症之轻重缓急,在活血化瘀同时,必掺入适度的祛化痰浊之品为佐,所谓"欲使瘀化尽,必要兼祛痰"。对于胸胁内伤,这是气滞、血瘀、痰聚的兼夹病症,治疗也势必需理气、活血、化痰三者兼顾。丹溪在对胁痛的论治中说:"有瘀血停留于肝,归于胁下而痛,痛则自汗,痛甚,按之益甚,治宜破血为主,活血为佐,复元活血当归导痰丸等。"又说:"有痰积流注厥阴,亦使胁下痛,病则咳嗽急行胁痛,治宜行气祛痰,二陈加南星、青黛、青皮、香附等。"且有"用白芥子下痰","痰在胁下非白芥子不能达"的用药经验。可见丹溪对于此病,主要是从活血、行气、化痰论治的。石氏对胸胁内伤的治疗用药,常以复原活血、理气止痛的苏子、桃仁等汤方出入,合二陈、白芥子豁利痰浊,以助化瘀通络止痛。同时据其损伤部位及病症的不同,或予宣肺,或予疏肝。杂病在伤科临床中不属少见,而以风、寒、湿痰尤多。丹溪说:"风寒湿流注经络,结凝骨节,气血不和而痛,痰积趁逐经络流注,搏于血内亦然。"石幼山认为,这些病症是由风、寒、湿邪侵于关节筋络,使气血失畅而痰聚,痰与风寒湿邪互阻所致。另外,也可由于关节筋络损伤后使气血失畅,津液聚壅成痰,风寒湿邪也就易于侵入、滞留这些部位,因此二者是互为因果的。在治疗上丹溪提出"宜疏湿,散风寒,逐痰积,气血自然淌流",可见化痰在对这类病症的治疗上是很有必要的。石幼山每谓化痰活血使道路流通,则风寒湿邪亦易于疏散,而常以牛蒡子汤加减运用。如有案:左髋腿膝关节酸痛已久,时有低热,曾做X线摄片检查,可疑为骨结核早期,经抗痨治疗未见好转,拟石膏固定,家属不愿接受遂来诊。目下髋痛逐步增剧,引及腿膝,步履跛斜,患肢外旋弛长。由气血失和以致风寒痰湿入络,拟活血止痛,疏化痰湿。予牛蒡子、牛膝、当归、赤芍、蒺藜、僵蚕、南星、独活、威灵仙、地龙、没药、红花、甘草等。本案石幼山以疏化痰湿为首务,故方中用大队化痰之品,佐以活血、通络、止痛。以牛蒡子汤(牛蒡子、僵蚕、蒺藜、独活、白芷、秦艽、半夏、桑枝)与丹溪的趁痛散(当归、地龙、牛膝、羌活、乳香、没药、桃仁、红花、五灵脂、甘草、香附)两方合用再加入南星、威灵仙。趁痛散是丹溪治筋骨疼痛之方,南星、威灵仙二味也是丹溪治风湿骨痛的常选之品。牛蒡子汤是石氏治这类病症的常用方,以牛蒡子、僵蚕为君,散风化痰,前者偏于祛外感之风痰,后者偏于散内生之风痰,两味配伍同用更是相得益彰。方中用地龙等虫蚁搜剔之品,又加强了活血化瘀通络的作用。

二、石鉴玉谈伤科泽漆的运用

泽漆是一味产地广泛的大戟科植物,有化痰、逐水、消肿、散结、杀虫等功效。泽漆临床应用始于汉代,以内服为主,而且用量都偏大,如张仲景在《金匮要略·肺痨肺痛咳嗽上气病脉证治》中有"咳而脉沉者,泽漆汤主之",即以泽漆为主药,治疗顽固性肺部疾患。直到元代在《丹溪手镜》中还有用泽漆的内服方。而自明代起临床应用逐步转向以外用为主,清代一些名家的医案中就更难查见用泽漆的案例。石氏伤科经深入研究文献及多年的临床应用经验,认为泽漆是一味治疗骨伤科疾病很有效的药物,外治与内服均有良好的临床效果。

20世纪40年代,石筱山将外科李瑞林所用的阳和痰核膏(消散膏:鲜泽漆、生麻黄、生大戟、生甘遂、生半夏、生南星、白僵蚕、白芥子、藤黄、火硝,用生菜油调和)移用于骨伤科临床,配合掺药黑虎丹(经验方)更扩展其用途,用治瘀血或痰浊凝聚而形成的肿胀、结块等病证。方中重用泽漆,以化痰、利水、消肿、散结,其用量几乎是其他药物总和的加倍,方中全用生药使之增添药力。通过长期临床用消散膏治疗损伤性血肿、血肿机化结块、脓骨外上裸炎、腱鞘炎、关节积液等,都能收到良好效果。正如石筱山早在50年代初总结临床经验时所讲的,消散膏只要运用得当,就能收到满意的临床效果。另外还有自拟消痛散:泽漆、威灵仙、胆南星、白附子、守宫、红花、冰片,共研细末,用醋、蜜或甘油适量,调如原糊状,敷患处。消痛散是用治跟痛症的散剂方,跟痛症在骨伤科临床也是较常见的病证,用消痛散治疗的临床效果还是较满意的,一般用药数日后疼痛就有明显好转,大多数患者用药1个月左右疼痛就能基本消失。方中也是重用泽漆,再配以走窜消散之功的威灵仙通络止痛,南星外敷能散结、消肿、止痛,白附子能化痰、止痉、散结,守宫外敷有消肿、止痛作用,红花活血、止痛、散肿,冰片能入骨治骨痛,又芳香走散有助药力渗透,醋也有消散、软坚之效,更能助药透入。

泽漆内服用于骨伤科临床治疗,石氏伤科积累了丰富的经验,常与其他一些药物配伍应用(如逐痰通络汤),以化痰、利水、退肿、散结、清热等,更好地运用于临床以治疗骨伤科疾病。内服汤药用泽漆治疗腰椎间盘突出症,主要是用于急性期。以往用活血、祛风、散寒、止痛的中药内服,虽能减轻临床症状,但见效较慢。而以泽漆、白芥子、牛蒡子为主药,使临床症状改善较为明显,增加这组配伍主要是受控涎丹的启发。宋代陈无择《三因极一病证方论》谓控涎丹治"忽然颈项、胸背、腰胯陈痛不可忍,筋骨牵引钓痛,走易不定,手足冷痹"。这里所言的症状与腰椎间盘突出症急性期的症状有十分相似之处,腰椎间盘突出症急性期往往与局部神经根水肿有关,故用逐水、化痰之品有助于这些症状的改善。原方中所用的大戟、甘遂都是峻猛有毒之品,故改用功效相同而无毒性的泽漆。明代李时珍《本草纲目》载:"泽漆利水,功类大戟,然大戟根苗皆有毒泄人。"《本草汇言》亦称"泽漆主治功力与大戟同,较之大戟,泽漆稍和缓,而又不甚伤元气也"。白芥子,《本草纲目》谓"利气豁痰,除寒腹中,散肿止痛",治"筋骨腰节诸痛"。牛蒡子,《珍珠囊补遗》谓能治"手足拘挛",《雷公炮制药性解》谓牛蒡子能"利腰膝凝滞之气",《得配本草》亦称其"利滞气以利腰"。这三味相配不但能有较好的化痰利水之功,也有助于拘挛、疼痛的缓解。此外,泽漆有很好的利水退肿作用,对骨折或损伤后期肿势缠绵不退,用之都能得心应手。临床上常用泽漆配黄芪,治疗股骨颈骨折并发深静脉栓塞,效果也较为满意。泽漆除有化痰、利水、退肿之功外,还能散结、清热。由于其既能化痰,又可散结、清热,故可用于治疗无名肿毒。《神农本草经》谓泽漆"若微寒,主皮肤热"。临床上常用泽漆配凉血清营之品治疗这些病证,亦能收到很好的效果。

三、说说引经药

跟师学习期间,石鉴玉老师常常提到引经药的使用。所谓引经药,即是引导其他药物直达病所,起到引经报使作用的药物。正如《医医病书》所云:"药之有引经,如人之不识路经者用向导也。"毋须置疑,引经药用于临床,实有效验。石氏伤科在治疗骨伤疾患中,相当重视引经药的应用,无论外伤还是内伤,常常配合引经药,分经以引导之。《医学源流论》言:"病之从内出者,必由脏腑,病之由外入者,必由经络……同一寒热,而经各殊,同一疼痛,而筋骨皮肉各别。"所以石氏认为,引经药的佐使妙用能够协同方药直达病灶,药效发挥更好,则更能直接起到治疗作用。在具体的临床实践当中,石氏往往以伤患的部位为主,结合脏腑经络辨证,选用适当的引经药物而增疗效。以下将石氏临床常用方药予以分述。

▶头部——脑震荡

头部为清阳之舍,一旦头部受损,轻者引起脑震荡,重者导致颅内血脉损伤或瘀血内蓄,会出现头晕、头痛、嗜卧、泛恶、昏迷、肢厥等险急症状。其病在足厥阴肝经,兼及督脉。在论治上,石氏分初、中、末三期调治。初期以柴胡细辛汤为主,升清降浊,化瘀宁神,药用柴胡、细辛、薄荷、当归尾、地鳖虫、川芎等;中期用天麻钩藤汤合川芎茶调散加减,平肝息风,活血养血,药用天麻、钩藤、丹参、酸枣仁、柴胡、川芎等;末期则视其体质强弱,予调中保元汤合补中益气汤加减,健脾益气,调养补肾,药用黄芪、党参、白术、补骨脂、生地黄、升麻、柴胡、川芎等,其引经之药均为柴胡、川芎。石氏认为,柴胡能升能降,因而得着一个"和"字,只要善于使用,不论病位在上、中、下,病期之初、中、末,都很适宜,可谓是治疗内伤的一味有效良药。川芎为血中之气药,入肝胆之经,是治疗头部伤疾之要药。石氏以柴胡、川芎作为头部引经之药,既能够起到行气化散血滞的作用,更能促使全方药力随经气循行而通达病所。

▶ 颈部——颈椎病

颈背为诸脉会通之处,若颈部外伤、姿势不正、长期低头伏案、劳损等原因,使颈部气血通道闭折,出现头痛、头晕、项背强直、活动牵掣、手指麻木、耳鸣、恶心等症,即是所谓颈椎病的致病缘由。石氏以六经理论为依据,认为太阳膀胱经与少阴肾经互为表里,如果少阴精血亏虚,肾气化生匮乏,则无以起启督脉气血,不能濡润太阳之表,难以推动周身脉气;同时少阴肾气乏力,以使太阳膀胱气化不利,气不化津,水精不布,水液不能滋养经脉,从而导致阳气不利、经血不畅、气血瘀凝之病机。就其论治,石氏一方面强调补其肾、助气化,另一方面行气道、化瘀滞,标本兼治。常拟方椎脉回春汤加减治之,药用羌活、葛根、牛蒡子、僵蚕、桂枝、天麻、黄芪、狗脊等,其中引经药为羌活。羌活味辛、苦,入膀胱、肾经,具有散表寒、祛风湿、利关节之功。石氏认为,羌活能助膀胱气化,行太阳之表,通经脉气血,畅督脉经气,故以其作为颈部伤疾的引经要药。

▶ 胸部——胸胁内伤

胸为清旷之所在,胁为肝之分野,胸胁是厥阴、少阴之分布。若因跌仆磕撞闪挫而致气血、经络和脏腑等损伤,引起气机不畅、疏泄失常出现胸胁骨膜间疼痛拒按、呼吸转侧活动牵掣,或有肿胀、咳呛加剧等症,即所谓胸胁内伤之疾。石氏认为,内伤之疾,不论其旧伤宿损,或虚实之证,总与肝经相系。故施治时往往选用肝经引经药,使肝经气血条达,以石氏胸胁合剂加减治之。药用柴胡、香附、延胡索、郁金、当归、蒲黄、三七等,其中引经药为柴胡、香附药对。石氏认为,柴胡为厥少两经的引经药,按足少阳经的循行是由上至下,足厥阴经则由上至下,故可随经气上下。香附入肝、三焦经。以此两药为引经药,是血中之气药,配伍得当,自能开郁滞而通达上下,使肝经气血畅行。

▶ 腰部——腰痛

腰部是足太阳膀胱和督脉循行的通道。若腰部用力过猛或运动失当,或腰部屈伸动作不相协调,或咳嗽喷嚏,猝然进闪,或长期姿势不正、劳损等,均易使腰络受损,经脉阻塞,气血运行失畅而致腰痛。论治上,石氏着重辨证分型,一般将其分为四型:气滞血瘀型以理气固腰汤加减治之,药用香附、川楝子、延胡索、当归、桃仁、桑寄生、狗脊等;风寒闭塞型以温经强腰汤加减调治,药用麻黄、桂枝、细辛、制川乌、威灵仙、地龙、狗脊等;痰湿互阻型以豁痰宁腰汤加减治之,药用牛蒡子、僵蚕、半夏、陈皮、茯苓、独活、桑寄生、杜仲、狗脊等;肾督亏虚型以益肾健腰汤理之,药用生地黄、熟地黄、杜仲、菟丝子、淫羊藿、补骨脂、山萸肉、桑寄生、狗脊等,其引经药均为狗脊。石氏认为,狗脊入肾、膀胱两经,除能填精固髓、温少阴之经、引太阳督脉之阳气外,又能作引经药之用。故石氏腰痛方中每每使用狗脊。

▶ 四肢——四肢损伤

四肢为手足之经的主要循行通络。一旦其肢节受损,轻者扭捩挫搓,重者伤筋折骨,均能内动经络,使血行之道不得宣通,瘀血内停,气血凝滞,从而瘀积为肿为痛。石氏以三期辨证为原则,早期活血化瘀消肿为主,药用生地黄、当归、赤芍药、桃仁、泽兰、王不留行、桂枝或牛膝等;中期接骨续筋和络为主,药用当归、丹参、独活、续断、狗脊、川芎、泽兰、红花、川桂枝或牛膝等;后期健筋壮骨温经为主,药用黄芪、炒党参、焦白术、当归、续断、狗脊、白芍药、伸筋草、红花、川桂枝或牛膝等;若骨折者加煅自然铜、骨碎补等,痛甚者投乳香、没药等,青肿甚者添紫荆皮、黄金子等,引经药的选用,石氏往往上肢选用桂枝,下肢选用牛膝。石氏认为,桂枝味辛、微甘,芬芳馥郁,其枝柔嫩,其气轻扬,善走上肢,具有宣通经络之功。牛膝味甘、苦、酸,入肝肾之经,其走而能补,性善下行,具有补肝肾、强筋骨、利腰膝、通经络之效。所以,石氏在治疗四肢筋骨损伤时,常选用桂枝或牛膝引药循经,以增强疗效。

四、对慢性筋骨疾病诊治的一点认识

在日常骨伤门诊诊疗中,我们发现慢性筋骨疾病患者的比例在逐年上升,这与本地区的人口结构老龄化、人们的日常工作生活条件和生活习惯改变息息相关。现在骨伤门诊患者的特点是"老多青少,损多伤少,杂多纯少,女多男少"。慢性筋骨疾病是一个大类,包含了骨与关节的退行性病变、软组织的非急性亚急性损伤、骨关节和筋膜的非特异性炎症等,如颈椎病、腰椎间盘突出症、骨质疏松症、膝骨关节炎、滑膜炎、筋膜炎、腱鞘炎等,特别是颈椎病、腰椎间盘突出症、膝骨关节炎,属于临床上的常见病、多发病前列。

慢性筋骨疾病归属于传统医学的陈伤劳损杂病类。石筱山云,陈伤劳损,非一病也。虽证有相似,而因出两端。陈伤之证,乃宿昔伤损,因治不如法,或耽搁失治,迁延积岁,逢阴雨劳累,气交之变,反复不已。证见四肢疏懦,色萎不荣,伤处疼酸,此乃病根不拔,故虽愈必发也。其所谓病根者,不外瘀结气滞,而气之所凝,必由血之所瘀,血之所结,必由气之所滞,气血互根,相为因果。故治当疏运气化,和营通络。如夹邪者,当求其所感而治之。劳伤者,劳损之渐也。虽无伤损之因,由累积太过之劳,延久使然。清代叶桂曰:"劳力动伤阳气。"又曰:"劳伤久不复元为损。"伤气则气留不行,为气先病,气者,肺之主也。巢元方《诸病源候论》曰:"肝主筋而藏血,肾主骨而生髓,虚劳损血耗髓,故伤筋骨也。"劳损见证:四肢少力,无气以动,筋骨关节酸疼,畏寒。兼邪者,类同痹证。《诸病源候论》又曰:"虚劳损血,不能荣养于筋,致使筋气极虚,又为寒邪所侵,故筋挛也。"治同寒痹。是故劳损者,伤于气而应于肺,至于肾而及于肝,合于筋骨,此劳损之源也。

石氏对陈伤劳损类疾病,牢牢抓住其先天与后天之本的作用,常用脾肾同补、精气血共调之法,每多获得良效。劳伤者,始从补中调脾,所以益肺也。劳损则仿经意"劳者温之"之义,以温养肝肾,复归元气取法。明代张介宾曰:"气不足便是寒。"劳损阳气,以致阳气不足,而阳虚之症,无所不至,故治宜温阳扶元,因阳能生阴,气能统血,以奉春生之令,图复已损之阳。然温当有分寸,非一味温燥之谓也,如阴分素亏者,当扶阳毓阴。虚羸甚者,须温中兼补,损及奇经者,宜通调督任。劳伤阳络,以泄肺中热气。诚如李中梓在《医宗必读·肾为先天本脾为后天本论》中所言:"经曰治病必求于本。本之为言根也源也,世未有无源之流,无根之木,澄其源而流自清,灌其根而枝乃茂,自然之经也。故善为医者,必责根本。而本有先天后天之辨,先天之本在肾,肾应北方之水,水为天一之源;后天之本在脾,脾为中宫之土,土为万物之母。"因此,石氏治疗陈伤劳损类疾病的代表方剂中保元汤,以党参、黄芪、白术、茯苓、甘草等药,调补脾胃,益气培源;配以陈皮开启中州,健脾和胃,调肝解郁,以助动气血之源,推动气血运行,而生新血,不断地补充先天之精。更用大熟地、怀山药、山萸肉、补骨脂、龟甲、鹿角胶、枸杞子等药品补益肾本,填精益髓,以固元阴真阳,而滋养温煦五脏六腑、四肢百骸、筋脉经络、肌肉皮毛。全方脾肾同论、精气血共调,以求解除陈伤劳损、肩项腰背筋骨酸楚、体疲乏力之苦。

而对于具体疾病,根据不同病种的特点又有发挥,如颈椎病,因颈背为诸脉会通之处,加之长期低头伏案闭折气血通路,从而气滞血瘀痰凝于项背所致。此病证,推其因是肾督阴血亏虚,少阴经气弱滞,究其果为气血痰湿互结于太阳颈项,所以在论治上,一方面要补其肾,助气化,另一方面则要行气道,化瘀滞,通痰结,因果并论,标本兼治,以求获取良好的临床效果。

而腰痛之证石氏早年将其分为三类:风寒闭塞型、气滞血瘀型、肾督亏虚型。风寒闭塞型腰痛,主要是由于太阳经脉被风寒所袭,而致腰部疼痛板滞,遇寒则甚,活动受牵制。太阳经脉有敷畅阳气的作用,其气向外,故主表而又主开。太阳之脉上达风府,下抵腰肾,有赖于肾督之阳气。腰肾具有人体水脏、水腑、水道的气化功能,敷布津气,充养体表,起到既滋润而又温煦的双重作用。石氏认为,若人体肾气不足,营卫又虚,风寒之邪最易侵袭太阳经脉,导致其经脉闭塞,便会引起腰痛之证。故石氏用药取太阳伤寒麻黄汤之意,发散风寒,通阳解肌;又取麻黄附子细辛汤之理,温少阴之经,引太阳督脉之阳气,从里及外,以祛逐风寒之邪,辅于引散活血通利之药,从而达到温通散寒、通络止痛之功。气滞血瘀型腰痛,主要是由于跌打挫闪,损伤腰部或腰之附近经络,使恶血留于经脉所致,从而可使肾之真气受损。石氏言:"一切损伤的病理变化无不与气血相关。"因此对此类腰痛,石氏主张从气血立论治之,提出宜气血兼顾,以气为主,以血为先的治疗原则。《素问·刺腰痛》云:"少阳令人腰痛,如以针刺其皮中,循循然不可以俯仰,不可以顾。厥阴之脉令人腰痛,腰中如张弓弩弦。"因足厥阴肝经入于肾,所以石氏从气血的从属关系着手,取调肝之气血的金铃子散之意。肾督亏虚型腰痛,其病程较长,肾之本必虚,是由于腰部伤损后治疗不及时、不彻底,导致症情缠绵,腰痛反复发作,即所谓"久病及肾是也"。石氏言:"腰为肾之府,是精气所藏的地方。假如久病使肾之精气亏虚,失其所藏之本,便会产生腰痛之疾。"故而在治疗上石氏则用益肾健腰、和络息痛之法,调补肾之精气阴血,温凉结合,养肝之血以生肾中之阴,辅于行气和血健脾胃,并用通行少阴督脉之药,以助气化为引。

而随着社会发展,疾病谱的变化,特别是近年来腰椎间盘突出症成为骨伤科临床上引发腰腿痛的最为常见的疾病,石氏伤科在长期的治疗经验总结中发现,风、寒、痰、湿阻络,必然使气机阻滞,则血的运行失畅,凝而成痰,血瘀也可使气机运行失畅,促成痰的凝聚。因此,石氏提出"痰湿夹瘀血碍气而病"是腰椎间盘突出症发生的一个重要环节。在临床上可见有腰痛、腰腿痛、下肢麻木牵制等症状。在手术中所见到的神经根苍白、水肿增粗、活动范围减少,更证明了石氏伤科的这一观点。石氏曾曰:"腰痛有痰积;腰胯肿痛为积痰乘经络流注,搏于血亦然;麻木亦有痰在血分。"其观点与朱丹溪的痰瘀相关理论相吻合。在腰椎间盘突出症的治疗上,认为"本病虽然是本虚标实,但在治则上应采用急则治标,缓则治本"。采用独特的逐痰利水法治疗本病。从痰取治,佐以活血之品,以此疏通经络,则血滞痰阻无不立豁。方取牛蒡子豁痰消肿、通十二经络之功效,《本草纲目》谓其能散结除风,和腰膝凝滞之气;白僵蚕有化痰散结之功,《本草思辨录》谓其有"治湿胜之风痰"的作用,二者配伍,专治湿痰留注经络。白芥子有豁利皮里膜外之由气血凝滞而聚积的无形之痰的作用;泽漆有利水消肿、化痰消瘀之功效;金雀根有利水祛风之功效。白芥子、泽漆、金雀根3味药配伍,是由控涎丹的甘遂、大戟、白芥子3味药配伍化裁而来,该方具有很强的化痰利水之功效,然甘遂、大戟的毒性甚强,故以泽漆、金雀根两味药替代,以减轻其毒性,而使其疗效不变,并加强了消退神经根水肿的功效。制南星强化本方的化痰作用;丹参、当归有养血活血化瘀的功效,佐以地龙的通络作用,增强了本方化痰瘀之功效。川牛膝在本方中起引经药的作用,具有活血通络的功效。因此,本方诸药配伍完全体现了由痰湿瘀致病,以及逐痰利水化瘀法治疗本病的独特观点,在临床实践运用中取得良好的疗效,并为腰椎间盘突出症治疗提供了一条新的途径。

膝部的慢性筋骨疾病也极为常见。人类的各种活动,只要是移动位置就有膝部活动,如上下楼梯、运动中的起跳等活动中,膝部关节间承受很大的压力,极易使膝部劳损,尤以中年以后多见。正如《素问·上古天真论》说,"七八肝气衰,筋不能动",则多筋的膝部因筋失其润而劳损。在这些过程中,运动量过大,动作不慎又会形成损伤,严重的损伤多能引起注意而及时治疗,而损伤不甚严重的,往往由于一时疏忽,治疗不及时或者不很彻底,加上气血失和,风寒湿邪外袭,阻留于局部,造成酸痛时发,遇寒更甚。石氏治疗这类病例每用温经散寒、舒筋活血及健壮筋骨之品。外治多用三色敷药,寒湿为甚的掺桂麝丹,或用伤膏药渗桂麝丹以温经通络,间或就近取治,针刺犊鼻、委中、梁丘、血海、足三里、阳陵泉等穴以宣通经络,调和气血。

石氏治疗陈伤劳损类疾病的代表方调中保元汤本就是由治"痹"推崇的圣愈汤发展而来,体现了石氏对慢性筋骨疾病的诊治理念,基于脾肾同论、精气血共调基础上灵活发挥,以收效验。

五、石鉴玉谈疼痛论治

疼痛是骨伤科临床上最常见的症状,绝大多数的伤科疾患的主要表现就是疼痛,许多患者就诊的目的就是解除疼痛。石氏伤科崇尚"十三科一理贯之",对于疼痛的治疗有独到的经验。从伤科古典医籍到现代临床,对于伤科疼痛,一般均认为是气滞血瘀所致,治疗总不离乎理气活血,用药处方也相当局限、单纯。石氏伤科亦提倡理伤宜气血兼顾,但其从临床实际出发,深思精研,在治气治血的关系上提出"以气为主,以血为先"的理论,使临床诊治主次分明,更有针对性、条理性。在疼痛的病机认识上,石氏伤科认为不通则痛是疼痛最根本的原因,而不通即瘀也,无论气、血、津液停聚,均为瘀滞,在此基础上或兼正虚,或有兼邪。根据临床,石氏把伤科常见的疼痛病机分为以下八种:瘀血停滞、瘀阻气滞、宿瘀气虚、气血两亏、瘀耗阴分、瘀阻夹表、瘀阻夹痰、瘀热化脓。前两者是病情比较单一的时候,对"以气为主,以血为先"的理论具体运用;三、四、五三种病机是病久兼虚或虚人有伤的情况;六、七两种病机是病情较复杂,有兼邪的情况;而瘀热化脓则多半属于外科的病机,但由于在伤科亦经常会遇见,故而列入。更重要的是,在疼痛的治疗上,石氏充分体现了其整体理伤、注重兼邪的特色。

瘀血停滞和瘀阻气滞这两种病机，是病情比较单一时候的情况，是对"以气为主，以血为先"的理论具体运用。"以气为主，以血为先"的理论是石氏针对"损伤专从血论"而提出的。"损伤专从血论"这一提法，是从明代才开始的，明代刘宗厚认为："外受有形之物所伤，乃血肉筋骨受病"，所以，"损伤一证，专从血论"（《玉机微义·卷四十三·损伤门》）。以后，明代李梴在《医学入门》中又做了论述："折伤专主血论，非如六淫七情在气在血之分。"自此以后，近世对此观点附会颇多。

石氏认为气血兼顾是治伤的总则。肢体受伤，皮肉筋骨首当其冲，但气血循行于人体之中，无处不到。故皮肉筋骨损伤的同时，气血的运行也受到影响，主要表现为气滞血瘀。气机不畅，无以鼓动血行则血瘀，气为血之帅，气行则血行，气滞则血瘀，血伤瘀凝，阻塞脉道，必阻碍气机流通。故治疗伤科疾患，不论内治外治、内伤外损，都必须注意流通气血，"血不活则瘀不去，瘀不去则新不生"，而活血化瘀又离不开气的运行推动。因此，石筱山说："理伤宜气血兼顾，气血的关系则是以气为主，以血为先。"首次提出了以气为主的观点。石幼山则从临床实际情况加以发挥："气血兼顾，以血为先"是临床常用的治标之法，以气为主的气血兼顾是刻刻留意的固本之计。这是石氏理伤须掌握的原则。总之"以气为主"是气血兼顾之常法，"以血为先"是气血兼顾之变法，间或出现脏腑功能失和者，则相应而调之。这是理伤内治须掌握的原则，其要是在流通气血，可以一言蔽之，即"以通为治，以治而通"。

在临床中，重要的就是要分清气血的主次。如骨折、伤筋、脱臼等瘀血停留脉道，此即属于瘀血停滞的病机，当活血化瘀以生新，宜"以血为先"。伤科之瘀血多由外伤致离经之血停积，血行之道不得宣通，故治以祛瘀为要。医家治伤，均备丸散剂型的伤成药，观其组成莫不以祛瘀治血之品为主要成分，即可佐证。清代陈士铎《辨证录》对骨折论述道："内治之法，必须活血祛瘀为先，血不活则瘀不能去，瘀不去则骨不能接。"损伤早期涉及筋骨脉络的损伤，血离经脉，瘀积不散，气血凝滞经络受阻，外治的同时，内治则以活血化瘀为主。四肢损伤外见疼痛、青紫肿胀、活动受限等，主要是血瘀，应以活血化瘀为主。其疼痛的病机就是"瘀血停滞"，其疼痛的特点是伤后即痛，疼痛固定不移，压痛明显。其治当"以血为先"，以活血祛瘀为主。可以桃红四物汤为主加减。石氏喜用的药物有乳香、没药，认为两药能散瘀血，有良好的止痛效果，而且"虽为开通之品，不至耗伤气血，诚良药也"，但乳香、没药均系树脂结成，油重性黏，入汤剂则药汁黏腻难服，服后药气在口内久不消除，甚至碍胃伤脾，难于受纳，运用时多加丝瓜络，或用乳没炭。地鳖也是常用药，三棱、莪术对宿瘀、陈伤也很有好处，只要形体比较壮实，没有什么副作用。

相对于四肢损伤，躯干损伤则多属于内伤，以伤气为主，其病机应是"瘀阻气滞"，其疼痛特点是有时可见，发作较缓，受伤后当时或无感觉，而过后乃作，疼痛部位较模糊，以胀痛、窜痛为主，常伴有脏腑气机不利的表现，如胸胁掣痛、呼吸转侧不能或腰背板滞、胸闷腹胀、便秘纳呆等症，"肢体损于外，气血伤于内，营卫有所不贯，脏腑由之不和"。内伤总以气血失调、脏腑受损为根本，故内伤辨证以气血为纲，结合脏腑辨证。治疗上则应以气血为主，兼顾脏腑的受累程度。伤科内伤是由于气血俱伤，伤气则气滞，伤血则血瘀，气血两伤则可见气滞血瘀，又因气为血帅，气行则血行，故应气血兼顾，又以理气为要。应用"以气为主"的原则，而予顺气行气，佐以活血通络。常用川芎、延胡索、香附、青陈皮、枳壳、降香、旋覆花、川楝子等以行气破气，降气止痛。理气药以其疏肝理气，沉降下行之力，大大加强了活血药的作用。治疗上，石氏认为，头胸腹之内伤，不论其新伤宿损，或虚实之证总与肝经相系，往往首选柴胡、香附、延胡索等理气止痛药以疏肝解郁，宣通气道。柴胡味苦，性微寒而质轻，为厥少两经的引经药，有升清阳、降浊阴之功，在脏则主血，在经则主气，有振举清气、宣畅气血、推陈致新之功。石氏治内伤擅用柴胡，根据不同的损伤部位和临床证候而伍用不同的药物。如头部内伤，瘀血凝滞，出现恶心、呕吐等清阳不升、浊阴不降之症，则加细辛、薄荷、姜半夏、姜竹茹等。胸胁内伤，局部掣痛，呼吸咳嗽转侧牵掣等，则加郁金、青皮、川楝子、香附、杏仁等。

凡临床出现损伤兼及风寒、痰湿等邪气合而为病的一系列症状时，石氏谓之"兼邪"。其症每每反复发作，酸痛延绵，筋脉板滞、关节活动不利，或因气节交变而致酸痛见增，亦可由素患着痹之证，因复受损伤而引动宿疾。这类疾病对于现代伤科来说，是最为重要的课题。

瘀阻夹表，是许多伤科疾病很常见的病机，如颈椎病、腰椎间盘突出、肩周炎等慢性病，常常由于感受风寒湿邪而发病，此时其疼痛的病机就属于"瘀阻夹表"。如风邪胜者则痛无定处，走窜于胸背、四肢、肌肉、关节；如寒邪胜者则疼痛剧烈，肢体不温，得温痛减；如湿邪胜者则肢体酸沉，重滞无力，阴雨加重，头身困重，病势缠绵。对损伤未彻而兼风寒甚者，善用麻桂温经汤以祛邪宣络，活血止痛，痛甚者亦可酌加草乌及虫类搜剔药用之。盖"血气者，本喜温而恶寒"，后复感风寒既盛，则气血益加凝涩不通，故以麻桂细辛之辛温发散风寒、配伍活血之品使凝滞之气血得畅，则伤瘳痹愈，可谓相得益彰。

痰湿入络，是一类常见"兼邪"，石氏认为此证皆由损伤起因，尤多见骨节筋膜的劳损，而兼风邪入络，气血浊逆以致津液聚变成痰。此类病机石氏称为"瘀阻夹痰"，其疼痛特点是牵引钓痛，多数属于钝痛，酸麻作胀，程度不甚，但患者感觉极为难受，病程迁延，缠绵难愈，临床表现多端，可见关节肿胀，筋结成块，肢节活动牵掣,或为麻痹疼痛,伴身热等。石氏伤科用药的一大特色就是注重痰湿。伤科疾患多由气血失和所致,但气行津,津血同源,气滞血瘀必然经脉不利,津液运行不畅而易聚集成痰,痰浊胶结,留滞于筋骨是诸多伤科疾患久延不愈的根本原因。石氏前辈对这类"兼邪"常以牛蒡子合白僵蚕同用,发展至第四代成为牛蒡子汤,加减变化而广泛应用于临床。若兼寒邪偏甚,则增以散寒宣络之品;血行阻遏则佐以活血通经;风痰湿浊蕴结成块,则增入消坚散结之药,从本方的药物组成来看,似较平淡,但临床运用随证加减,配伍得宜,确有较好疗效,其主治病证也很广泛,总不外乎"风、痰、湿"三字,对急性发作的肩峰下滑囊镜关节滑囊炎、关节滑膜肿胀引起的疼痛等,用此方加减结合外治屡屡见效。

"百病之生,皆有虚实",损伤之病,亦不例外。一般说来,损伤之初,无论内伤外伤,多数属气滞血瘀的实证。损伤而致气血不足者,为新伤出血之血虚,甚至气随血脱之候,这在开放性外伤及脏器损伤中每可见到,在目前伤科临床中并非多见。禀赋素弱而损伤者,属邪实正虚,虚中挟实之证。治当先调补虚怯之体,然后祛瘀,或攻补兼施,视具体情况而定,关键是审定患者是否耐攻。盖损伤之症,虽非外邪所害,七情所伤,然气血离经,瘀滞既成,则气血本源亦必因损而弱,甚至亦有重伤久不愈而导致人体阴阳气血脏腑虚弱。故理伤之际,既当攻其瘀滞,又应顾其不足。临床常见的"劳伤",亦属损伤虚证范畴,乃过度劳力,积渐所伤,而使体质虚弱,以致经脉之气不及贯串,气血养筋生髓之功失其常度,故见腰酸背痛、纳呆、头晕,甚至关节变形等症,因此也习称"脱力劳伤"。

对于损伤兼有正虚的情况,石氏大致分宿瘀气虚、气血两亏、瘀耗阴分三种。"宿瘀气虚"多见于损伤后期和陈伤劳损,属于久有瘀滞而使正气耗伤,症见疼痛隐隐,不耐久劳,劳则疼痛加重,往往兼有青紫肿胀难消,治疗上以补气为主,酌加活血通络之品,石氏往往以壮骨坚筋汤为主加减。"气血两亏"相对于前者多见于杂病,多因患者素体亏虚,气血不足所致,除了一般的气血不足的表现以外,疼痛以酸楚为主,在治疗上,注意先天与后天相互资益关系,石筱山曾拟调中保元汤即是此意,先生临证常以此方变化而治劳伤筋骨、损及元气一类病证。"瘀耗阴分"和"宿瘀气虚"一样,多见于损伤后期和陈伤劳损,乃瘀滞日久而耗伤阴分,患者多为素体阴虚,形体较瘦弱。症见疼痛固定,程度多不甚,以刺痛和热痛为多。在治疗上,注意滋阴药物的应用不要过于滋腻,以免阻碍气血运行,反导致经络更加壅滞不通,石氏多以四物汤合鲜金斛汤去清肝热之品。

另外,石氏在辨证施治的基础上,擅长运用草乌、磁石药对解除疼痛之患。草乌、磁石这组药对以通脉息痛为其要。从古代医家的论述可以看出,无论阴阳表里寒热虚实,不通则痛是疼痛的根本机制。石氏牢牢抓住疼痛的致痛之因,采用通脉息痛之法,并根据临床变化随症治疗。草乌性热,味辛,宣通血脉、搜风胜湿、散寒止痛,《药性论》曰其"通经络,利关节,寻蹊达经而直抵病所",《医学衷中参西录》曰其"热力减于附子,而宣通之力较优",《本草纲目拾遗》曰其能"追风活血",《本事方》用其"治头项俱痛,不可忍者",是临床一味很好的镇痛药物。但多数人仅用于散寒止痛,而石氏以为其镇痛不仅仅在于能散寒止痛,而主要在于其有宣通血脉之功,用治疼痛正合通则不痛之理。磁石性凉,味辛咸活血化瘀、消肿镇痛、补肾益精,《千金药方》曰其"通关节消肿痛",《别录》曰其"养肾脏,强肾气,通关节……"《纲目》用其"治肾家诸病,通耳明目"。二者相配,磁石之咸凉可制约草乌之辛烈,草乌之辛烈可启磁石之阴凉,相辅相成,相得益彰,共奏通利血脉、消肿息痛之功。且只要患者无明显的热象即可用此药对,较之其他诸家仅以草乌治疗阴寒所致之痛证,其适用范围扩大很多。

六、石鉴玉谈"护胃八法"

在中医骨伤科临床实践中,患者常因为伤药味道难以入口,或者服药后胃部不适而难以坚持服药,而有些患者又因为服药胃纳不佳,消化吸收不良以致营养不足,从而使疗效大打折扣。中医认为这些都是由于损伤胃气所致。石氏伤科在理伤时注重辨证用药,顾护胃气,有其独到之处,患者常服药百剂而胃气不伤,增强了治疗的顺应性。石氏伤科根据证候和患者体质,在治疗主症的同时加入顾护胃气的药物,常用以下八种方法。

(1)行气和胃:如患者脘腹胀满,纳呆,舌淡红,苔薄白,脉濡缓,为脾胃气滞,宜行气和胃,常加陈皮、枳壳、大腹皮、厚朴等,或参厚朴温中汤之意加减。

(2)益气和胃:如患者食少便溏,四肢倦怠,少气懒言,舌淡苔薄,脉弱,为脾胃气虚,宜益气和胃,常加党参、茯苓、白术、山药、甘草等,或参四君子汤之意加减。

(3)疏肝和胃:如患者精神抑郁,胸膈胀痛,口苦泛酸,食欲不振,为肝气犯胃,宜疏肝和胃,常加柴胡、郁金、白芍、代赭石等,或参痛泻要方之意加减。

(4)消食和胃:如患者脘腹胀满,嗳腐吞酸,厌食,大便不爽,苔垢腻,脉滑,为食积不化,宜消食和胃,常加山楂、神曲、麦芽、谷芽、莱菔子、鸡内金等,或参保和丸之意加减。

(5)化湿和胃:如患者食欲不振,脘痞腹胀,呕恶便溏,肢体酸软重痛,头昏目眩,舌苔白腻,为湿滞脾胃,宜化湿和胃,常加苍术、白术、厚朴、砂仁、玉米须等,或参平胃散之意加减。

（6）养阴和胃：如患者口燥唇焦，胃脘疼痛，肠中燥涩，舌红少苔，脉细数，为胃阴不足，宜养阴和胃，常加沙参、麦冬、石斛、生地、玄参等，或参增液汤之意加减。

（7）温中和胃：患者常因过食生冷，过用凉药，或长期患病，或年老体衰而致，时腹中冷痛，喜温，食欲不振，口不渴，舌淡苔白，脉迟或缓，为脾胃虚寒，宜温中和胃，常加干姜、砂仁、高良姜、吴茱萸等，或参理中汤之意加减。

（8）祛痰和胃：如患者咳嗽痰多，恶心呕吐，头眩心悸，肢体困倦，苔白滑而腻，脉濡缓，为痰浊中阻，宜祛痰和胃，常加半夏、南星、白芥子、枳实等，或参二陈汤之意加减。

说到脾胃，就不得不提一下李东垣和《脾胃论》。李东垣精研《内经》《难经》等经典著作，深入探讨脾胃与元气的关系，同时结合自己的临床实践，提出了"内伤脾胃百病由生"的论点，对诸多疾病从脾胃论治，创立了脾胃学说，从生理到病理、从诊断到治疗等方面进行了系统的阐发，对中医学的发展做出了卓越贡献。其代表著作有《脾胃论》《内外伤辨惑论》《兰室秘藏》等。他在《脾胃论·脾胃虚实传变论》中提出，"元气之充足，皆由脾胃之气无所伤，而后能滋养元气。若胃气之本弱，饮食自倍，则脾胃之气既伤，而元气亦不能充，而诸病之所由生也"。说明脾胃是元气之本，元气是健康之本，脾胃伤则元气衰，元气衰则疾病生，这是其脾胃学说的基本观点。对于脾胃所以受病，李东垣提出 3 种常见原因：饮食不洁伤胃、劳倦过度伤脾、七情所伤。李东垣认为，造成脾胃虚弱的原因主要是饮食不节。饮食不节则胃病，形体劳役则脾病，喜怒忧恐则损耗元气，三者在内伤脾胃病中互为因果，相互交错。饮食先伤胃，胃伤之后伤及脾；劳倦先伤脾，脾伤之后伤及胃；五志七情太过则影响脾胃阴阳升降，进而引起气机紊乱，气血不和而内伤脏腑经络，这是脾胃病发病的一般规律。因此，无论是饮食伤胃及脾还是劳役伤脾及胃，抑或七情损耗元气，均可造成脾胃虚弱的病理状态，即使是六淫外感致病也多有脾胃气虚、元气不足的内因，这就是李东垣倡导的升阳益气、补脾健胃的理论依据。他重视内因在病变中的作用，认为无论内伤或外感发病，均是由于人体气虚。即疾病的形成，乃是气不足的结果，而气之所以不足，是因脾胃损伤所致。如《脾胃论·脾胃虚则九窍不通论》曰："真气又名元气，乃先身生之精气也，非胃气不能滋之。"《脾胃论·脾胃虚实传变论》又曰："脾胃之气既伤，而元气亦不能充，而诸病之所由生也。"可见，他认为脾胃是元气之源，元气又是人身之本，脾胃伤则元气衰，元气衰则疾病所由生。因此，必须重视脾胃，这是李东垣脾胃学说的基本论点。可见脾胃健运，升则上输心肺，降则下归肝肾与膀胱，才能维持"清阳出上窍，浊阴出下窍""清阳发腠理，浊阴走五脏""清阳实四肢，浊阴归六腑"的正常升降运动。若脾胃升降失常，则内而五脏六腑,外而四肢九窍,均会发生种种病变。李东垣非常重视升发脾之阳气,在治疗时喜用升麻、柴胡之类药物,以遂其生升之性。并由此而提出胃虚则脏腑经络皆无所受气而俱病,脾胃虚则九窍不通胃虚,元气不足,诸病所生等论点,以强调升发脾胃之气的重要,从而构成了土为万物之母之说。治疗上虽然主张升发脾胃之气,但同时也注意潜降阴火,二者相反相成。李东垣认为方剂之中,每一药物的气味属性对于其在处方中所起的作用至关重要,提出补泻在味,随时换气之论。李东垣通过升提脾气、和降胃气、清升浊降,而使阴阳各归其位,气机运行畅达,内则五脏之气和顺调达,外则顺应天地四时之气。

李东垣论治脾胃病治则特点:① 首创甘温除热法。甘温除大热是指以味甘性温的药物为主要组成方剂,治疗因中气不足或气虚血亏而导致的内伤发热病的一种治疗方法。其代表方剂为补中益气汤。"甘温除大热"首见于《脾胃论·饮食劳倦所伤始为热中论》。② 立足脾胃,五脏相关。③ 寒温并用。东垣认为"火与元气不两立,一胜则一负","惟当以辛甘温之剂,补其中而升其阳,甘寒以泻其火则愈矣","热者寒之",此清热法运用其一也;其二,"少火生气,壮火食气",若一味补气升阳,恐过之为反;其三,脾胃虚气血化生不足,气虚则阳气不升,阳热内郁,血虚阴亏则生阴火。故升阳泻火,甘温除热,即寒温并用为东垣组方绝妙之处。配伍用药特点临证多配风药小制其剂。分主辅,重引经,兼顾"四气",李氏不但重视对脾胃病基本治法的应用,而且还相当重视主辅药的配伍及引经药的运用,与此同时又不忽视药物的"升降浮沉"。药量轻,用风药,改散扶胃。

脾胃为后天之本,中医一向重视脾胃的功能。明末清初医家李中梓认为:"(脾胃)犹兵家之饷道也。饷道一绝,万众立散;胃气一败,百药难施。一有此身,必资穀气。穀入于胃,洒呈于五脏而血生,而人资之以为生者也。故曰:后天之本在脾。"在生理状态下如此,在病理状态下,脾胃功能同样重要。张璐《名医方论》云:"盖人之一身,以胃气为本,胃气旺则五脏受荫,胃气伤则百病丛生……无论寒热补泻,先培中土,使药气四达,则周身之机运流通,水谷之精微敷布,何患其药之不效哉?"石氏认为百病皆生于气血,伤科尤其如此,而脾胃为气血生化之源,只有脾胃健运,气血充足,五脏得养,病情才能好转,而且所有的内服药必须通过脾胃吸收并输布之后才能发挥其疗效,所以保持脾胃健运是治疗的基础、前提,时时顾护胃气是伤科内治法的一大原则:胃气已伤则调之,未伤则护之。

七、石鉴玉谈"孟河医派"

孟河医派的学术思想形成,在嘉庆、道光年间的费、马两氏尤具代表性,并有医著传世。

　　费伯雄的醇正和缓是孟河费氏学术思想的结晶,他认为医者论理必归醇正,所谓醇正的标志是"在义理之得当,而不在药味之新奇"。"仲景三承气汤颇为竣猛,而能救人于存亡危急之时,其竣也,正其醇也"。他还认为,医者立法求和缓,所谓和缓之法,就是"不足者补之以复其有正,余者去之以归于平","毒药治病去其五,良药治病去其七",若不求和缓之法,"眩异标新,用违其度,欲求近效,反速危亡"。从而他得出一个结论:天下无神奇之法,只有平淡之法,平淡之极,方为神奇。因而费氏治病首重辨证,处方用药平正绵密,总以协调阴阳,顾护正气为前提。

　　费伯雄的《医醇賸义》总结了孟河费氏在杂病治疗方面的学术经验,全书共四卷。列述风寒暑湿燥火六气之疾,以及虚劳内伤等杂病,附有自制方191首。颇可见费氏医学之一斑。费氏认为,人之一身,由卫而营,由营而腑,由腑而脏,自表及里,自有一定次序。《医醇賸义》将风、寒、燥、火、劳、伤、咳、痿、痹、胀、利、痛诸证皆分脏腑论治。五脏之中,费氏在调肝方面尤其擅长。论心悸怔忡,谓肝阳上扰,宜养血柔肝;论鼻衄,谓肝火一时冲激,宜清肝火镇肝阳,有豢龙汤(羚羊角、牡蛎、夏枯草、丹皮、石斛、南沙参、麦冬、牛膝、茅根、茜草、薄荷、荆芥炭、川贝、藕);论不寐,谓肝肺不交,魂魄不安,以许叔微真珠母丸加减主之。所订十余张治肝方剂,配伍严谨。平正实用,其中清滋、潜降、甘寒濡润诸法,皆有补于王泰林的治肝三十法。诸杂病中,费氏治虚劳最有心得。他遵循《内》《难》之旨,将虚劳分五脏劳与七情伤调治,心劳者调补营卫,安养心神;肺劳者益气阴;肝劳者养血缓急;脾劳者健脾和胃,所以调其饮食,适其寒温;肾劳者填补阴精。而其中又刻刻顾护脾胃,认为"人身之气血,全赖水谷之气以生之"。忌用温燥、滋腻之品。七情之伤虽各有主方,然又必兼养心安神药,认为"七情之伤,虽分五脏,而必归本于心"。所治劳伤方药,清润平稳,与叶天士甘温建中,血肉有情填补之理虚手法风格有异。许世英说:"中国言虚劳者,仍首费推氏,盖其制方选药,寓神奇于平淡。病者得其一方,服数十百剂,而病自然去,元自然复,甚有终身宝之,而用以常服者,可见其论证之正确,处方之精当,嘉惠于病者,至深且距,此则自古所未见也。"

　　费伯雄在学术上还十分强调师古法古方而不拘泥,尤以临机应变为要。他说:"巧不离乎规矩,而实不泥乎超矩。岳忠武不深究阵图,以为阵而后战,本属常法,然运用之妙,在乎一心,尤以临机应变为要……吾于古方,亦犹是矣。"对于金元四大家之学,费伯雄认为他们"各出手眼,补前人所未备",但亦有所偏,用时当有变化。他说:"刘、张两家善攻善散,即邪去正安之义,但用药太峻……学者用其长而化其偏,斯为得之。""东垣、丹溪。一补阳,一补阴,实开两大法门,惟升、柴、知、柏非可常用……后人但师其温补脾胃及壮水养阴之法可也。"

《医方论》是费伯雄的又一主要著作，书成于1865年（同治四年），因见时医奉《医方集解》为枕秘甫经。临证检用，漫无选择。遂对所选之方逐一评论。如评知柏八味丸谓："知柏八味，虽云壮水制火，究竟苦寒太过，徒伤胃气，水亦无以滋生，不如用介类潜阳，生津益髓之法为妥，或肾有邪火，强阳不痿等症，可以暂用。"又如评升阳益胃汤谓："东垣论饥饱劳役阳陷入阴，面黄气弱发热者，当升举阳气以甘温治之，此真卓识确论，为治阳虚发热者开一大法门。惟方中辄用升、柴，恐上实下虚者更加喘满。"是书大旨为阐发方意，申明指证，为初学者定范围。伯雄还善用饮食疗法，所著《食鉴本草》，先按谷、菜、瓜、果、味、鸟、兽、鳞、甲、虫十门分述食物中药的副作用，又按风、寒、暑、湿、燥、气、血、痰、虚、实十门分述其食疗方法。诚多经验之谈，可谓近世食疗著作的珍本。

孟河医派马氏的学术思想，集中体现在马培之身上。他讲究眼力和药力，说："看病辨证，全凭眼力；而内服外敷，又有药力。"讲究眼力，就是指能深入剖析病情，抓住疾病症结所在；讲究药力，则是注重药物的性能、专长、配伍、炮制等，以利药效充分发挥。因而，马培之主张辨证时要考虑到天时、年运、方土、禀赋、嗜好、性情等因素，细审病在气在血，入经入络，属脏属腑。处方用药，则要细究"何药为君，何药为佐。君以何药，而能中病之的。佐以何药，而能达病之理，或炒或煅，或姜制或酒浸，或蜜炙或生切，或熟用或生熟并用，孰升孰降，孰补孰泻，孰为攻伐，孰为调和，孰宜辛凉，孰宜甘苦，孰宜咸寒酸淡。若者养营，若者和卫，若者入于经络，若者通乎脏腑，若者治乎三焦"，皆要"几费经营"。如果说，费伯雄的醇正和缓说可反映孟河医派论理立法上的慎重和灵活，那么马培之的这段论述则略见孟河医派处方用药的绵密和平正。

孟河马氏向以内外兼擅见长，马培之的祖父省三，在识别外证预后时十分注意脉象的变化和其他整体情况。如他说："大症腐脱新生最易变动，如脉来时大时小，为元气不续；饮食如常两倍，为胃火熏灼，后必有变。此两端伏于隐微，非细心不见也，待至变时则不及矣。"马培之上承祖训，极力主张外科当明脉理。他认为，疮疡之生，六淫伤于外，七情扰于中，气血阻滞经脉，隧道为之壅塞，无论恶候危症，还是疥癣小患，无一不由内而达于外，故痈疽可以内散，破溃之后亦以内收。他认为世人皆轻视外科，其实外科难于内科，除在诊断，刀针手法上需有真传外，尚要有深厚的内科基础。"用药非精熟《灵》《素》不可，按脉辨证，平章阴阳，无以应手辄效"。"既求方脉，而刀圭益精"。孟河马氏正是以脉理精湛及刀针娴熟而形成风格。

《医略存真》为马培之晚年所著，书"但取经言未详，前哲不道，创为论说"，故多独到之处。如论内伤咳嗽与吐血，力主温润，以顾护脾肾。他说："内伤咳嗽，必须兼顾脾肾，脾土健则肺金清肃，肾水足则心火潜藏。"又说内伤吐血者，"当甘平而兼温润，况血气喜温而恶寒……肾为先天五脏之始，脾为后天五脏之成。精神气血，后天所出，赖胃气以生长，先天之真气与后天之胃气相接而发育者也……先哲有云：服寒凉者百无一生恐伤其脾胃耳"。又小儿鸡胸，临证多兼见咳嗽气喘、羸瘦、毛焦、唇红，或兼见潮热、腰背板强、足软肩耸，前人医书皆谓正本亏损，专于温补，马培之认为此属肺病，为痰热停阻胸膈，肺气不宣，治疗只宜轻清理肺，"肺气清肃，金源下润，子受母荫，自然滋长"。《医略存真》还记载了马培之对某些外证治法的见解，如脑疽为"阳经蕴热，风邪从类而入"，初只宜清散，已成清热解毒，溃则养阴清托，始终禁用参芪。又如肝痛胁痛不独前人所谓郁怒所致，有嗜酒过量、痰热冲激者，有外伤血瘀者，有温病留邪者，又有小儿痰热聚于肝络者，治法"初起清肝通气之中必兼消瘀化痰，通脉络之壅滞，方为得当，溃以养阴清托为主，参芪不可早投"，皆为经验之谈。马培之在《医略存真》和马评外科《证治全生集》中，还就外科应用补托法、温通法、《全生集》红白两色辨阴阳法，以及刀针的应用等问题作了讨论。认为疮疡破溃，补早则留住邪毒，阳和汤能温散血中寒邪，果系阴寒凝结，服之或可消散，如伏热郁火之证，皮色虽白，误投之是速其溃烂。麻黄于阴疽未溃可用，已溃以后，断不可重开腠理而耗其正气。外证阴阳的识别，"全在察脉观色观形"，并要辨体质，参年运，不能拘于红白之色。至于刀针，乃"疡科之首务"，不能一概禁之，用好刀针，则要视病情、部位而定。所论皆以外科当明脉理为思想基础，故平正不颇。《中医各家学说》谓："此之晚清外科诸家，马培之实能融贯众科以自辅，迥非株守一家之传者所比拟。"

八、石鉴玉谈《丹溪心法》学习

朱丹溪治疗火热为患，分虚实论治，提出"实火可泻""虚火可补""火郁当发"的原则。对邪火亢盛而阴精不足之证，喜用降火之剂，反对滥用辛燥。"阴虚动难治。火郁当发，看何经，轻者可降，重者则从其性而升之"。以"气、血、痰、郁"立论，确立杂病辨治大法。丹溪治疗杂病以气、血、痰、郁为纲，王纶在《明医杂著》中曾概括指出："丹溪先生治病，不出乎气、血、痰，故用药之要有三：气用四君子汤，血用四物汤，痰用二陈汤。久病属郁，主治郁之方，曰越鞠丸。"他论治血证亦多从阴虚火旺着眼，其所选方剂多用滋阴降火药，如治疗呕血之保命生地黄散，其中熟地、天冬、枸杞子、白芍等滋阴养血，生地、黄芩、地骨皮等清热降火，体现了他擅长滋阴降火的学术特点。这一学术观点直至影响到后世唐容川《血证论》"治血四法"之"宁血"

治法的形成。朱丹溪对于血证病名的论述,最大贡献当推其首立"咳血"之证名。朱丹溪首先明确提出咳血的病证名,并列专篇讨论:"咳血者,嗽出痰内有血者是"。

朱丹溪创立咳血这一证名被后世所认可,使得这一重要血证的辨治有名可循;其对此病予以全面中肯的论述,使后世有法可依。朱丹溪辨治血证虽然重视从痰邪及虚火论治,但他并非只执一端,而是严格遵循辨证论治的原则,体现了他重视辨病与辨证相结合的思想,朱丹溪在辨治血证中十分注重并擅长对类似病证的鉴别诊断,根据对血证辨证的结果,朱丹溪采用相应的针对性治法。其对于血证,除了常用的化痰和清火之法外,还根据证情采用温补法、外迎法和反佐法等多种治法。他虽然强调火的因素而多用清法,但并非只执一端,而是充分遵循辨证论治精神。针对虚证、寒证便应用与清法截然相反的温、补之法。经方与时方并举,创立名方咳血方,朱丹溪运用四物汤精湛娴熟,以此治疗多种疾病,疗效显著,治疗血证尤多用之妙用调血名方四物汤,《丹溪心法》中吐血、咳血、呕血、咯血、衄血、溺血、下血均有四物汤的加减应用。

《丹溪心法》所讨论的病证中,认为因痰为病者超过半数。这一特点在胃病的辨治中体现得尤为突出。其中主要又分为两类:其一,以痰为主因的疾病,如嘈杂、嗳气与伤食。对于嘈杂,朱丹溪直接指出,"嘈杂是痰因火动,治痰为先";对于嗳气,朱丹溪精辟地以六个字点出其病位病机,"嗳气,胃中有火有痰";另如伤食,在篇首即曰,"伤食恶食者,胸中有物,宜导痰补脾……"其二,痰为该胃病诸病因中重要的一种,如呕吐、恶心、咳逆(又名哕)、翻胃、痞等。对于呕吐,朱丹溪论曰"胃中有热,膈上有痰者……""有痰膈中焦食不得下者,……有胃中有火与痰而呕者";对于恶心,朱丹溪云"恶心有痰、有热、有虚……";在咳逆篇的篇首,朱丹溪论曰"咳逆有痰,气虚、阴火";又如翻胃,在首句即直言"翻胃大约有四:血虚、气虚、有热、有痰兼病……";在痞证篇中论曰"有饮食痰积,不能施化为痞者";"脉缓,有痰而痞,加半夏、黄连"。从以上论述中可以看出,痰在这些胃病的病机变化中无疑是一重要因素,亦足见朱丹溪在胃病的辨治中是十分重视痰这一致病因素和病理产物的。

丹溪师从杭州名医罗知悌学习刘完素、张从正、李杲三家之说,在前贤创新理论启发下,创"阳有余、阴不足"理论,在养生方面主张护惜阴精,治病方面力倡滋阴降火,治疗杂病以气、血、痰、郁立论,对中医学理论的丰富和发展做出了重要贡献。

参 考 文 献

[1] 石鉴玉,石印玉,石凤霞.石幼山理伤从痰取治案探析[J].上海中医药杂志,1987,(08)：32－34.

[2] 石鉴玉.理伤续断化痰瘀　石氏伤科与丹溪学说[J].上海中医药杂志,1993,(07)：33－35.

[3] 吴军豪,于沈敏,石仰山,等.痰湿夹瘀碍气而病　逐痰利水化瘀以治——石氏伤科治疗腰椎间盘突出症验案两则[J].上海中医药杂志,1997,(05)：29－30.

[4] 于沈敏,吴军豪,石仰山,等.石氏牛蒡子汤治疗腰椎间盘突出症术后40例[J].中国骨伤,1997,(06)：2.

[5] 石印玉,石鉴玉,沈培芝,等.四组中药防治实验性骨质疏松症的对比研究[J].中国骨质疏松杂志,1998,(03)：71－73.

[6] 吴军豪,石玎,石鉴玉.血肿机化用药新探[J].上海中医药杂志,2000,(12)：31.

[7] 石鉴玉,吴军豪,闵熙敬,等.山羊血及小复方消肿镇痛作用的实验研究[J].中医正骨.2001,(01)：9－10,65－66.

[8] 石鉴玉,石玎.泽漆在伤科的临床应用[J].上海中医药杂志,2005,(10)：44－45.

被遗忘的古方

（第四辑）

主　编　钟相根　赵京博

副主编　李　玮　韩林笑　赵沛涵
　　　　黄立峰

编　委（按姓氏笔画排序）

王海晓　王涵烯　任沁怡

李　玮　陈长怡　肖从优

赵沛涵　赵京博　钟相根

宣铭杨　徐　爽　黄立峰

韩林笑

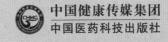

中国健康传媒集团

中国医药科技出版社

内容提要

本书作者查阅了大量的文献资料，撷英取华，将一些名医喜用但并不为人熟知的中医古方收入本书，共计45首。每首方剂从来源、组成、用法、功效、主治、方解、名医心得、验案精选方面予以详细介绍，最后，用方剂歌诀予以总结，以便读者记忆掌握。全书内容丰富，资料珍贵难得，值得中医院校师生、临床大夫收藏研读。

图书在版编目（CIP）数据

被遗忘的古方.第四辑/钟相根，赵京博主编.—北京：中国医药科技出版社，2024.5
ISBN 978-7-5214-4647-0

Ⅰ.①被… Ⅱ.①钟…②赵… Ⅲ.①方剂—汇编—中国—古代 Ⅳ.① R289.2

中国国家版本馆 CIP 数据核字 (2024) 第 100579 号

美术编辑 陈君杞
版式设计 易维鑫

出版 **中国健康传媒集团** ｜ 中国医药科技出版社
地址 北京市海淀区文慧园北路甲 22 号
邮编 100082
电话 发行：010-62227427 邮购：010-62236938
网址 www.cmstp.com
规格 710×1000mm ¹/₁₆
印张 18 ¹/₂
字数 351 千字
版次 2024 年 5 月第 1 版
印次 2024 年 5 月第 1 次印刷
印刷 北京印刷集团有限责任公司
经销 全国各地新华书店
书号 ISBN 978-7-5214-4647-0
定价 49.80 元

获取新书信息、投稿、为图书纠错，请扫码联系我们。